書下ろし

闇の狙撃手

悪漢刑事《わるデカ》

安達 瑶

祥伝社文庫

目次

プロローグ

その日、S県眞神《まがみ》市の市長・友沢春樹《ともざわはるき》は執務室で書類の決裁に追われていた。関係する役職者のハンコばかりがずらりと並んだ書類に、ひたすら市長印を押していく。

こんな無意味な手続きこそ真っ先に廃止してしまいたい、とは思うものの、予算の執行が絡む以上、手続きはあくまでもきちんとしてもらいたい、というのが事務方の言い分だ。

だが彼らはその意味合いを考えて言っているのではない。ただ単に前例を踏襲《とうしゅう》しているだけなのだ。

「今までこうして来たのですから」

やって当然、という硬直した思考。

三十歳の友沢春樹は、全国でも市長としては最年少の若さだ。役人の出身ではない。市議会議員の経験も無い。ベンチャー系の民間企業の経営者からいきなり市長に立候補して、政権与党が推薦《すいせん》する現職の副市長を、大差で破って当選した。

マスコミには「若くて二枚目のアイドル市長」「二枚目候補者が熟女有権者のハートをぶち抜いた」などと面白おかしく報道された。しかし地盤も看板もカバンもない友沢が当選したのは、この眞神市の、長年の澱《よど》んだ空気が理由だった。

汚職や贈収賄《ぞうしゅうわい》の噂《うわさ》が絶《た》えず、警察も捜査すらせず、県外のマスコミが時々、疑惑を報じるだけという、どうしようもなく閉塞《へいそく》した状況に、多くの市民が不満を感じるようになっていたのだ。

村でも町でもなく「市」を名乗っていられるのが不思議なほど、駅前には何もない。市民が休日、便利に買い物を楽しめるようなショッピングモール、いやスーパーの一軒すらない。

かといってひなびた田舎《いなか》の風情《ふぜい》があるわけでもなく、観光客を誘致できるわけでもない。産業といえばコンクリートの工場があるだけで、全体に殺伐《さつばつ》としている。

鉄道の駅のある市の中心部を少し離れれば、ここが首都圏かと思うほどの切り立った山々が重畳《ちょうじょう》し、中部地方の隣県に続いている。だがその山にも澄《す》み切った渓流《けいりゅう》にも、人を呼び寄せる手段がない。それどころか、美しい谷に産廃を誘致して埋めてしまおうという話すら出ている。この町の政治と経済を握る面々には「環境」も「自然」も、守るべきものとは認識されていない。

要するに何もかもがないない尽くしの、田舎と都会の悪いところばかりをぎゅっと凝《ぎょう》縮《しゅく》させたような町、それが眞神市だった。

ここ二十年ほどの市長選挙で当選するのは、市役所や市議会で長年勤め上げたベテランばかり。澱んだ空気にどっぷりと浸《つ》かった老人たちに、改革など出来るはずもない。しかし他に候補者がいないから、投票率も下がるばかりだ。前々回の市長選では、全国最低の、三〇％を切るという情けない結果になった。

そんな眞神市に彗星《すいせい》の如《ごと》く登場し、まさに地滑《じすべ》り的な勝利で市長に当選した人物が、しがらみのまったく無い新人の、友沢春樹だったのだ。

友沢は決裁書類を一つずつ丁寧《ていねい》に見て、妙なものは撥《は》ねていった。

この市の職員は、かなり杜撰《ずさん》な書類の作り方をする。予算の使い道もその根拠も、曖昧《あいまい》なものが多い。しかも市議会でロクに議論もされないので、市長自ら質問に立ち、市の職員を議会に呼んで問い質《ただ》すというおかしな事態さえこれまでに何度か起きている。

そこまでしてクギを刺しても、上がってくる書類にヘンなものが多い。

本当に困った事だ。やはり、市の幹部をほとんど全員、入れ替えるしかないだろう……。

友沢がそう決心したところで、執務室のドアがノックされ、「どうぞ」と答える前に、どやどやと大人数の男たちが入ってきた。

「S県警の者です。眞神市市長の友沢春樹さんですね？　『眞神環境開発株式会社』社長の望月保《もちづきたもつ》に、市の事業に関する便宜《べんぎ》を図ったその見返りに、五十万円を受け取った収賄《しゅうわい》の容疑で、あなたを逮捕します。ここに逮捕状を提示します」

ダークスーツに鋭い眼光の男は友沢に逮捕状を見せ、同時に他の男たちが近づき、友沢の前後左右を取り囲んだ。

「十一時十五分、逮捕状を執行します」

有無を言わせぬ勢いで、友沢に手錠《てじょう》がかかった。

「ちょっと待て！　いきなりどういうことだ？　私は市長の職務を遂行《すいこう》中なんだぞ」

「こちらも、職務を遂行しているんです、市長」

逮捕状を提示した中年の刑事は、唇を歪《ゆが》ませた。どうやら笑みを浮かべたらしい。

「望月保はあなたへの贈賄を認めているのです。署までご同行願います」

刑事たちに囲まれて執務室を出た友沢は廊下に連行された。市の職員たちが立ち尽くして、その光景を見ていた。若い職員は驚いているが、年配の職員は冷笑を浮かべている。

市役所の建物を出た瞬間、フラッシュの閃光が襲いかかった。一斉にマイクが突きつけられる。テレビカメラも回っている。

「市長！　あれほど批判していたのに賄賂《わいろ》を受け取ったんですか！」

「市長は二枚舌ですか！」

「違う！　まったくおかしい！　これは完全な不当逮捕だ！　私には何のことだかさっぱり判らない！」

友沢は叫んだが、取材する側の質問が怒号となり、かき消されてしまった。

若き市長は車に乗せられ、そのまま眞神署に連行された。

第一章　首都圏最遠のベッドタウン

キングサイズのベッドには男と、そして女が二人、全部で三人が絡み合っている。

男は少々腹も出てきて不摂生《ふせっせい》そうな中年だが、女は二人とも曲線豊かな肉感的な女で、片方は若く、もう一方は熟女と言ってもいい。当然、三人とも全裸だ。

男は熟女の方をぐっと抱き寄せてキスをした。

「女は熟女にかぎる。いい抱き心地だ」

熟女のルーズな乳房を丹念に愛撫しながら、若い方の女にも命じた。

「お前は、下半身を担当しろ」

「ねえ。あたしもう我慢《がまん》出来ないんだけど……」

若い女は不満を露骨《ろこつ》に表した。

「アゴが疲れたんですけど。もう、あたしが自分で入れちゃうよ」

若い女は男の承諾も待たず、そのまま腰を浮かして騎乗位になり、既に大きくなっているペニスをするりと飲み込んだ。

「うっ！」

くねくねと腰を蠢《うごめ》かせる女芯の感触に、男は思わず声をあげた。

手を伸ばして若い女の乳房を揉《も》みながら、熟女には自分の乳首を舐《な》めさせる。

「いいぞ……最高の気分だ……スライム乳もいいが若い女の硬いのもいいな」

男の手は、一方では若い女の胸を、もう一方では熟女の秘部を弄《いじ》って、まさに両手に花の状態だ。

若い女は見事な巨乳を男の上でぶるんぶるんと揺らしながら、腰を遣っている。

熟女のほうも、唇を男の胸から若い女の胸に移して、その苺《いちご》のような乳首をちろちろと舐め始めた。

「あうン……ああん、気持ちいい」

二人の女は男の上で向き合って、唇や乳首を愛撫してレズのような格好になった。

男は、熟女の秘部がちょうど自分の顔の上に来るようにさせて、下から舌を伸ばして、ちろちろと女芯をクンニした。秘門を左右にこじ開けて桜色の蜜肉を丸出しにし、ぷっくり膨《ふく》らんだ肉芽を、つるりと剥《む》いては舌を這《は》わせている。

「ああン……」

二人はすっかり息が合い、男の身体の上でレズに耽った。

「はああうっ！」

二人の女は快感に全身を震わせ、熟女は若い方の首筋にキスした。

下になっている男は、熟女のアヌスに指を差し入れている。

「はうぅっ！」

熟女は腰をぶるるっと震わせたが、そのまま彼の指の動きに合わせて腰を揺らし始めた。

「そうだ。せっかく3Pやってるんだから、ウグイスの谷渡りをやろうじゃないか」

若い方を自分の上から下りさせた男は、女二人を並べて床に這わせ、尻を突き出させた。

まずは熟女のお尻に怒張したものをごりごりと擦《こす》りつけ、じわじわと挿入してゆく。

「ううううう……うふう」

怒張したペニスは、ぬるぬると埋没《まいぼつ》していった。

やがて欲棒の先端が彼女を貫いて奥深くにまで達すると、熟女はそれだけで背中を反《そ》らせて、がくがくと痙攣《けいれん》し始めた。

「お前、反応が早すぎるだろうが？　芝居か？」

「ち、違うの……イントロが長すぎたから、いい加減出来上がってたのよ……ああっ」

男はエネルギッシュに腰を遣い、息を荒らげている。

待ち状態の若い方は、することもないので起き上がり、横から男の胸に舌を這わせ始めた。

「お前、舌の使い方巧《うま》いじゃねえか」

「ねえったら。あたしにも早く……早く入れてよ」

熟女の興奮を横目に見ながら若い女がおねだりした。

激しい抽送《ちゅうそう》に熟女は身悶《みもだ》えし、軟《やわ》らかくて、少しだらしない乳房をぷるぷると震わせて、快楽にのめりこんでいる。

「この具合がいいんだ。若い女のナニとは違う味がある」

「そうなの？　若い方が締まりがいいんじゃないの？」

「何でも若い方がいいと思うのは素人《しろうと》だ。おれくらいになると、熟し切って腐る寸前のが一番いいんだ……果物でもオチチでもオマンコでもな」

それを聞いていた熟女が「それって私のこと？　腐る寸前って……」と文句を言ったが、男は聞き流して行為に没頭《ぼっとう》した。

「どうでもいいけど、二人呼んだんだからこっちも楽しませてよね」

「おれを楽しませるのがお前らの役割だろうが」

男はそう言いつつ、まんざらでもない様子で、熟女からペニスを引き抜くと、若い方の花弁に押し当てた。

「じゃあリクエストに応じて、お前にもぶち込んでやろう」

男はそのままずぶずぶと男根を突き立てた。

「ひいいいいん……はあん」

逞《たくま》しい怒張が入ってくる感触に、若い女は呻《うめ》き、がくがくと背中を反らせた。

その敏感な反応を見た熟女は、するり、と若い女の下に入り込むと、若々しく硬い乳房をやわやわと揉みたてたり、唇で吸いついて舌先で乳首を転がしたりし始めた。

「あああン……オネエサン、そんなことされたら……感じすぎる」

「お。それはこっちも感じる……。お前が舐めると、こっちのオマンコもきゅううっと締まって、実にいい按配《あんばい》だ。ついでにおれのも舐めてくれ。袋とか舐められるだろ？」

命じられるまま、熟女の舌先が彼のふぐりから若い女の秘唇までをれろれろと舐め……やがてその猫のような舌は、若い女の肉芽に回って、その膨らんだ豆粒を突ついて刺激した。

「いやいやいや……そんなにしないで……私、おかしくなってしまいそう……ああん」

若い女の躰《からだ》はがくがくと激しく震え始め、その目は焦点を失い、唇からは唾液《だえき》が零《こぼ》れている。

男も、くいくい締まってくる花芯の具合にイキそうになった。しかしこれで果《は》ててしまっては惜《お》しい。と思ったその時、男に抜き挿しされ、年上の女に秘処を舐められている若い女が先に達してしまった。

「あああぁ。ああ。ダ、ダメ……あぁっ！　ひどいっ……」

その締めつけで、男も堪《たま》らずに決壊した。

激しい奔流《ほんりゅう》が雪崩《なだれ》るように、白濁液が若い女の女芯にどくどくと注ぎ込まれた。

「おにいさん、ずいぶん元気ね。溜まってた？」

最後の一絞りまで出し切ってぶるっと震えた男は、ニヤリと笑った。

「そうだな。ここんとこご無沙汰《ぶさた》だったな」

「おにいさんはナイスミドルってお年よね？　だけど元気よね」

「おう。セックスだけが生き甲斐《がい》だからな」

絶頂に達してぐったりした若い女を見て、だが男は余計に燃えてきた。女は一度イカせた後の二回戦目が、一段と燃えることを知り抜いているからだ。

二度目が愉《たの》しみだ……。しかし。

「ねえ、今度は私に頂戴《ちょうだい》よ。まだ何度でも平気でしょ？」

熟女が誘ってきた。堪能《たんのう》して横たわったままの若い女を見て、激しく欲情しているのだ。

「さっき、若い女より熟女の方がいいって言ってたじゃない？」

「それはそうだが……」

男は、ちょっと休みたかった。いくら女が大好きでも、一八、一九のやりたい盛《ざか》りのように連発は出来ない。

彼の目は意地悪く光った。

「それより、こいつをお前の熟練のワザで、もう一度、トコトン追い込んでみろよ」

「いいけど……そういうの、見たいの？」

「ああ。ここぞというところでおれも参加するから」

判った、と熟女は若い女の隣に横たわった。

熟女は、美人ではないが愛嬌《あいきょう》のあるむっちりタイプだ。いかにもセックスが好きそうな雰囲気が全身に表れていて、男好きのする感じだ。抱きがいがあるぽっちゃりした量感の躰に、しっとりと吸いつくような餅肌《もちはだ》がチャームポイントだ。しかも、腰のくびれもしっかりあって、そのそそる曲線は強烈なエロスを発散させている。

対する若い女は整った顔立ちのスレンダーなタイプだ。だが出るところは出ているナイスバディで、モデルのようなプロポーションだ。アソコの具合もフェラも悪くはないが、どちらかといえば観賞用か。二人ともＡＶ女優が本業という触れ込みだ。

「じゃ、今からレズってみるから」

男はタバコを吸いながら見物する事にした。

熟女はまずシックスナインの体位を取り、若い女の恥裂に優しく舌を這わせた。

「はうっ……」

一度アクメになって未だ陶酔冷《とうすいさ》めやらぬ若い女の秘部は、熟女の舌が絡んだだけで、鈍《にぶ》い電気を背中に走らせるようだった。

「うふふ。あんたのココ、アレの味がする」

熟女の先細りの白い指が、若い女の秘裂を優しく広げ、柔らかな唇が、若い女の最も敏感な部分をいきなり優しく包みこんだ時、びくんと背筋に衝撃が走った。

熟女は、若い女の膨らんだクリットを舌先でなぶるようにころころと転がし、意地悪く突ついている。

片手は優しく若い女の太腿《ふともも》を撫《な》で、もう片方の手の指ではすっかり充血して膨らんだ下の唇を悪戯《いたずら》していた。

熟女の舌は次に肉芽から離れて下の唇を這った。若い女の泉からは熱いものが流れ出している。

男は、この女二人の行為を見ながら、再び男性を熱くし、しごき立てていた。

「ああん！」

若い女が声をあげた。躰の芯から、じんじん痺《しび》れる感覚が広がっているのだろう。

熟女がその秘唇を軽く噛《か》むたびに、強烈な電気が全身を駆け抜けるのだ。

「はあっ！　い、いいい……」

すかさず熟女の指が入ってきて、若い女の濡襞を掻《か》き乱した。セックスに熟達している熟女は、たちまち相手のGスポットを探り当てて、そこを焦《じ》らすようにゆるゆると撫でていった。

「あああ……そ、そこよ」

思わず声が出る。

「ずいぶん感じやすいのね」

熟女の声には少し意地悪な響きがあった。

舌では肉芽を愛撫しつつ、唇と指を上手に使って、熟女はフィニッシュにかかった。

やがて、痺れを伴う物凄い電流が若い女の背筋を駆け上がった。

「イク！　イキそうっ！」

彼女の全身が、感電したように激しくがくがくと痙攣した。

男も、目の前で展開するレズビアンのこのうえなく淫《みだ》らな絡みに、今や爆発寸前の肉茎を握り締めていた。

「おい。おれも入れていいか？」

彼は答えを待たず、熟女からひくひくと震えている若い女の白い躰を引き剝《は》がし、一気にのしかかっていった。

「え？　次は私じゃなかったの？」

「だってコイツはアクメ寸前なんだぜ？　イカしてやらなきゃ可哀想《かわいそう》だろ」

男は適当なことを口走りながら再び挿入した。

「あっ、いや！　もうダメぇっ……お願い」

男の怒張が突き立てられると、若い女は悲鳴をあげたが、それは拒絶ではなく、喜悦の悲鳴だった。

男が半ば強引に抽送を始めると、それに応えて若い女も夢中で腰を遣う。

「はうっ、そ、そんな……あああっ、またイッてしまうっ」

「なんか、つまんないっ！」

熟女がむくれた。

が、その時、目覚まし時計が鳴った。

「ハイ、お時間です」

若い女が腰の動きを止めた。

「無粋《ぶすい》だな。受験じゃあるまいし」

「どうする？　延長する？」

仕切り役の熟女が、苦情は一切受け付けませんという態度で訊《き》く。

「いや……したいのはヤマヤマだが……カネがない」

男は情けない声を出した。

「じゃあ、ここでオシマイね」

「そんな殺生《せっしょう》な……お前らも感じまくってたじゃないか。ここはひとつサービスというか、現場の自主的判断で最後までやらないか？」

「ダメよ。あたしたち、遊びでやってるんじゃないんで」

熟女はさっさとベッドから下りてシャワールームに行ってしまった。

まだ挿入したままの男は、名残《なごり》惜しそうに腰を動かした。

「なあ、お前は最後までいきたいだろ？」

「別にぃ」

クールに言うと、若い女も躰を起こして無理やり男のペニスを抜いてしまった。

「こういう商売はね、ケジメを付けないとダメなのよ。まあ、警察のヒトが女を買うってのも、ケジメがついてないとは思うけど」

「警察のヒトだって酒を飲んでハメ外すし立ち小便だってするし女だって買うぞ！」

「だからぁ、延長してくれるんならやるけど？」

「だから、カネがない」

男は脱《ぬ》ぎ捨てた安物のスーツから財布を取り出して中を見せた。

「ほらな。二千円しかない。カードは限度額まで使ってるし」

若い女は、ふふんと冷たく笑うと、そのままバスルームに行こうとした。

「オバサンが先に入ってるだろ！」

「いいのよ。私は先にトイレ使うから。お給料が入ったらまた呼んでね、佐脇《さわき》さん！」

若い女は、これはサービスねと言って、佐脇と呼ばれた中年男の顔を両手で挟み、ディープキスをしてからバスルームに向かった。

＊

「カネ、貰えませんかね？」

登庁そうそう、警察庁官房参事官室に顔を出した男、こと佐脇巡査（鳴海《なるみ》署では巡査長だったが、正式な階級ではない）は、現在の直属上司にあたる入江《いりえ》参事官に言った。

「始業早々に、カネをせびるんですか？」

「ミヤコの暮らしには金がかかるんでね。警察庁の安い給料じゃ、やってけませんよ」

一応、髭《ひげ》は剃《そ》っているし髪も整えているが、日本の警察の総本山である警察庁の中では、佐脇のむさ苦しい風体は完全に浮いている。警察官というより、強請《ゆす》りに来たヤクザの下回りみたいな野暮《やぼ》ったさだ。

それに対する入江参事官はエリート中のエリートだけあって、やや線の細いきらいはあるが押し出しは充分で、渋さを滲《にじ》ませるナイスミドルだ。仕立てのいいスーツがよく似合い、安物の吊《つる》しを愛用する佐脇とは好対照だ。皇居を背にマホガニーの重厚なデスクに向かっている姿も、実にサマになっている。

入江は、T県警鳴海署のガンと言われ、地元有力者の弱味を多数握っている刑事・佐脇を「処分」するべく、かつて警察庁から送り出された、いわば刺客《しかく》だった。だが、ただの悪事一辺倒ではなく実は策士でもある佐脇に敗れ去り、その任務に失敗した。切り替えの早いエリートだけあって、以後佐脇とは手を組む側に回り、どういう訳か持ちつ持たれつの奇妙な間柄《あいだがら》が現在に至るまで続いている。

今回も、佐脇の過去の女性がらみの不祥事、ずっと以前に婚約していた女が連続殺人犯だったという事実が明るみに出て、鳴海署に居辛くなった佐脇に入江は助け船を出した。異例の人事で佐脇を警察庁に転籍させ、参事官付という曖昧な役職に就《つ》かせている。だが、この入江もただのエリート警察官僚ではない。警察庁長官の椅子がそろそろ視野に入ってきそうなだけに敵も多く、また叩けば埃《ほこり》が出ないわけでもないので、佐脇を呼び寄せたのは「保険」の意味合いもあった。

現に上京したあと、佐脇は入江の絶体絶命の窮地《きゅうち》を救っている。過去に入江が付き合い、ひそかに娘まで産ませた女が、半グレ集団「銀狼《ぎんろう》」と関わりを持った結果、すでに高校生になっていた入江の娘が人質に取られ、育ての父親は惨殺《ざんさつ》、最後には入江自身の命も危なくなるという出来事があったのだ。

清廉潔白《せいれんけっぱく》の士、とは言えないが、入江も彼なりに日本の警察機構を合理的で公正なものに変えようとはしている。だが、それに抵抗する力もまた大きい。口を開けば皮肉が出る入江の性格は、そういう人知れぬ苦労があるからかもしれない。

だが、佐脇は至って気楽なものだ。

「東京じゃ賄賂も取れないし、ヤクザの上前を撥《は》ねることも出来ませんからね。いや、ヤクザがおれの資金源じゃなくなったのは入江さん、あんたが徹底して暴力団排除を推進したからだ。責任取ってくださいよ」

「困りますねえ。鳴海時代にあれだけアブク銭を懐《ふところ》に入れていたのに、もう使いきったんですか？」

困ったといいつつ入江も、この程度なら想定内という顔をしている。

「いつまでもあると思うな親と金ってね。入江センセイはますます意気軒昂《いきけんこう》ですな。また昇進して警察官僚トップに着々と近づくんでしょ？」

これは脈があると見て取った佐脇も、わざとらしくゴマをする真似《まね》をして見せる。

「トップに？　着々と？　そんな話は今のところまだありませんがね」

「今のところ、と言うことは、近々そういうことになるってことですな。じゃあ前祝いに、哀《あわ》れなこの田舎者に幾ばくか、恵んでくださらんかのう」

佐脇は抜け抜けと言ってのけた。

「カネがなくて、女も抱けません」

これには入江もさすがに絶句した。

「ねえ佐脇さん。警察庁も警察組織の一部です。そして日本の警察は、売春行為を取り締まっています。なにしろ売春防止法っていう法律がありますからね。佐脇さんだって、ご存じですよね？」

「何を今更。進学校の生徒会長みたいな事言うの、止めようじゃないの。そんな正論かまされたら、じゃあどうして日本にはソープランドがあるんですかと言いたくなる」

お互いしばし無言になり、やがて、間合いを外すように佐脇がタバコを咥《くわ》えた。

「警察庁の中は禁煙です」

「お構いなく」

佐脇はそう言ってポケット灰皿を取り出した。

「そういう問題ではないんだが」

さすがにイライラしはじめた入江を、佐脇は面白そうに眺めた。

「入江さん。あんたの次のポストはどこかの局長ですか？　局長職をつつがなくこなして官房長になって次長になり、そして長官か？　そんなふうに順調に昇進するについては、おれみたいな子分を飼っていることがネックになるんじゃないの？　いや、昇進に当たっては絶対、大きな障害になる」

「それは、私を脅《おど》してるんですか？」

入江は苦笑したが、その表情は幾分強《こわ》ばっているようにも見える。

「これは官官接待じゃなく……官官恐喝なのでしょうか？」

「恐喝だなんて滅相《めっそう》もない。ただ、月々のお手当てを、ホンの少しでいい、増やしていただけないか、と言ってるんです」

「そんなね、お妾《めかけ》さんが旦那におねだりするような言い方は止めて貰えませんか。そこまで卑下《ひげ》して、楽しいですか？」

「実際問題、おれはあんたに飼われてるんだから、何をどう言ったって同じようなもんだろ」

佐脇は傍若無人《ぼうじゃくぶじん》にタバコの煙を吐いたが、入江の顔にかかったので「失礼」と言って手で煙を四散させた。

「佐脇さん。ギャラは出さないでもありません。給料を上げるわけにはいかないので、あくまで私の懐からということになりますが……その為には、それなりに働いてもらわないと困ります」

「望むところだ。おれだってカラダがナマっててウズウズしてるんだ。働かせてくれ。例の、半グレの連中を片付けた一件以来、申し訳程度にしか働いてないのはアンタのせいでもあるんだぞ」

警察庁は、警察行政を司《つかさど》る純然たる監督官庁なので、佐脇のような現場人間には働きどころがないのだ。

「ここはお隣の、東京都警察本部たる警視庁とは違いますからね」

「だったら、隣に出向でもさせてくれよ。一番いいのは鳴海に帰る事なんだがな」

「判りました」

入江はニヤリと笑った。

「そんなに働きたいとおっしゃるなら、実は、お願いしたい件があるのです」

入江は、机の引き出しから、ファイルを取り出して佐脇に渡した。

「S県警及び眞神署の捜査本部が眞神市市長・友沢春樹を収賄容疑で逮捕した件です。眞神市は首都圏ではあるけれども、北関東に近い山岳部の町でしてね」

「ああ、ニュースで見た事がある」

佐脇はファイルを斜め読みしながら答えた。

「全国最年少の市長だろ？　人気があるもんだから調子に乗って、地元の業者から賄賂を受け取った。市長本人は否定しているが、賄賂を贈った側はカネを渡したことを認めていると。なにしろ自分も罪になることを認めたんだから、業者の証言は本当だろうな」

「新聞やテレビはそういう報道ですね。だけど、マスコミのみなさんは警察発表をそのまま流すでしょ。大本営発表です。しかし週刊誌はちょっと違う」

入江はデスクから週刊誌を三冊取り出した。オヤジ向けの底意地の悪い記事がウリの保守系二誌と、どちらかというと反権力な一誌だ。

「この件については三誌とも同じ論調です。『政治家と地元業者の長年の馴《な》れ合いを打破して誕生した清廉潔白な市長が、地元有力者に逆らったために罠に嵌《は》められた』というトーンですね。週刊誌だから事実関係を詰め切れてない分、ユルいんですけどね」

佐脇は、その週刊誌もぺらぺらと捲《めく》ってみた。入江が続ける。

「私が思うに、どうもこの件は、市長サイドに立ったこの記事の通りではないかという気がします。私もちょっと調べてみましたが、眞神署の強引な捜査の手法にも、筋読みにも首を傾《かし》げざるを得ませんね」

明らかに偏《かたよ》った見込み捜査です、という入江を、佐脇は首を傾げて眺めていたが、やがてニヤリと笑った。

「ところで入江さんは、アサメシはキチンと食べてくる方ですか？　それとも抜いちゃう方ですか？」

「ああ、簡単に済ませてきますよ。トーストとコーヒー程度ですが」

「ここから先は、話が長くなるんだろうから、どうです？　帝国《ていこく》ホテルの朝食が凄く美味《おい》しいという記事を読んで、かねてより一度は食してみたいと思っているんですがね。なんせおれは、カネがなくてアサメシも食えないという情けない境遇で」

「自炊をすればいいじゃありませんか。それとも、警視庁の寮にでも入れて貰いますか？

あそこなら賄《まかな》い付きだし」

今、佐脇は、東東京の安いビジネスホテルを自宅がわりにしている。アパートを借りると家財道具を揃《そろ》えないといけないし、掃除もしなければならない。しかしビジネスとは言えホテルなら、そんな面倒は不要だ。しかもベッドだけの狭い部屋は息が詰まるとゴネたので、ソファもある「デラックスな部屋」に佐脇は住んでいる。ビジネスホテルだからタカが知れているとはいえ、その宿泊代も入江持ちだ。

「私としては、住居費がかからないのに、どうしてそんなにカネがないのか理解出来ないんですけどね」

「それは入江さん。アンタも女遊びをすれば判ることだ」

佐脇が、あ〜腹減ったと聞こえよがしに繰り返すので、仕方がないと入江も腰を上げた。


警察庁と帝国ホテルは、日比谷《ひびや》公園を挟んだ位置にある。

朝の日比谷公園は、東京のど真ん中とは思えない、清浄な空気に満ちていた。

「東京はいいですなあ。公園までが垢抜《あかぬ》けている。洒落《しゃれ》たレストランもあるんですなあ」

ことさらおのぼりさんを装《よそお》って自虐《じぎゃく》的ですらあるへりくだり方が、ワザとらしい。

「で、佐脇さん。さっきの件、受けてくれますね？」

「受ける受けない以前に、逮捕権も捜査権もおれには無いんですぜ。警察庁のオマケみたいな人間に一体、何ができるというんです？」

「ウチには警察公務上の監察権、指導権などがあるので、S県警を通して『適正な捜査の指導指揮監督』をすることは可能です。しかしそれを正面切ってやると、S県警のメンツを潰すことにもなって、なかなかややこしいのです」

「やっぱり何にもできないんじゃないか」

「ですから」

入江は少し苛立《いらだ》たしげな口調になった。

「この前のように佐脇さん、あなたがいろいろと持ち前の強引さで調べてくれればいいんです。地元の人間にはできないような遣《や》り方でね。材料が揃ったところでS県警側に突き付けて自助努力を求めればいい。この前だってその手法で、半グレの『銀狼』を挙げたじゃないですか」

「ま、やるかやらないかは別にして、ゆっくりと美味しい朝食を戴《いただ》きながら、入江さんの方針を拝聴することと致しましょう」

そう言われた入江は、帝国ホテルの本館を十七階まで上がって、『インペリアルバイキング　サール』に中年の欠食児童を案内した。

「ここは帝国ホテルが『バイキング』という名称でブッフェをはじめたところです。何でも好きなモノを好きなだけ食べてください」

「豪勢じゃねえか。おれはてっきり、一階の隅《すみ》っこにある店で誤魔化《ごまか》されると思ったぜ」

「あそこであれこれ頼まれるより、ここの方が結局は安いんです。さあどうぞ。ただし、アルコール以外でお願いしますよ」

取り放題に燃える佐脇は、大きな皿に和洋の料理をてんこ盛りにして、料理が並ぶテーブルと自分の席を何度も往復した。卵料理各種にハム・ベーコン、湯豆腐《ゆどうふ》・茶碗蒸しに焼き魚、ご飯にお粥《かゆ》にバゲットに味噌汁にカフェオレと、メニューの統一性は完全に無視して、手当たり次第《しだい》に取ってきた料理を食べまくった。

「美味い！　さすがは天下の帝国ホテルだ。ファミレスのバイキングとはエラい違いだ」

「朝から焼きそばやスパゲティやカレーを並べているブッフェと比べては、帝国ホテルに失礼でしょう」

佐脇は絶妙の焼き加減のベーコンでご飯を巻いて口に入れた。

「う〜ん。痺れるねえ」

フルーツとコーヒーだけの入江は、はしゃぐ佐脇を黙って見ている。

「あ、入江さん、遠慮《えんりょ》なく話してくれていいよ。おれは食いながら聞いてるから」

そう言われた入江は、少々言いにくそうに話し出した。

「市長逮捕の件ですが、私も、内々に照会してみました。一体どういう捜査をしているのか、私が持っている人脈を使って。本来そういうことをするべきではないのですが、しかし、調べた結果、これは看過できないと思うに至ったんです」

佐脇はパンケーキにソーセージを挟んで食べ、さらに別の一枚にはホイップクリームとメープルシロップをたっぷりとつけて、頬張った。

「美味しそうですね」

入江はその食べっぷりを呆れて見ている。

「酒飲みは甘いモノは食べないと思ってました」

「いや、ここのは美味《うま》いんでね。それと、このスクランブルエッグをご飯に載せて、ちょっと醬油《しょうゆ》を垂らしてかき込むのが……また美味い」

「私も少し戴こう」

入江が立ち上がり、追加のフルーツにヨーグルト、ゆで卵などをトレイに載せて戻ってくると、佐脇は指を油だらけにして、バターたっぷりのクロワッサンとデニッシュを交互に食べていた。

「いっそ刑事を辞めてグルメレポーターでもやったらどうですか？　実に美味そうに食べますね、あなたは」

「で、話の続きは？」

佐脇は自分から鳴神市の事件の話を振った。

「つまり、あんたの見るところ看過出来ないクソな捜査をしてるのが、その眞神署ってことか？　それともS県警全体がクソなのか？　東京のお膝元の関東でも田舎の警察はダメってことか？　とは言ってもおれは別に、警視庁がエラいとも思ってないんだが」

「どこの問題かと強《し》いて言えば、眞神署でしょうけどね。ありがちな図式を当てはめるなら、いわゆる地元有力者の影響力が地元の警察やマスコミにまで及んでいて、既得権益を打破しようとする新市長を、官民一致団結して排除しようとしているのでしょう」

「よくある話ですな」

佐脇は胸ポケットからタバコを取り出したが、禁煙なので我慢《がまん》した。

「検察はどうなんです？　同じように『長いモノに巻かれろ』って方針なんですか？」

「そのようです。というより、警察は自分たちに都合のいい捜査資料しか検察にあげませんから、検察もクロの判断をしますよね。捜査能力の乏《とぼ》しい検察が独自捜査をすることは殆《ほとん》どありません。警察があげた捜査資料を丸呑《まるの》みするしかないから、取り調べで否認され続けると、ますます躍起《やっき》になって自白させようとするんです」

そこまで話を聞くと、佐脇は立ち上がった。

「やってくれますか！」

顔を輝かせた入江に、佐脇はにべもなく答えた。

「まだ食べてないものがあるんでね」

今度は中華系の料理を取ってきた佐脇に、入江はナイフとフォークを置いて熱心に語り続けた。

「私の見るところ、あの若い市長は本気です。いろんな新しいアイディアを出して、眞神市の停滞している空気を入れ替えようとしています。熱意があるし、有能です。ただ、市の職員がついて行けてない。旧弊な意識に染まった役人根性の塊《かたまり》で、市長が叱咤《しった》しても動かない。許認可権などの既得権益も死守したい。だから起業についての規制を緩和して、手続きも簡素化しようとしている新市長は彼らの『敵』なんです。それは役人の本能ですけどね。同じく既得権益を守りたい業者と、彼ら官僚が一致して、暗黙のうちに共謀しているフシがミエミエです」

「地元の業者に役人に、おまけに警察とマスコミまでがグルか。四面楚歌《しめんそか》ですな」

市長に勝ち目はあるまい、と佐脇は思った。入江は腹立たしそうだ。

「そもそも眞神署は、贈賄した業者の証言『だけ』で逮捕状を請求して執行してるんです。渡した金額と渡した場所についての裏取り、同席した社員などの証言もなかったり不充分だったりで、よくもまあ裁判所がこれで逮捕状を出したと感心するほどです。推定無罪ならぬ推定有罪、逮捕さえしてしまえば極悪人という筋書に沿《そ》った決め打ちです。これでは法治国家の看板が泣くというものです」

よほど連中は『清廉潔白すぎる市長』が邪魔らしい、と入江は憤慨《ふんがい》した。

「それだけならまだしも、『ただの贈収賄』にとどまらず、もっとどろどろした不祥事を匂わせようと、反市長派が画策しているフシがあるのです。セックス・スキャンダルのような」

「ほう？」

佐脇はここでようやく興味を持ったようで、箸《はし》を置いて茶を一口飲んだ。

「つまり、カネだけじゃなくて、女も絡めて、スキャンダルのつるべ打ちをたくらんでいる、ということか？」

「ええ。内部情報として私の耳には入ってます。マスコミも知っているけれど、これをうっかり報道すると、誤報だった時には社長が辞めなきゃいけないクラスの大問題になるので、まだ封印状態ですけどね」

入江はコーヒーを一口飲んで間を取った。ここからが重要だぞ、と言うサインだ。

「この件は中央政府をゆるがす政治問題にも発展しかねないので、このままS県警や所轄《しょかつ》署には任せておけません。とんでもない保守政治家が裏で糸を引いている可能性だってある。なので、佐脇さん」

「警察庁や入江さんが表立って動けないから、立場があやふやで暇《ひま》を持てあましてるおれが勝手に動いて、調べて来いっていう訳ね」

「そうです。あなたは言わばムダ飯喰らいなんだから、ちょっとは汗をかくべきです」

「飼い殺ししている、とどうして正直に言えないのかね？」

佐脇はタバコを取り出したが、火はつけず、指に挟んだまま手をフラフラと動かした。

「ひとつ疑問があるんですがね」

「どうぞ、なんなりと」

佐脇はタバコを吸いたくて堪らない。安ホテルなら構わず火をつけてしまうところだが、ここは天下の帝国ホテル。我慢するしかない。

「チマチマしたことより大局を見ろというのが、エラい官僚たる入江ヤンセイの持論だったと思うんだが、今回に限って、どうして関東とはいえ、ショボい地方都市のローカルなスキャンダルに興味を持ち、しかも興味を持っただけでは気が済まず、あげくおれを使ってまでどうにかしようとしてるのは、一体、何故なんだ？」

入江は即答した。

「もちろん社会正義のためです。私だって警察官の端《はし》くれです。不正があるのを知れば、なんとかしなければならないと思うのは当然でしょう？」

入江はそう言って、フルーツトマトをひとつ、口に入れた。

「それだけかね？　本当の理由があるんだろ？　あんたは一筋縄ではいかないオッサンだから」

「私をオッサンと言うなら、佐脇さん、あなたも立派なオッサンでしょ？」

入江はあくまでシラを切り、今度はキウイのスライスを口に運んだ。

役所に戻る入江とは別れて、佐脇は有楽町《ゆうらくちょう》方面にブラブラ歩いた。交通会館にある大きな書店で雑誌を漁《あさ》るうちに、眞神市という文字が見出しに躍《おど》る、ある記事に目を留《と》めた。

『眞神市が全面協力のホラー映画「呪《のろ》われた橋《はし》」、市長逮捕でお先真っ暗!』

「遠すぎた橋っていう戦争映画が昔あったよなあ……」

そう独《ひと》り言《ごと》を呟《つぶや》きながら、その記事を立ち読みした。

まさについ先刻、入江の口からその名を聞いた「S県眞神市」が舞台だという映画の記事だ。記事によれば、企画が持ち込まれたものの市の観光課では内容がホラー映画だったため当初は協力に難色を示した、とある。だがその話を友沢新市長が知り、若い監督をはじめ、製作スタッフの熱意に打たれて全面協力を約束したという。

記事には市長のコメントも載《の》っている。

『内容がスプラッターなホラーでも、眞神市がロケに使われるなら話題にもなるし、町の活性化にも繋がります。私はそう考えたので、市の観光課に製作協力セクションを新設しましたし、眞神市として製作に全面協力することをお約束して、クランクインにこぎ着けました』

しかし頼みの綱の、その友沢市長が、贈収賄の嫌疑で逮捕されてしまった。いまや製作続行にも暗雲が立ちこめ、新作映画の命運は風前の灯火《ともしび》である、と記事の前半は締めくくられていた。

そのヒロインに抜擢《ばってき》された新人の可愛《かわい》い少女の写真を見て、佐脇は思わず「お」と声を出してしまった。

入江が眞神市の事件に拘《こだわ》っている理由がハッキリしたからだ。

オーディションでヒロインの座を射止めたのは、十七歳の『大多喜奈央《おおたきなお》』という美少女だ。清純派アイドルの王道を行く可憐《かれん》で愛らしい、魅力たっぷりの笑顔の写真が載っている。

大多喜奈央はアイドルとして活動していたが、事務所の移籍を機に、本格的に女優になろうと決意して次々とオーディションを受けていたところ、この作品の監督のイメージにぴったりだったので、その場でヒロインに決定したと、記事にはある。

監督の岡崎祐二《おかざきゆうじ》はまだ若いが内外の学生映画祭で賞を取っている実力派で、インディーズの世界では「第二の園子温《そのしおん》」と期待されているらしい。

佐脇は、この映画の記事が載った他の雑誌も探して買い求め、近くのカフェに入って熟読した。岡崎監督に取材した記事もあった。

『奈央さんが今までに大変、辛い経験をされたことを知った上でこう言うのもあれなんですが、彼女の、非常に傷つきやすそうな感じ、そこがこの映画のヒロインのイメージにぴったりなんです。彼女がいつ壊れてしまうか、ぽっきり行ってしまうのか、見ている僕たちはハラハラしますよね？』という発言が岡崎監督の談として載っている。

ひどいことを言うやつだと思いながら、佐脇はその先を読んだ。

奈央はたしかに、はたちにもならない女の子としては異例なほど、ひどい目に遭《あ》ってきている。奈央の実の母親・大多喜希里子《きりこ》がとんでもない女だったからだ。

希里子は結婚前に奈央を妊娠したが、その相手の男は誰あろう、入江だった。彼は既婚者だったので、入江の後輩・大多喜と結婚したのだが結婚後も希里子の遊び癖《ぐせ》は収まらず、若い男たちと浮気を重ね、その中の一人が、いわゆる半グレと呼ばれる凶悪な若者集団を束《たば》ねるリーダーだった。

その結果、希里子を通じて裏の社会とつながりを持った大多喜家は破滅した。ファンドマネージャーだった希里子の夫（奈央の戸籍上の父親）はグループの裏金を扱うようになり、希里子は腹を痛めて産んだ娘の奈央を、グループが経営する芸能プロダクションに、いわば「人質」として差し出したのだ。

希里子の夫が裏金の運用に失敗すると、奈央はアイドル路線から引きずりおろされ、財界人へのセックス接待を強要されそうになった。ほどなく、奈央の両親は惨殺され、蒼白《そうはく》な表情でその葬儀に参列した奈央の痛々しい姿は、一時さかんにテレビで放映された。

そんな奈央が「傷つきやすそう」なのは当たり前だし、今にも「ぽっきり行って」しまいそうなところに目をつけるとは、この岡崎という監督はキワモノを撮りたいのか、と佐脇は苦々しい思いを抱いた。しかし……。

『ところが奈央さんは意外にしぶとい』と、若い監督は、インタビューの続きで答えている。

『恐怖シーンを撮る時は、こっちも大丈夫かなと気が気じゃないし、奈央さんも真っ青《まさお》で、それはもう真に迫った演技をしてくれて、終わったあともしばらくは立ち直れない感じで……このまま東京に帰ってしまうんじゃないか、と何度もみんなが思ったほどなんだけど、それでも次の日になると彼女、元気になって宿舎から現場に来るんですよ。基本的に強い人なんだと思います』

たしかに奈央は強い。母親に無理やり契約させせられた悪徳プロダクションで同期の友達が目の前で強姦《ごうかん》され、自分も同じ目に遭わされそうになったあとでも、芸能界を去るとは言わなかった。

「生物学上の父親」である入江の血を引いたのだろう、奈央は学校の成績も非常に良い。アイドルタレントを目指さなくても、いくらでも人生の選択肢《せんたくし》はある。しかし、奈央はかなり迷ったあと、結局この世界でやっていくことに決め、今は女優を目指しているのだ。

岡崎監督と友沢市長、そして奈央の三人が握手を交わしている写真を眺めながら、佐脇は「なるほどね」と溜息《ためいき》をついた。

「こういうことだったんだな」

警察庁に戻って入江のデスクに雑誌を置いて、佐脇はニヤリとした。

「眞神市の市長が失脚したら、この映画も製作中止の憂《う》き目を見るかもしれない。だからこのおれに実情を探らせて、出来れば市長を救い、撮影も何とか続行させたい。そういうことだよな？　誰しも血を分けた子はかわいいもんだが、それって公私混同じゃないのか？」

入江は、しばらく佐脇の顔を眺めていたが、何食わぬ顔をして口を開いた。

「たとえキッカケが個人的な事情でも、佐脇さんが調べた結果、何らかの不祥事が明らかになれば、そこに公益性が発生します」

入江は、古今東西の、私的理由で始めたことが、大事に繋がったあれこれを列挙した。

「アメリカ大陸の発見は、当時のヨーロッパの人たちが、狩り場を持つ貴族以外は古い肉しか食べられず、臭いを誤魔化す胡椒《こしょう》を必要としたからです。日本の開国も、当時のアメリカが機械油に鯨油《げいゆ》を使っていたために、捕鯨船の補給基地が極東に必要だったからです。発明だってキッカケは個人的なワガママでしょう？　自動織機も自動車もパソコンも、こういうモノがあればいいな、便利だな、という私的な欲求から現実のものになったんです。個人的な事情をバカにしてはいけませんよ」

それに、と警察庁官房参事官はデスクの引き出しからスキャンダル系の週刊誌を、二冊取り出した。写真週刊誌の『Ｕｐｓ』と、『週刊実際』というガセネタと特ダネが混在した雑誌だ。

入江が開いたページには、「若い市長はＡＶ女優がお好き？」「熟女キラーの最年少市長はＡＶ女優とドロドロのセックス地獄」という記事があった。

最近、普通のドラマに仕事の幅を広げ、転身を図っている人気ＡＶ女優の結城《ゆうき》ほのかが、市長肝《きも》いりのホラー映画『呪われた橋』に重要な役で出演が決まったが、これは市長のゴリ押しキャスティングではないか、私情が混ざった「市の予算を使って自分の愛人をプッシュするというトンでもない公私混同」などと煽《あお》られている。

更に別の号には、「眞神市近辺の連続女性失踪事件は、変態市長のしわざ！」という、怪文書も同然の無茶な記事も載っていた。

「こういう事情もあるんです。佐脇さんも雑誌を漁るなら、ここまでやってくださいよ」

「こういう事情ってアンタ……こういう事実は実際、あるんですか？」

「いや、今のところは噂にしか過ぎません」

入江はデマです嘘八百です、とは言い切らなかった。

「噂ねえ。ま、そういう悪質な噂が出るって事は、この友沢って若い市長が、田舎の市長にしてはイケメン過ぎるって理由でしょうな。いわゆるチャラ男に見えるし。しかし、結構なご身分ですな。立場を利用してＡＶ女優と不倫とはね」

「いや、不倫ではありません。恋愛は自由です。市長は独身だから、誰と付き合ってもそれが倫理に反することにはなりません。しかし、贈収賄スキャンダルとの合わせ技となると話は別です。デッチアゲの可能性がきわめて濃厚な収賄と並んで、こういうスキャンダルが出て来るというのは、実にきな臭いでしょう？」

　これを見てください、と入江はタブレットを取り出してテレビ番組の録画らしき映像を表示させた。

「愛人を映画に出した、ということではないんですよ。見れば判ります」

　それは、日曜の朝に放送されている人気情報バラエティ番組だった。

　画面の中央には番組のゲストらしい、爽《さわ》やかで凜々《りり》しい面立《おもだ》ちの男が座っている。『眞神市市長・友沢春樹』というテロップが出た。

「これが問題のエロ市長か。やっぱり若いな。おまけに男前だ」

「要するに、ある種の男性たちから反感を買う要素を兼《か》ね備えているということですね」

「要するに、チンポは勃《た》たないけど女にはモテたいジジイとか、女に縁がない童貞のネトウヨとかに反感を持たれたってことですな」

「反論はしません」

　画面では佐脇と同じことをレギュラーコメンテーターが突っ込んでいる。

『ねえ友沢さん、そんなに若くってやりづらくないですか？　市の幹部のヒトとか、職員とか、議員さんたちに舐められたりしません？』

　失礼なことをきいている女は派手《はで》な美貌《びぼう》で、巨乳にぐっと締まったウェストを、ぴったりとしたドレスに包んでいる、およそ日曜の朝の番組にそぐわない、エロい雰囲気《ふんいき》のタレントだ。

「さすがは結城ほのか、テレビで見ても色っぽいねえ！」

　女が趣味の佐脇は、アダルトビデオも丹念に見ている。結城ほのかと言えば、この業界ではトップの人気を持つAV女優だ。最近はこの手のバラエティ番組にも顔を出し、女優としても、アダルトビデオから一般ドラマや映画にも仕事の幅を広げようとしている。

「二人は、この番組で知り合ったんです」

　タブレットの画面の中で、市長は苦笑しつつ答えている。

『舐められてない、と言えば嘘になりますが、市の職員や議員の皆さんとは努《つと》めて対話の時間を取っています。メールでも忌憚《きたん》のない意見を送ってもらうようにして、粘《ねば》り強く私の考えを理解していただくように努力しているんです。市民の皆さんに対しても、それは同じです』

　市長の考えは、地域経済を活性化するような施設を市の中心部に誘致する一方で、郊外の美しい自然は極力残したいというもので、それは突出して妙なものではない。

『しかしそういう私自身の希望……それは私を支持してくださった有権者の皆さん多数の希望でもあるわけですが、その方針が、ことごとく眞神市の……一部の方々の考えとは相《あい》容《い》れないようで、そこが頭痛のタネです』

市の中心部の再開発には地元商店街の反対が強くて、大型施設の誘致が進まないこと、また郊外の山林には産廃業者・土建業者などの利権があり、自然保護どころか、産廃処理場の誘致さえ画策されていること、などを友沢市長は訴えた。

『眞神市は自然に恵まれた美しい町なんです。東京からこんなに近いのに、こんなに綺麗なところだ！　って眞神市のことを知っていただければ、皆さんにも来て戴けるはずなんですが、なにぶんにも知名度が』

『だったら映画撮ればいいじゃん！』

と、結城ほのかが言いだした。完全にタメ口になっているが、外見のアダルトな印象に似合わず子供っぽくて可愛い声なので、不快な印象は無い。

『フィルム・コミッション作って映画の撮影誘致すれば？　今の日本映画には若くて才能のあるカントクがいっぱいいるけど、お金がないんですよ。そこを役所や市の人たちが協力してあげればいいじゃない。宿泊場所とかエキストラとか安く上げてもらえると製作側が助かるし、町も映画の中に登場すれば知名度上がるでしょ？　ヒットすればアニメじゃないけど、聖地巡礼とか言って、観光客がたくさん来るようにもなるし』

『いいアイディアですねえ。私も映画は好きですよ』

友沢春樹と結城ほのか。若き市長とＡＶ女優とのあいだに、ここではっきりと何かが生まれたことが、タブレットの小さな画面を通してではあるが、佐脇にも判った。

「畜生《ちくしょう》。うらやましいな。イケメンで選挙に勝って市長になると、こんなイイコトもあるのか……いや、おれも結城ほのかには、結構お世話になってるんでね」

そう言って悔しがる佐脇を、入江は面白そうに見た。

「佐脇さんは正直ですね……まあそういうことなんです。私の依頼で、眞神市に行っていただければ、佐脇さんだって結城ほのかに会うチャンスが何度もありますよ」

佐脇は、マジな顔になって入江を見返した。

「美味しそうな餌《えさ》ですな。だが入江さんの、真の目的は、なんだ？」

「と、言いますと？」

入江は戸惑《とまど》ったように聞き返した。

「奈央くんが映画に出ているという私情だけで、こういうややこしい事件に首を突っ込む入江サンじゃないはずだ。ホントは、どんな理由があるんだ？」

「いや……これは、ごく単純な公私混同ですよ。きわめて自然な、いわゆる親子の情、というヤツです」

それと、あとひとつ重要なことが、と入江は付け加えた。

「例の噂についても調べていただけませんか？」

「噂って……もしかして、市長が何人も女をかどわかしてるってヤツですか？」

「正確には『眞神市近辺の連続女性失踪事件は、変態市長のしわざ！』ですけどね」

「馬鹿ですか、あんた」

佐脇は一笑に付した。

「今のところ噂に過ぎないとアンタも認めたのに？　市長の逮捕ならともかく、ただの噂、それもこんな愚劣な記事を鵜呑みにして調べるなんて、いかに入江サンのご命令とはいえ」

佐脇は嫌悪の感情を剝き出しにして首を横に振った。

「おれはやりたくないね。そもそも誰が失踪してる？　地元警察に届が出てるのか？　どうせ心霊スポットがどうした、のタグイの、ネットで流れているくっだらない与太だろう？」

「確かに、噂の元がエロ雑誌とネットであることは認めますが、しかし、かなりもっともらしいことが囁かれているのです。しかも、失踪した女性の中には何人かの芸能界関係者も含まれているという」

「何ですか、その芸能界関係者っていうのは？　まさかＡＶ女優とか？」

「まあ、はっきり言えばそうです」

「ちょっと入江さん、何言ってるんですか？　消えたＡＶ女優って都市伝説の定番ネタなの、知ってますか？　え？」

あんたはエリートだからそんな下世話なことは知らないのかもしれないが、と佐脇は続けた。

「盛りを過ぎたＡＶ女優がいつしかひっそりと消息を絶つ。彼女たちは一体どこに消えてしまうのか。アラブの大富豪に囲われている？　それとも富士《ふじ》の樹海で人間狩りのターゲットになっている？　その手の与太話ですよ。アラブでも樹海でもなく、結婚してその辺で弁当屋でもやってるかもしれんじゃないですか」

佐脇は大声で叱咤するように言い募った。しかし入江は言い出したことを引っ込めない。

「おっしゃることはもっともですが……それでも私は奈央のことが心配なんです。共演にはＡＶ女優もいることですし……この件も調べてください。どうせ眞神に行くことだし、優秀な佐脇さんなら簡単に調べはつくでしょう？」

入江は佐脇をおだてはじめたが、そんな見え透いたおだてには乗ってこないと見ると、デスクに手をついて頭を下げた。

「頼みます。調べてください」

ここまで下手に出る入江は初めてかもしれない。

妙に感心して見ている佐脇に、警察庁官房参事官は強気に転じた。

「とにかく、早く現地に飛んで、ご自分の目と耳で事件に触れて戴きたいモノですな」

「いいでしょう。判りました」

そう言って佐脇は、上司に向かって手の平を差し出した。

「交通費とその他、現地での活動費などを貰っておきましょうか。一日や二日で片がつく話じゃなさそうだから、宿泊費も込みで」

「まるでタチの悪い私立探偵ですね」

そう言いながら、入江は手持ちの現金がないと二十万円の小切手を切った。

「ほう。今どき個人小切手とは珍《めずら》しい。ニセモノじゃないでしょうな?」

佐脇は受け取った小切手をいろんな角度から眺めた。

「役所に仮払いさせることも出来ないし、あなたにキャッシュカードを渡す、なんて恐ろしいことをするつもりもありません。小切手しか使えないでしょう? この場合」

「つべこべ言わずにさっさと行って来いと言うことですな」

＊

翌日、佐脇は眞神市に向かった。

ＪＲの中距離電車に乗り、乗り換えを含めて上野《うえの》から二時間と少し。その意味では東京近郊と言ってよく、立派な首都圏なのだが……。

佐脇を乗せた電車は、どんどん山の中に入っていく。清流に沿ってかなりの距離を走った。

ようやくたどり着いて降り立った眞神駅の駅前広場は、ここのどこが首都圏？　と思ってしまうほど何もない。人影もほとんどない。

「鳴海の方が都会じゃねえのか？」

山間部の、少し開けて平地が広がる場所にある駅。その駅前には、駅ビルも高層マンションも、スーパーマーケットすら建っていない。古い商店と飲食店がポツポツとあるだけだ。昔ながらの町にはよくある構造だが、賑《にぎ》わっている中心部は駅から離れた昔の街道沿いにあって、駅は特に重要ではないというパターンなのだろう。

低層建築と広い駅前広場で、空は広い。いや、山岳地帯だから山が迫っているのだが、駅前にはかなりの面積の空き地が広がっている。

その空間いっぱいに突然、怒号が響き渡った。

「エロ市長ヤメロ」

「見てくれだけのカラッポ市長、去れ！」

「国賊売国奴は自決しろ！」

「悪趣味変態市長は消えろ！」

スピーカー越しの大音量だ。どこかの政治団体が街宣車を繰り出して、喚《わめ》き立てている。街宣車の前では「友沢ハルキを葬《ほうむ》り去る会」という物騒なゼッケンを付けた若者たちが、市長の顔に弾穴を開けた写真をデカデカと刷ったビラを配っている。

その近くに制服警官が立っているが、ただつっ立っているだけで、完全に放任というか黙認状態だ。

「カネに汚くセックス狂いの変態市長は即刻クビだ！」

「変態性欲市長は眞神市から出ていけ！」

「市長はＡＶ女優とヤリたいだけだぞ！　公私混同市長だぞ！」

「女を掠《さら》って性奴隷《せいどれい》にしてる市長死ね！」

街宣車の上でマイクを握る男は、実に穏やかならぬことを喚き散らしている。

男によれば市長の「罪状」は、タダの贈収賄だけではないらしい。

これはエロ・スキャンダルだ、自分の愛人のＡＶ女優を市が作る映画に無理やり出演させた、などと騒いでいる。例のスキャンダル週刊誌の完全な受け売りだ。

刺激的な言葉が並ぶプラカードを持った連中がウロウロし、町の玄関であるべき駅前広場には不穏な空気が漂っていた。

しかし警官はまったく何もしない。それどころか、右翼政治団体の一味と時おり言葉を交わして笑ったりしている。

なんだこれは？

佐脇は、ふぬけにしか見えないその警官を問い質《ただ》してやろうと近づきかけたが……思いとどまった。

こういうことは、別に珍しくはないのだ。佐脇も制服の巡査時代、右翼の街宣車が爆音で軍歌を鳴らして鳴海市街を走り回ったり、労働組合のビルの前でがなり立てるような時に、何もするなと上から言われてムカついたことがある。

昔から、右翼と警察の間には、いわば馴《な》れ合いの関係がある。最近は一般市民の反政府デモも多くなり、いわゆる「意識高い系」からの抗議もうるさくなったことから、あからさまな依怙贔屓《えこひいき》は控《ひか》えるようにはなっている。右翼と暴力団との絡みも理由のひとつだ。暴対法という法律が出来て暴力団を厳しく取り締まる以上、右翼との間にも一線を引かなければならない、という意識もある。

しかし、この眞神市では、全然そんなことはないようだ。

市長の追い落としに、地元警察も関与している……。この様子を見れば、誰もがそう思うだろう。

ここはまず本丸に、と考えた佐脇は所轄の眞神署に出向くことにした。


「これはこれは警察庁官房の……」

会議室に入ってきた男は、眞神署生活安全課課長・井口公平《いぐちこうへい》という名刺を差し出し、佐脇の名刺を見て、わざとらしく恐縮して見せた。

「その、官房参事官付、というのはどういう？」

妙にへりくだって上目遣いに自分を見る、頭髪の薄い貧相な男に、佐脇は軽い嫌悪を感じた。

「読んで字の如く、参事官の下で動いております」

はあ、と相手は納得していなさそうな顔をした。

「で、御用の向きは？　中央からなにかご指導でも？」

「ここには電車に乗ってきたんですがね、駅前で盛んに市長を攻撃する政治団体が吠《ほ》えてましたが。ありゃどういうことです？　なんだか今すぐにでも憲兵か特高警察が出てきそうな勢いで」

「ああ、あれね」

井口は苦笑した。

「たぶん、市長がプッシュしている映画のことでしょう。低俗なホラー映画なので、市のPRになるどころかイメージを貶《おとし》めるということで、後援を決めた市長を攻撃しているのではないかと」

「けど何故それが反日とか国賊とか売国奴ってことになるんです？」

「さあ？　あの連中の頭の中までは判りかねますが……」

「まあ、あの連中は最近ネットで知った言葉を使ってみたいだけなんでしょうな。意味も判らずに」

佐脇がそう言っても、井口は曖昧な笑みを浮かべるだけだ。

「市長個人のスキャンダルを匂わせるようなことも言ってましたがね。あれは問題にはならんのですか？」

「それも表現の自由ってやつで。街頭演説の届も出てますし、我々としては規制は出来ません」

「しかし、現市長は逮捕されただけで、まだ有罪が確定したわけではないでしょう？　犯罪者呼ばわりするのは名誉毀損《めいよきそん》ではないんですか？」

「現市長と言いましても、今は拘置所《こうちしょ》にいるわけであってですね、名誉毀損については親告罪ですから、訴えが出ないとこちらとしても、ねえ」

要するに警察は、何もする気はないのだ。

「しかしね、他所《よそ》から来た右翼が自分のところの、それもホープと言われた市長を『変態』だとか『異常性欲者』呼ばわりして、徹底して貶めているのを無理やり聞かされるのは、市民としては苦痛なのでは?」

「それについてはですね、たしかに一部の市民団体から訴えが出ておりますが、やはり表現の自由との兼ね合いというか整合性というか、その問題があってですね、簡単に判断するわけにはいかんのです」

井口は眉を顰《ひそ》めて腕を組んだ。

「そもそも日本では、ドイツなどとは違って、他人を口汚く罵《ののし》るだけでは犯罪にはならないんですよ。つまり現状ではヘイトスピーチを取り締まる法律はないんです。名誉毀損の裁判を起こされたら民事で負けることもある、というだけの話で、刑法ではお咎《とが》めなしです。それに市長は公人なのだから、ある程度の批判は仕方がありません」

「ある程度の? 正当な批判と、そのヘイトってやつは違うんじゃないんですか?」

まあたしかに、と井口は頷いた。

「おっしゃるとおり、切り分けは不可能ですな。あくまでも表現の自由は守られるべきですし」

警察がそんなに熱心に「表現の自由」を守るのか、と佐脇は逆に驚いた。しかしまあ、この男が言う「表現の自由」というものは、スライムみたいに変幻自在に変化するのだろう。

佐脇はうんざりして、市長の言わんとするところを代わりに言ってやった。

「要するに、早い話が、所轄としては現職市長の名誉を守る気はないって事ですね？　しかし逮捕された被疑者も刑が確定するまでは……」

「いやいや佐脇さん、推定無罪の原則については、警察庁のエラい方に教えて戴かなくても重々判っております。我々だっていくら田舎の警察署とは言え、法を執行する警察官なのですからね。しかし推定無罪ってのはあくまで原則であってですね。我々としては身柄を拘束して、取り調べるに値する濃厚な嫌疑があるからこそ、逮捕に踏み切ったのであってですね」

どちらかと言えば腕カバーにサンダル履きで、村役場の出納《すいとう》長でも務めている方が似合いそうな井口は、くどくどと言い訳めいたことを口にしている。

「で、警察庁官房の方が、どうしてこちらに？」

またしても井口は同じ質問を口にした。

「それはですね、友沢市長の逮捕について、警察庁としても当然、ある程度の関心を持っているわけでして」

佐脇は仕方なく、適当な理由をでっちあげた。

「現職の市長を所轄署が逮捕するというのは、なかなか出来ないことだと思います。それについて、詳しい事情を伺いたいと」

「あ……それは私ではないですね。刑事課の仕事ですから。やっぱり担当の者、呼ばなくちゃ駄目ですかね？」

井口は面倒くさそうな様子を隠そうともせず、舌打ちしながら会議室を出て行った。

しばらく待たされて、もう帰ろうかと思った頃、「どうもお待たせしました」と言いながらダークスーツを着込んだ、眼光鋭い中年男が入ってきた。

「眞神署刑事課捜査二係の柚木《ゆのき》です。友沢市長の事件の捜査主任をしておりますが」

佐脇に対して丁寧《ていねい》な物腰だが、その目付きに油断はない。

「で、警察庁の方が、私どもに、どういう御用向きで？」

「友沢市長逮捕の件です」

ぶしつけに訊けば反撥《はんぱつ》されることを佐脇はよく判っている。彼自身、刑事になってほとんどの期間を所轄の鳴海署で過ごしたのだから、県警から刑事が乗り込んで来るだけでも腹が立った自分のことを考えれば、井口も、この柚木も、警察庁からいきなりやって来た男を胡散《うさん》臭く、かつ邪魔者としか見ていないのはよく判る。

しかし問題なのは、胡散臭くて邪魔な男のバックには日本警察の総本山が控えている、ということだ。佐脇がそれに触れなくても、名刺の肩書きが「警察庁官房参事官付」となっている以上、その威光は絶大だ。

「私、この見てくれの通り、地方から転籍で警察庁にいる人間ですんで、柚木さんにどう思われてるかよく判ってます」

「あ？　いわゆる推薦《すいせん》組ってヤツですか、あなたは？」

柚木の目付きがちょっと変わった。

地方の警察官は、その都道府県の職員、つまり地方公務員だ。しかし警察庁の職員はすべて国家公務員で、国家公務員採用試験を受けて入ってきた「エリート」だ。しかし、地方との人事交流や、地方の優秀な人材を登用するという目的で、地方警察から警察庁への推薦制度がある。ただし、それは三十歳前に警部補に昇進した優秀な人間に限定されている。だから、佐脇のような万年巡査長は、推薦組としてあり得ないのだ。

「いや、ワタシの場合はかなり違います。優秀でもないし、なんというか……まあ特例というか例外というか、要するに、『推薦組』ということでイメージされるような人間では全くないんで」

と言いながら、どうしておれはこんなに卑下しなきゃいかんのだ？　と佐脇はこの状況自体に腹を立てた。

「私のことはさておき、そもそもこちらの二係では、この贈収賄事件をどうやって嗅《か》ぎつけたんですか？」

「別件の捜査をしている過程で、です。贈賄した側の『眞神環境開発』社長の、望月保による詐欺《さぎ》事件が発端です。出資者と銀行から被害届が出され、その取り調べ中に、望月が『自分には市長と太いパイプがあり、市の仕事さえ受注できれば借金もなくなり、詐欺事件の方も和解交渉出来ると思って利益を供与した』と供述したので、その件についてもすべてゲロさせた上で、ウラを取ったんです」

「なるほど、瓢簞《ひょうたん》から駒というか、御手柄だったわけですな」

柚木は黙ったが、それはムッとしたわけではない。気をよくしているのだが、元来が表情を表さない性格なのだろう、ちょっと首を傾げただけだった。

「眞神環境開発という会社は土木建設設計施工の会社で、地元では昔からある有力な企業です。市の公共工事も多数受注しています。そういう会社の社長が進んで自らの罪を認めたんですから、それ相応の覚悟があってのことでしょう」

「しかし、たとえそういう自供があったとしても現職の市長、それも人気があって、全国から注目されている若い市長を逮捕するのは大変だったでしょうね?」

「それはもうね、慎重にやりましたよ。事実上、市長の政治生命を断ちかねない案件ですからね、間違いがあれば署長や本部長のクビが飛ぶ程度では済まないかもしれない。だから、慎重の上にも慎重を期してウラを取り、絶対クロと確信した時点で、逮捕に踏み切りました」

「検察に事件を渡して、市長は在宅起訴、という遣《や》り方もあったと思いますが？」

「政治家は一筋縄ではいかないですからね。野放しにしておくと証拠をどんどん潰していく。だから、身柄の拘束《こうそく》は必要だったんです」

そう言った柚木は、佐脇をじっと見つめた。

「おたくも地方の所轄に居たんなら、そのへんは判るでしょう？　田舎の政治家ほどナアナアが通用して、地元の警察ぐらいどうにでもなる、と思い込んでるということは」

「それは同感ですな。自分の影響力を使えば警察なんか幾らでも動かせる、と思ってるのが余計に腹立たしくてね。実際、動かされるバカもいたから余計に腹が立ってね」

わが意を得たりという顔で頷く柚木に佐脇は畳《たた》み掛けた。

「で、どうなんです？　市長は素直《すなお》に自供してるんですか？」

いやいやそれが、と柚木は首を振った。

「しぶといんです。絶対に認めない。頑迷というかなんというか。まあ、奴さんも必死なんでしょうけどね。有罪になったら政治生命を断たれるわけだし」

「なるほどね。で、望月社長の供述って言うのは間違いないんですか？」

「間違いないんですか、とはどういう意味ですか？」

果たして、柚木は佐脇の曖昧な言い回しを突いてきた。

「今言ったでしょう。なにしろ相手が市長ですから、慎重にウラを取って、何度も検証して、自信を持って逮捕に踏み切ったんですよ」

「ええとですね」

柚木の表情が厳しくなったので、佐脇は何とか和《やわ》らげようと言い方を変えた。

「例えば……社長と市長の利害が対立していたとします。社長にとって市長は目の上のたんこぶ以上の邪魔な存在だったとします。そこで社長は市長を道連れというか、つまり自分が逮捕されて有罪になっても構わないという覚悟で、市長を罠に嵌めた、という可能性はないんでしょうか?」

「佐脇さんとやら」

柚木の声が硬くなった。

「あなたはいきなり訪ねて来て、ぶしつけなことを言って、あたかも我々がいい加減な捜査をした、あるいは何らかの意図を持って現職市長を辞職に追い込むような真似《まね》をした、とでも言いたげですが」

表情が険しい。

「一体、どういうおつもりですか?」

申し訳ない、と佐脇は頭を下げた。ここは謝るしかない。自分が柚木の立場だったらもっと怒るだろう。いや、激怒して相手をぶん殴《なぐ》りさえするかもしれない。やるべし、と思い、信念を持って当たった捜査なら、なおさらのことだ。

かつて、入江と食うか食われるかの死闘を演じたように、所轄の刑事にも譲《ゆず》れない線はあるのだ。

「申し訳ない。言い方が悪かったですね。仮に望月社長が、そういうヨコシマな意図を持っていたら、という、あくまでも仮定の話をしたのであって。配慮が足《た》りませんでした」

「足りなさ過ぎでしょう！　一般市民が何らかの意図を持って、他人を陥《おとし》いれようとする詐術にまんまと引っかかるほど、ウチはマヌケではないと自負しております。警察は中立公平です。政治の動向とも無関係です。むしろ警察庁の方が……って、警察庁は政府の一部ですもんね」

柚木は自分たちの正当性をまくし立てた。佐脇は防戦一方だ。

「いやいや、私も所轄暮らしが長かったので、柚木さんのおっしゃることはよく判りますよ。聞き分けの無い議員や、コネで雁字搦《がんじがら》めの市の幹部職員やらがあれこれ捜査に介入《かいにゅう》してくるのを撃退してましたし」

一発目から喧嘩《けんか》しては宜《よろ》しくない。佐脇はオトナの判断をして、ここは柚木に理解を示しておくことにした。

「ついつい現場の刑事の悪いクセが出てしまいまして。わざと意地の悪い質問をして相手を怒らせて本音を引き出すってのは、取り調べの基本ではありますが、こういう時にやってはイカン事でした。誠に失礼を」

そう言ってはみたが、柚木の機嫌は直りそうもない。

「重ね重ね、申し訳ありませんでした。ところで、私が、市長と社長に面会させて欲しいとお願いしても、それは無理でしょうね？」

「被疑者両名については刑事訴訟法八一条に基づき、弁護人等以外は接見が禁止されているので、無理ですな」

あ、そうですか、と佐脇はあっさりと引いた。裁判所がそう決めたのなら、どうしようもない。別の線で行くことにした。

「時に、駅前で街宣している連中ですが、友沢市長の贈収賄容疑を攻撃するというより、変態だの色魔だの女たらしだの、果ては連続失踪事件の真犯人だとか、女絡みのスキャンダルをメインに糾弾してましたが、今伺った話の中には、そういうことは出てきませんでしたよね？」

柚木は、難しい顔をして「まあねえ」と言った。

「そもそも、変態だとか女たらしってのは犯罪じゃなくて個人の趣味だから、ぎゃあぎゃあ言う方が野暮だってことにもなるけれど、女を掠って性奴隷にしてるとかって言うのはどうなんです？　そういう事実があるんですか？　この眞神市で女性の連続失踪事件って、ホントにあるんですか？」

「アナタ、いったい何をおっしゃりたいのです？　眞神署がきちんと捜査をしていないとでも？　警察庁から見えた方だからと言って、こちらの遣り方に口を出されるのは、はなはだ不快ですな。控えていただきたい」

柚木は、どうせ都市伝説でしょそんなものと笑い飛ばすと思ったのに、この件にも過敏に反応したのが意外だった。

「じゃあ、女性の連続失踪事件などは存在しない、と言うことですね？」

「当たり前です！」

柚木の強い語調に、佐脇は面食らった。と同時に、こいつは何かありそうだ、この男は絶対何かを隠している、と直感した。

「我々が市長について掴んでいるのは金銭の授受に関する事実だけです。彼らが糾弾しているスキャンダルめいた案件は、プライベートなことに関わるし、実際問題、被害届も出ていません。井口が先ほども言いましたように市長本人から名誉毀損の訴えも出ていないので、警察として関わる理由はありません」

腕組みをしてふ〜んと首を傾げる佐脇に、柚木は苛立った。

「サッチョウとしては、一体何を探りに来たんです？　それとも、あれですか？　もしや現職市長を取り調べて立件なぞするな、と言うご主旨《しゆし》のご指導ご教示なんでしょうか？」

皮肉めいた言葉遣いになって、すっかりひねくれてしまった。

とは言え、柚木が問い質したくなるのも判る。

たまたま近くに来たから立ち寄り、雑談の中で話題にした、という、最初に意図した線とは程遠いものになってしまった。わざわざやって来て、捜査担当者に面会を求めて、いろいろと問い質すカタチになっているのだ。

不慣れなおれに、こんなことをさせるからいけないんだと佐脇は内心またも腹を立てたが、仕方がない。

「いやいや、不用意な訪問で、ぶしつけなことをあれこれ伺ってしまって、申し訳ありません」

いきなり所轄署を訪ねたのがいけなかった。しかし、事情を知るにはそれが一番なはずだ。新聞記者だってそうするだろう……たぶん、磯部《いそべ》ひかるだって同じ事をしたはずだ。とは言っても、記者はぶしつけな質問をするのが商売だから、おれとは立場が違う……。

佐脇は、どうやってここを穏便に辞去するか、考え始めた。

ちょうど、昼が近い。

「どうでしょう、柚木さん。そろそろお昼だし、このへんで美味い店でも教えてくれませんか？　不作法のお詫《わ》びもしたいし」

「結構です。私、昼は愛妻弁当なもので。それに、急ぎの仕事もありますので。宜しければ、この辺で失礼させて貰いますが」

柚木はそう言うと、佐脇に礼をして会議室を出て行った。

　本当はおれの方が位は下なんだけどなあ、とそもそも巡査長の佐脇はボヤきつつ、眞神署を出ようとすると、「不当逮捕！」「市長を釈放しろ！」「警察はグルだ！」などと書かれたプラカードを持った一団と、「警察は正しい！」「市長は辞めろ！」「余所者《よそもの》は出ていけ！」と言う文字が躍るプラカードを持った一団が、今しも激突しかけていた。

　おりしも警察の前の通りを右翼の街宣車が「友沢市長はＡＶ女優とヤリたいだけのカネに汚いエロ変態」と喚きながら接近してきた。それを「反市長派」は援軍と思ってか、「市長派」に突進していった。

　警察の正面で、デモ隊（と言うにはショボイ）が衝突しているのに、玄関に立つ制服警官は完全に知らん顔で無視している。

　お互い殴り合うわけではなく、罵《ののし》り合うだけだが、言葉の暴力が物理的暴力に変化するのは時間の問題だった。

　まさに、一触即発。

　制服警官が無視している以上、おれが出ていくしかない。

　佐脇が、仕方ねえなあと思いつつ、前に出て両者を分けようとしたその時。

「まあまあまあ。お互いに抑えてください」

　細身で長身の穏やかな顔をした男が「市長派」の側から、両者が激突している最前線に割って入った。

「工藤《くどう》さん、あんたがどうして余所者の市長派に入ってるのか判らん」

「そうだ。工藤さん。あんたは本来こっちの人間だろ！」

反市長派の側から尖った声が飛んできた。

「工藤さん、あんた、裏切者か？」

「いやいや、違いますよ。私はただ、昔からの住人として、この町が良くなることだけを願ってるんだから」

「だったら、こっちに入るべきだろ！」

という反市長派に、市長派から罵声が飛んだ。

「ばーか。工藤さんは先見の明があって未来を考える人だから、こっち側に付いてるんだよ！　旧態依然の現状維持しか選択肢がないアンタらとは違うんだ！」

「まあまあまあ、みなさんも抑えて」

工藤とよばれた男は、両者の間に入ってなんとかしようとしているが、いっこうに収まりはつかない。

「工藤さん、退いてくれ！　もう我慢出来ねえ」

反市長派の連中が、市長派に殴りかかると、その勢いに押されて、工藤は小競り合いの塊《かたまり》から弾き飛ばされてしまった。

それを見た制服警官は、さすがに放置出来ないということで、デモ隊の正面衝突に介入した。

「はいはい、離れて離れて。警察の前で暴力はいけませんよ」

デモ隊は簡単に引き離されて、それぞれ左右に分かれて去って行ったが、ひっくり返ったままの工藤は、警官に助け起こされると、バツが悪い顔をして両者とはまた別の道を歩いて行った。

「オタクらも大変ですな……いや、もうちょっと早く割って入るべきだったんじゃないの？」

佐脇は制服警官に一言言ってやったが、反論されることもなく、完全に無視されてしまった。

佐脇は、署から離れて町を歩いてみた。

署は、町の中心にある。近くには市役所もあるし、少し歩けば商店街もある。その手前の公園には「駅前ショッピングセンター建設反対！」の立て看板が立っていた。

あのガランとして何もない駅前広場に、大手資本がショッピングセンターを建てる計画があるというのか。駅前の寂《さび》れようからして、眞神市の住民は電車にあまり乗らないのかと思ったらそうでもないらしい。もっと大きな大宮のような街や、東京に通勤している住民も多いはずだから、駅前があんなに寂れているのが不思議だったのだ。もしかすると、ショッピングセンターを建てる建てないで長年争いが続いていて、もはやどうにも出来ない状態なのだろうか。

　佐脇は、適当に歩いて、適当にボロくて適当に美味そうな食堂を見つけた。のれんが汚れて色褪《いろあ》せている。

　昭和の香り漂《ただよ》う、木の椅子とデコラのテーブルが並んでいる。メニューには和洋中、多岐《たき》に亘《わた》る料理が載っている昔風の食堂だ。

　しかし佐脇のほかに客はいない。

「お勧《すす》めって何かあるの？」

　努めて東京弁を使ったつもりだが、イントネーションが違うらしい。

「あんた、西の方のヒト？」

　水のコップを置いた六十絡みのオバサンが訊いてきた。

「判るのか？　鋭いね」

「この町から出たことがないからね、ヨソの人の言葉には敏感になるのさ。こういう商売してると、いろんな人が来るだろ？　前はあまり出入りはなかったけど、最近はね、田んぼや畑がマンションになっちゃって、あっちこっちからいろんな人が来たよ。言葉を聞いてるだけで判るね。でも、西の方のヒトは珍しいよ」

「まあねえ、関西の連中は関東といえばまず東京駅とその周辺だから、なかなかこっちまでは来ないんだろうね。で、お勧めはナニ？」

「ウチはなんでも出来るよ。メニューにないものでも言ってくれれば作るって」

厨房《ちゆうぼう》にいる、作務衣《さむえ》みたいなものを着た、オバサンと同じ年格好のオヤジが、こっちを見て声をかけてきた。

「だからって満漢全席とか子羊のナンタラ風カントカとか、ふざけたことは言うなよ」

「判ってますよ。そんなガキみたいなことはしない。じゃあ……シャリアピンステーキって、出来る？」

「あいにく今日は出来ねえなあ」

「じゃあ、ローストチキンのオレンジソース添えってのは？」

「やれと言われれば作るよ。今からだったら三時間はかかるけど、時間ある？」

「では、うな重」

「仕入れてくるけど、問屋にあるかな？」

「……逆に、すぐ出来るものを教えてよ」

佐脇は根負けした。

「旧ソ連時代のモスクワに行った奴がレストランに入って、メニューに物凄い数の料理が並んでるんでオーダーしたら、それは今日は出来ませんと言われるばかりで、結局、出てきたのはボルシチと黒パンだけ、という話があるけど、この店もその口か？」

「それとはちょっと違うな。材料は仕入れればあるし、おれはなんでも作れるからメニューに載せてる。だけど、一年に一回出るか出ないかみたいな料理、材料仕入れても腐っちまうだろ……それともあれか？　おれとバアサンが毎晩、残り物のウナギとかフォアグラを食うのか？　すぐに出せるのは、カレーとかカツ丼とかハンバーグとか、その手のものだよ。ちょっとは常識で考えろっての」

妙にエラそうなオヤジだが、目は笑っているし、大柄でつるっパゲなところに愛嬌《あいきょう》がある。

「じゃあ、カレーと味噌ラーメンとシュウマイ」

あいよと応じたオヤジだが、しげしげと佐脇を見て「ニイサン、全部食べるのかい？」と確認した。

「メタボ一直線だな」

余計なことを言うのが趣味《しゅみ》らしい。オバサンはと言うと、ヒマそうに空《あ》いた席に座ってタバコをふかしている。

一番に出てきたカレーを食べながら、世間話風に訊いてみた。

「ここの駅前って、やっぱりアレ？　ショッピングセンターを建てる建てないで揉めてるから更地なの？」

「そうなのよぅ」

こういう話が大好きそうなオバサンが乗ってきた。

「いえね、前は駅前にそこそこ店はあったの。食べ物屋とか飲み屋とか。この町だって、『最遠の東京のベッドタウン』とか言われたこともあって、通勤するヒトも多いから、駅前に何かあった方が便利なのよ。だけど、バブルの頃にデパートかなんかが出来ると言われて地上げされて、それっきり。デパートの計画はナシになって、それからいろいろ話が湧いては消え湧いては消えで……まあ、このへんの店としては、駅前にデカいのを造られたら困るんだけどね。客盗られちゃってシャッター商店街になるもの」

「だけど、今度は本当の話になりそうでね、ヘイ、味噌ラーメンとシュウマイお待ち」

オヤジも口を出した。

「新市長が、いつまでも駅前がああでは困るってんで、なんとかしようと乗り出して、地元の商店に出店させたりとか、オンボロになった公民館を中に入れるとか、いろいろと地元に配慮したアイディアを考えてくれてね。それなら、って地元主導の線で話がまとまりかけたときに、別の業者が土地を買い取って高値を吹っかけてきて、話がおじゃんになって、もうグチャグチャ。その上、市長が例の件で捕まっちまったからね。このまま外の資本にいいようにされたら、駅前の店は、ウチも含めて全部、廃業だね」

オヤジの顔には怒りが浮かんでいる。

「市長にカネを渡したと言い張ってる望月ってのも、この辺じゃいろいろ噂のある男でね。金と女に汚い野郎で評判悪いのよ。ちょっと可愛い女の子が、この辺のスナックに入るとしつこく口説《くど》きまくるとかね」

オヤジはシュウマイのそばに醬油を入れる小皿を置きながら続けた。

「ワタシらは、そういう連中がこの町を牛耳《ぎゅうじ》ってるのが嫌で、友沢さんの可能性に賭《か》けて投票したんだからね。あのヒトは何よりも熱意があったし、市民からのいろんな新しいアイディアも受け入れて、この町を活性化させようと頑張ってたのに」

オヤジは、店に貼ってある「眞神市の自然を誇りにしましょう」というポスターを顎《あご》で示した。それは緑したたる山の急峻《きゅうしゅん》な斜面と、その山裾《やますそ》を流れる渓流の、青く透明な淵を美しく捉えた写真だ。

「この町の自然をもっとアピールして、観光を産業にしようってね。こんな山奥じゃ大学も誘致できないし、産廃なんかもってのほかだし。大体ここは川の源流だよ。都会の連中は産廃の谷から流れてきた水を飲んでも平気なのかもしれないけど、おれはゴメンだね。けど、きれいな渓流目当てに観光客が来れば町に泊まるだろうし、メシも食うだろうし買い物もするだろう。だから馬鹿馬鹿しい映画かもしれないけど、私らはロケにも協力してたってのに、肝心の市長が捕まっちゃってさあ」

「映画って言っても、ホラー映画なんだろ?」

そうなんだよ、とオヤジはカレーを出してノッて来た。

「山のずっと奥の方に廃村があってね。携帯の電波も来ないようなところなんだが、そこが舞台なんだって。まあ、その廃村は山菜採りに入った奴が走る女の亡霊を見たとか、行方不明になった女の子がフラフラ歩いていたのを見たとか、いろいろ怖い噂があって、まあ心霊スポットみたいな場所なんだが」

と、ここまで言ったオヤジだが、熱心に聞き入っている佐脇の顔を見ると、突然言葉を切って、なぜか厨房に引っ込んでしまった。

オバサンも妙によそよそしくなって、コップに水をくれと言ってもすぐには注いでくれなかったり、話を振っても生返事ばかりで全然、乗ってこなくなった。

あ、これは誤解されてしまった。

佐脇は悟《さと》った。市長反対派のヤクザかなにかが「敵情視察」に乗り込んできた、と思われたのだろう。真面目《まじめ》な顔で話を聞いていたのがスパイの情報収集のように見られてしまったのだろうか。

今更いくら違うと言っても、言えば言うほど怪しまれるだけだし、警察の者だと名乗れば余計に警戒されるだろう。

それほど、市長派と反対派の溝《みぞ》は深いと言うことか……？

沈黙が支配する中、佐脇はそれでもカレーライスと味噌ラーメンとシュウマイを残さず、しかしそそくさと食い終わって、勘定《かんじょう》を払って店を出た。

話し好きそうなオヤジかオバサンに、この町でロケしている映画の撮影隊について訊こうと思っていたのだが、当てがはずれた。

まあいい。最近はどんな町にもロケの便宜《べんぎ》を図る「フィルム・コミッション」のような組織があるのだから。

第二章　右翼に乗っ取られた町

　女は、後ろから犯されていた。しかし、後背位ではない。アナルセックスを強要されているのだ。

　こういうセックスが好きな女がいるのは知っている。しかし、自分はダメだ。痛いだけで、まったく快感はない。ただただおぞましい鋭い痛みと屈辱があるだけだ。だから、前の仕事でもアナルセックスだけはＮＧにしていたのに。

　うまい話……地方の大金持ちの愛人になって店も一軒任せてもらえる……に釣られてこの町まで来たけれど、こんな目に遭うとは聞いていなかった。

　彼女を犯している男たちは、二人。一人は駅まで迎えに来た痩《や》せて長身の男。その時はもの静かで優しそうに見えたが、今その男の眼は獣のようにぎらぎらと輝く三白眼で、苦しむ彼女の様子を食い入るように見ている。

　その男の、彼女を嘲笑《ちょうしょう》する口が耳まで裂けているように見えるのが、物凄く不気味だ。

もう一人の男、今彼女の肛門を無理やり犯している男は、筋肉質で貫禄《かんろく》のある、それなりに地位のありそうな男だ。

胸を力任せに摑んで乳首が千切れそうなほど爪を立てて、セックスではなく女を痛めつけることを愉しんでいる様子だ。

この、根っからのサディスティックな男の顔を見たいのだが、目出し帽を被っていて、判らない。乱暴に彼女を罵る声は、以前に聞いたことがあるような気がする。

「おらおら、もっとヨガれ！　この売女！」

目出し帽を被《かぶ》った男が、腰をいっそう激しく突き上げた。

痛みに耐えかねた彼女は夢中でもがき、指先に触れたものを引っ張った。反射的に振り返る。

「あ！」

彼女が外してしまったものは、男の目出し帽だった。

眼が大きく、鼻が高く、眉の太い男の顔を肩越しに見て、彼女は思わず叫んだ。

それは、彼女の知っている顔だった。個人的な知り合いではなく、テレビや雑誌で見たことのある顔……。

「見られた。この女は処理しろ」

その男は、腰を遣いながら冷酷に言った……。

＊

眞神市フィルム・コミッションを訪ねると、映画『呪われた橋』の撮影隊は、眞神市郊外の山中にある古民家を宿舎兼ロケセットにしているらしい。

「つまり、撮影現場で寝泊まりしてるって事？」

フィルム・コミッションの若い職員は、そのようですと答えた。

「その古民家はこの町の旧家の持ち物で、かなり昔に建てられた家屋です。持ち主がメンテナンスをしたり、定期的に風を通したり、掃除をしたりはしていますが、長い間、誰も住んでいないんです。部屋数も多いので、男女入り交じっての雑魚寝《ざこね》とか、スラムも同然とか、そんなことは全然ありません。それに、現場で寝泊まりしているのは今のところスタッフがメインで、ほとんどの役者さんたちはビジネスホテルに泊まって、ここまで撮影に通っていますし」

奈央が劣悪《れつあく》な環境でしごかれているのかと心配したが、そうではなさそうなので、佐脇としては一応ホッとした。

「メインのロケ場所である廃村は、その古民家からさらに奥に入った、山深いところですが、屋内のシーンを撮るときには、その古民家も使います。合宿所としての提供も、私が持ち主に交渉したんですよ」

若い職員は得意げに言った。

「まあ、映画がホラーで、あの家の中で殺人の場面とか撮るんですけど、そのへんはまあ、うまく誤魔化してもらって……」

「撮影は順調なんですか?」

「いえ、それが……」

職員が言うには、友沢市長の肝いりでこの町での製作が決まった映画だけに、当の市長が逮捕・拘留されているこの状況ではこれからどうなるのか、先行きが見えなくなってきたらしい。

「なんせ、製作費のほとんどが市の振興予算から出てるので……議会が執行停止とか言い始めたら、アウトになりますから」

若い職員は眉根を寄せ、困った表情になった。たぶんこの男も、映画を応援しているのだろう。ロケ地でのスタッフの苦労を目の当《ま》たりにすれば、情も移るだろうし。

「つかぬ事を伺いますが、普通、映画のロケ隊が来ると町を挙げて歓迎しますよね。駅前には『ナントカ映画ロケ隊　大歓迎!』なんて横断幕を掲《かか》げてしまったりして」

「普通はそうなんだと思いますよ。だけどまあ、内容が内容だし……市長があああだし……」

「市長が女優とデキてるとか？」

ええまあ、と若い職員は否定しない。

「我々も、製作に協力してるので、攻撃の対象になってるんですよ」

と、力なく言った。

とりあえず佐脇は、ロケ場所兼、合宿所である古民家に行ってみることにした。


どうせ同じ市内だし、ここは首都圏だとタカをくってレンタカーにしなかったのが間違いだった。運転手に住所を告《つ》げると、タクシーはえんえんと走り、峠《とうげ》を越え山道を縫《ぬ》って、完全な山岳地帯に分け入ってゆく。驚くほど急峻な切り立った山肌から、すとんと落ち込んだ谷底には渓流が流れている。ごくたまに、道沿いに石垣を積んで、小高くなったところに崩れかけた家があったりもする。よく言えば古民家だが、見た目は廃屋に近い。


「ここですね」

と降ろされた場所には茅葺《かやぶ》きの、時代劇に出てきそうな、大きな農家があった。良く手入れされており、これなら文字通り「古民家」と言えるだろう。広い庭は農作物を並べて干《ほ》したりするスペースなのだろう。昔は牛や馬を飼っていたらしい別棟の小屋もある。

障子《しょうじ》が開け放たれていて、中には若者から中年までの、Tシャツやジャージ姿の男女が二十人ほど見えた。日当たりのいい縁側で台本を読んでいたり、土間で機材の整備をしたりしている。

どう見ても、このロケ隊が市をあげて歓迎されている雰囲気は、ない。

今日は撮影中止の様子だ。

佐脇が入っていくと、彼らは一斉に身構えた。そして、若者の中の屈強そうな男が立ち上がり、睨《にら》みつけてきたので佐脇は挨拶《あいさつ》した。

「やあ、こんにちは。ちょっとお邪魔します。今日は、撮影はお休みですか？」

佐脇としては最大限、丁寧で優しい声を出したのだが、彼らはさらに警戒してしまった様子で、全員の目が彼に注目している。

一挙手一投足を監視されているような感じだ。

この状況は、かなり以前に、手癖の悪い連中がかたまって住んでいる場所に踏み込んだ時のことを思い出させた。戦後すぐの日本が貧しい時代には、そういう場所は幾つもあったらしいが、佐脇が警察官になったのはバブル末期だったから、まだこんな場所が残っているのかと驚いたのだ。その場所の住人は結束が固く、余所者を極端に警戒して問答無用に追い出そうとすらしたのだ。その時のことがアリアリと思い出される雰囲気だ。

こういう空気の中で、自分は警官だと言ったら大変なことになりそうだ、と感じた。しかし、自己紹介もしないままでは、不審者だと思われてしまう。

主演の大多喜奈央の知り合いの者だと言っても、奈央がいなければ嘘だと思われるだろうし……。

佐脇が広い庭に足を踏み入れようか躊躇《ちゅうちょ》している時に、遠くから騒音がこだましてきた。

それは、軍歌だった。音の方を見ると、真っ黒に塗られた街宣車が山道を登ってきた。車のサイドには『金満エロ市長の作るエロ変態映画、断固阻止《そし》！』との横断幕が渡されている。

街宣車のスピーカーから軍歌に被せて「血みどろ変態映画のォ、撮影をォ、みんなのチカラでェ、断固中止させようッ！」というシュプレヒコールが始まった。

誰も居ないし、車も走っていない。こんな場所で街宣車が騒音を撒《ま》き散らす理由は一つしか無い。

この映画の撮影の妨害だ。ロケ隊は、歓迎されるどころか、追い出されようとしているのだ。

合宿している若者たちの表情に、「またか」「やれやれ」という疲労の色とともに、ピリピリした一触即発の空気が広がってゆく。さっき、佐脇を見て立ち上がった屈強な若者も、握った拳をぶるぶると震わせている。そんな彼に同調して立ち上がった若者も数人居て、爆音が聞こえてくる方向を睨みつけている。まさに臨戦態勢だ。

やがて街宣車は、この古民家の真っ正面、道路から広い庭に続く道を塞《ふさ》ぐように停まると、改めて、「エロ変態映画を作るアタマのおかしい変態どもは、今すぐ眞神市から出ていけ〜！」とがなり始めた。

頭がおかしくなりそうな大音量だ。

状況はさらに緊迫し、立ち上がった若者たちが庭に走り出た。今にも街宣車に向かって行きそうな勢いだ。

下手《へた》をすると正面からのぶつかり合いになる。

佐脇は職業柄、そういう気配を敏感に察知する。

屈強な若者の一人が飛び出そうとした。しかし佐脇は両手を大きく挙げて「止まれ！」とサインした。

「待て！　おれが、話をつけてくる！」

そう言って街宣車に向かった。

クルマの上に立ってマイクを持ち、「低俗な反日売国奴映画を作る非国民どもは日本から出ていけ！」と怒鳴《どな》っている迷彩服を着た男に、佐脇は「ナニが反日で売国奴なんだ？」と訊いたが、耳に入らないのか、完全に無視された。

「おい。出て行けというからには旅費全部負担するんだろうな？」

そう言いながら拾い上げた小石を、佐脇はその男に投げつけた。

「痛てっ！」

男のおでこに石がクリーンヒットした。

「なんだこの野郎！」

「どうせ聞こえないだろうと思ってな。反日だの非国民だの、覚えたての言葉を嬉しがって使ってるんじゃねえ。頭悪いだろうお前？」

街宣車から、同じように迷彩服を着た男たちがわらわらと降りてきた。

「なんじゃお前は！」

期待どおりの展開だ。佐脇はワクワクしてきて思わず頬が緩んだ。

「なにがおかしい？　お前、バカか？」

「それはこっちのセリフだ、売国奴で国賊なのはお前らだ、このノータリンどもが！」

そう言って思いっきり嘲笑してやった。

「お前らみたいのは山ほど捕まえたから良く知ってる。ただのボケカスアホンダラだ」

鳴海にはこの手の街宣車は殆《ほとん》ど来なかった。だが新大久保《しんおおくぼ》に焼肉を食いに行って、いわゆるヘイトデモに出くわして見物したことがあるから、こいつらのことは良く知っている。

「お前ら拳を振り上げて外国人に殴りかかろうとするが、どうせポーズだけだろ？　機動隊が間に入って止めてくれるのをちゃんと知ってる、要するに出来レースじゃねえか。せいぜい外国人に唾吐きかけたり、死ねゴキブリ日本から出て行けとか喚き立てるだけしか能のないチキン野郎どもだ。口だけ右翼、ごくろうさんってヤツだ」

本の一冊も読まずに動画サイトで脳が溶けたバカとか、国籍しか誇れるものがない負け組が、などなど、街宣車に乗っている連中の嫌がりそうなことを手当たりしだいに口にして、佐脇は徹底的に煽ってやった。

「はぁ何者だお前？　反日映画の味方してんじゃねえよ！　この在日が！　日本社会の寄生虫が！」

黙れ！　と言いながら、先走った男が飛び出してきて佐脇に殴りかかった。

だが所詮《しょせん》、アマチュアの繰り出すパンチだ。苦も無くヒョイヒョイとかわしていると、視界の隅に映画のスタッフらしい初老の男が、ビデオカメラを構えている姿が入ってきた。

それを確認した佐脇は、わざと気を抜き、相手の拳を何発か受けてやった。

「なんだコイツ。口ほどでもねえダメ野郎じゃん！　この在日のカスめ！」

顔にパンチを受けたところで佐脇は、ビデオを撮っている男に怒鳴った。

「おいオッサン！　今の撮ったか？」

その男は「ああ撮ったぞ！　バッチリだ」と答えた。

「ようし」

佐脇はニヤリと笑った。

「そっちが先に手を出した証拠を撮った。被害届は出さない。その代わりここで落とし前をつけてやる、ありがたく思え！」

「ほざくな、このジジイ！」

男がなおも殴りかかってきたところを佐脇は足を引っかけて簡単に倒し、足首を掴んで関節と反対の方向に曲げてやると、簡単にボキッと音がした。

その男は足を押さえて「痛えっ！　痛えよぉ」と喚いて転がった。

「今のは正当防衛だからな」

「何をするんだこの野郎！」

五人が一度に襲いかかってきたが、佐脇は一人目の顎を殴り、二人目の鳩尾《みぞおち》に肘打《ひじう》ちを喰らわし、三人目の鼻を折り、四人目の腹に膝蹴りを入れ、五人目の首筋にはチョップを決めて、ほとんど一瞬のうちに全員を倒してしまった。

「な……なんだお前は」

「石をおでこに当てたのは悪かったな。コントロールが狂った。弘法《こうぼう》も筆の誤りってヤツだ」

「だから、お前は何者だって訊いてるんだ」

「おれは……警察の者だ。警察庁だ。官房参事官の……手下だ」

「警察？　サツならおれらの味方じゃねえか。なぜ邪魔をするんだ？」

そう言ってしまってから、マイクの男は「しまった」という顔をした。

「そうかそうか。警察はお前らの味方か。ついつい本当のことを言っちまったってか。聞かなかったことにしてやるよ。この単細胞の大マヌケどもが。言っていいことと悪いことの区別がつくアタマじゃないだろうしな」

「しかし……何で警察のお前が、コイツらの味方をするんだ？」

「別に味方をしてるわけじゃねえよ。お前らに虫酸《むしず》が走るだけだ。お前らをひねり潰してローラーでぺちゃんこにして細かく刻んで、豚のエサにしてやりたいくらいだよ。いや、そんなことをしたら豚が可哀想だな。動物虐待《ぎゃくたい》だ」

「ナニ訳の判らないことを言ってるんだ！　おれたちが誰だか知ってるんだろうな？」

「知らねえよ！　だってお前ら、自分で団体名を横断幕で隠してるじゃねえか！」

街宣車の車体は、市長と映画を糾弾する横断幕で覆《おお》われている。

佐脇がノシた五人は、よろよろと起き上がると、こそこそと街宣車に戻っていった。

「逃げ方までクールだな！　おいお前ら。ヘイトを撒き散らすなら、次からはボコられるの覚悟でやれ！　表現の自由は高くつくんだぞ！」

佐脇がヤジっていると、街宣車から別の男が三人、現れた。いずれもノーネクタイのダークスーツ姿で角刈りにサングラスをかけている。まるで往年のど派手刑事ドラマで、渡哲也《わたりてつや》が演じた役のコピーだ。ショットガンなどを持たせればよく似合うだろう。

「今度はお前らか？　いくらでも相手になるぞ。おれはここんとこ運動してないんで、体がナマってるんだ！　メシを食った後だし、腹ごなしをしたいんだ」

「まあ、そういきり立つなよ、オッサン」

三人の中で、一番背の高い男がタバコを咥え、ゆっくりと火をつけた。

「なかなか手際がいいな。とてもサッチョウの人間とは思えない。あいつらは口だけの事務屋なのにな」

「おれは事務屋じゃねえ。ずっと現場だ。とにかく、お前らはうるせえんだ。こののどかな農村をそんなに荒らしてナニが楽しい？」

「我々は市長の悪政を糾弾している政治団体だ。そして、ここに巣食ってくだらない映画を作っている連中は、友沢強欲変態市長を食い物にしようとしているという意味で、市長よりもっと根性が腐っている。我々はゴミをこの町から追い出そうとしているんだ。町の浄化に役立ちたい一心なんだ」

ふ〜ん、と佐脇は鼻先で嗤《わら》った。

「で、お前らはいくら貰ってるんだ？　どうせお前らは金で動いてるんだろ？」

「お前はそう思うのか？」

男はタバコを指先ではじき飛ばした。

「まあ、そう思ってるならそれでもいい。だがな、我々は、お前が考えてるほどバカでも低脳でも、単純でもないぞ。それはおいおい身に染みて判るだろうがな」

男はそう言い残すと他の二人を従えて街宣車に戻り、軍歌は流さず静かなまま、クルマは走り去った。

「あの……」

振り返ると、さきほど佐脇に敵対するような態度を見せた屈強な若者が立っていた。

「僕は、この映画でセカンド助監督をやっている、田中《たなか》と言います。あの、あなたは、その……」

「おれは、主演の大多喜奈央の知り合いのモンだ。彼女が頑張ってるかどうか、ちょっと覗きに来ただけなんだ」

そうなんですか、と田中という若者の表情から緊張が消え、ホッとした様子になった。

「……いやその、てっきり、あの連中の一味だと思って。その、なんか恐ろしい感じが一緒だったんで。その、顔とかが」

ああ、と佐脇は笑った。

「すまんな。この悪相は生まれつきなんだ。だけど中身は至って温厚で優しい、ラーメン好きの普通のオッサンなんだよ」

「とてもそうは見えないけど」

と、田中の後ろにいた男が声を出した。

「温厚で優しい普通のオッサンが、一瞬で五人を倒せないでしょ？　普通のオッサンならビビッて逃げますよ」

そう言ったのは背が低くて小太りの三十絡みの男で、名刺を差し出した。

「この映画のチーフ助監督をしている山田《やまだ》と言います。まあ、中へどうぞ」

客人を迎えるように丁重に案内されて、まるで梁山泊《りょうざんぱく》かコミューンのような様相を呈している古民家に、佐脇は招き入れられた。通されたのは縁側に面した、陽の当たる、明るい座敷だ。

「いやもう、困り果てていたんです」

サード助監督の若者が慣れない手つきでお茶を出し、相手をする山田が佐脇に勧めた。

佐脇と山田の周りには、この映画のスタッフとキャストであろう男女が取り囲むように集まってきた。ビデオを構えた男はさっきからずっと撮影を続けている。

「もうビデオはいいよ。撮るなよ。落ち着かない」

「いやこれ、メイキングのいい材料になるから」

初老の男はそう言ってビデオを廻し続けている。

ともかく、と山田は話を続けた。

「毎日何度もあの街宣車が来て、がなり立てていくんで、困ってたんです。こっちは音と画を一緒に撮るので、あんな騒音があると撮影が出来ません。セリフは後からアフレコするにしても、役者の芝居に、どうしても影響が出てしまいます」

「撮影はいつから止まってるんです？」

佐脇が訊くと、スタッフ全員がうなだれた。

「ここ一週間は中断したままです。俳優部は、東京に帰って貰ったり、スケジュールをしばらくキャンセルしたりしていますが……何しろ先のことが判らないので。スタッフは、映画が大好きなボランティアもプロも、大半はここに留まっていますが、いつまで待機すべきなのかと」

「そうなんだよね」

とさっきからビデオを廻している男がファインダーから顔を上げた。

「遊んでるのも退屈だし、毎日バカに街宣かけられるのも腹が立つし」

「こちら、撮影監督の中津《なかつ》さんです」

と山田が紹介すると、その男はビデオを止めて佐脇に軽く会釈《えしゃく》した。

「おれもね、貧乏《びんぼう》映画やヤバい映画をずいぶんやって来て、地回りのヤクザに妨害《ぼうがい》されたりする中で撮影を強行することには慣れてるんだけど……今回はね、なにしろ主演女優がアイドルだし、スタッフもキャストもみんな若いし、最近のコはそんなにタフじゃないんでね」

中津は初老で痩せているが背が高く頑丈そうな男で、お世辞にもハンサムとは言えない顔つきにはガッツが溢れている。今のスマートで優しい顔立ちの若者とは人種が違うんじゃないかという感じがする。もっとも、佐脇自身も中津の側に入る「旧人類」なのだが。

「あの……私、ヤワじゃないですよ」

聞き覚えのある声がして、Tシャツに短パン姿の可愛い女の子がやって来た。

「佐脇さん！　お久しぶりです！」

奈央だった。

戸籍上の父親を惨殺され、反社会勢力がバックにいる悪徳プロダクションでは半グレの筋肉男に凌辱《りょうじょく》されそうになり、親友も目の前で犯され、と苛酷《かこく》きわまりない体験をしているのに、奈央は芸能界を辞めずに頑張っている。

見かけの可憐《かれん》さに似合わずタフだし根性もあるのは、あるいは母親である大多喜希里子に似たのかもしれない、と佐脇は思った。もちろんとんでもない性悪女だった希里子とは、まっすぐで優しい奈央の性格は似ても似つかないが。

「やあ。奈央くん。なんか、見違えたな。ゴツくなってないか？」

「え？　そうですか？」

奈央は、虚を衝かれたように目を見張った。

「完全に、想定外の事言われた……」

愛らしい顔に笑顔が広がって、この場全体が明るくなった。

奈央は、主演女優として、現場のムードメーカーになっている。

「怖いシーンを撮るときは本気で泣いちゃったりするのに……」

「いや、それでも、奈央ちゃんはよくやってますよ。元アイドルというと、ワガママで扱いにくいみたいなイメージがありますけど、奈央ちゃんは全然そんなことはない」

山田がそう言うと、中津は「おれもそう思う」と言った。

「以前やったシャシンで、主演のアイドルがワガママ勝手で大いに困ったことがあってね。しかし奈央くんは違う。なんせ、出番がない時はスタッフの仕事をやってるもんね。重い機材運んだりして」

あの大スター三船敏郎《みふねとしろう》も、現場ではまったく偉ぶらずに機材を運び、スタッフと一緒に「働く」のが好きだったらしい。

「なるほどね、だから奈央くんはゴツく逞しくなったのか」

佐脇がそう言うと、みんなが笑った。

「元気にやってるみたいなので、安心したよ」

そう言いつつ、佐脇は自分の身元がすでにバレているので、もう少し突っ込んだ話をすることにした。

「さっき、渡哲也の劣化《れっか》版みたいな男が言ってたけれど、やっぱりここの警察は、あの連中とツルんでるの？」

　単刀直入に訊かれた山田は周囲を見て、どう言ったものか、と困った顔になった。

「いや、私のことは心配しないでいい。警察のスパイじゃないから。奈央くんの……その身内の人から、様子を見てきてほしいと言われただけで、眞神署とはまったく無関係で動いている。眞神署にはさっきも寄ってきたんだが、胡散臭く思われてアッサリ追い返されたよ」

　佐脇は、入江の名前と、奈央との関係は、伏せた。話してしまうと、奈央が迷惑するだろうと思ったからだ。何せ彼女は親の七光りなどではなく、自分の力でこの映画の主役を勝ち取ったのだから。

「そうなんですか……それを聞いて安心しました」

　山田がそう言うと、田中が「疑うなんて失礼ですよ、山田さん！　このヒトはさっき、あんなにアイツらをやっつけてくれたじゃないですか！」と吠えるように言った。山田が済まなさそうに謝った。

「疑り深いようで申し訳ないです。でも、ああいう連中は芝居をしますから……味方をする振りをしてこっちを安心させて、内情に探りを入れるっていう」

「ああ、それは公安がよくやる手口ですな。スパイを送り込んだりする時に使うと言われてます。おれ……いや私は、公安に配属されたことがないのでよく判らないんだが。けどね、エセ右翼のアイツらには心底ムカついてるんで、そのへんは信用してくれ」

「佐脇さんは信用できる人ですよ」

奈央も言ってくれた。

「私が前のプロダクションで、みなさんも知っていると思うけど……その……トラブルに巻き込まれた時、解決してくれたのが佐脇さんなんです」

「まあまあ奈央くん。もう済んだことなんだから」

佐脇としては、あの一連の事件については、奈央には一日も早く忘れてほしい。

「さてと。元気な顔も見たことだし、部外者が邪魔してもいけないんで、そろそろお暇《いとま》するが……監督にはご挨拶しなくていいのかな?」

「監督とプロデューサーは、市役所に行ってます。市の観光課で、今後のことをいろいろと相談しているんです」

山田は分厚いノートを広げて、言った。

「この作品はクランクインして一〇日経《た》ったところだったんです。予定では、あと四日で、つまり二週間で撮影を終えるはずだったんですが、監督が凝《こ》り性でいろいろ時間がかかって、遅れ気味で進行していたところに市長が逮捕される事件が起きてしまって。それからは毎日、街宣車が撮影の邪魔をしに来て、ここでの撮影はもちろん、ロケ先にまで来るんです。あんまりうるさいので撮影を拒否されてしまって、新たなロケ場所を捜したりと、いろいろあって、一時中断ということになりました。ただ、スタッフもキャストも次の予定がありますし、スケジュールが延びるとお金の問題も出てきますし……ハッキリ言って……ピンチです」

そこまで聞いて、佐脇は、この映画がどんなストーリーなのかも知らないことを思い出した。

奈央が主演していて、市長がバックアップしている映画だが、佐脇の任務は、眞神市に起きている「政変」に警察がどう関わっているか、どんな捜査をしているかを調べることだから、映画については特に知る必要もないと思っていたのだ。

だが、こうなると、話は違ってくる。

「今さら訊きにくいんだけど……これは一体どんな映画なんですか？」

そう切り出すと、「なんにも知らないんですか？」と、一同に呆れられた。

「一口で言うと、心霊スポットと称される場所に遊び半分にやってきた軽率《けいそつ》でバカな若者たちが、次々に殺人鬼に襲われて惨殺される……って話です」

田中がそうまとめると、山田が申し訳なさそうな顔をした。

「身もフタもなく話をまとめたな……それじゃ、ありがちなスプラッターだろ。お前、シナリオの才能ねえぞ」

山田は田中を睨み付けた。

「それじゃまるで、街宣車の連中が叩いてる通りのひどい映画みたいじゃないか」

奈央が口を挟んだ。

「ストーリーは田中さんのまとめで間違ってないけど、でもね、細かいところがいいんですよ！　で、ホントのことを言うと、まだラストが決まってないんです。ヒロインが殺人鬼とあくまでも戦って、一人だけ脱出に成功する、とりあえずハッピーエンドにするのか、それか、ヒロインもあえなく餌食《えじき》になってしまうバッドエンドなのか」

「後味悪いのはイヤだなあ」

思わず佐脇が漏らすと、「でもこのジャンルは、取って付けたようなハッピーエンドを嫌うヒトが多いんです」と山田が言った。

「特にこういうB級ホラーを見てくれるお客さんはマニアだから、余計に。これでもかって言うひどいエンディングが好まれるので、監督としても決められないまま撮影に入ってしまったんです」

「え？　じゃあどうするの？」

「たぶん、両方撮って、仕上げの段階でどっちかに決めるんじゃないかと。映画は編集してみないと判りませんからね」

チーフ助監督がそう言うと、スタッフの中には微妙な空気が広がった。

「まあ、あの名作『カサブランカ』も『お熱いのがお好き』も、ラストが決まらないまま撮っていたそうですから」

　山田は言い訳するように言った。

「そんなことより岡崎監督の撮る映画は、ディテールがホントに面白いんです！　それは台本には書いてないんですけど、小ネタがいろいろ入っていて。現場で突然アドリブしてって言われたりして、なんかマジメな話なのかふざけているのか、よく判らない感じもあって」

　奈央がそう言うと、そうそうと若手の方から声が上がった。田中も山田も若く見えるが、感覚的にはすでに古いのかもしれない。

「そうですね……クドカンとか古沢良太《こさわりようた》を想起して貰えば」

　山田はそう言ったが、佐脇はクドカン自体、誰かも知らない。

「スタッフは中津さんが最年長です。低予算でも、映像だけはしっかりした美しい画を作って欲しいと言うことで、監督が巨匠の中津さんを口説《くど》き落としたんです。なんと言っても、あの『砂の約束』を撮った人ですから」

「えっ？　『砂の約束』!?」

　佐脇は中津に向かって居住まいを正した。

「何も知りませんで、さっきはオッサンなどと大変失礼なことを……」

　佐脇は手をつき、丁重に頭を下げた。

「ワタシ、まだ若い頃、『砂の約束』を見まして。どんな話だったか、誰が出ていたとか忘れてしまったんですが、とにかく、画面に惚《ほ》れました。地元で撮ったというんで見に行ったんですが、知ってる場所なのに、スクリーンで見るとまるで違う場所みたいに映っているんだ。あれには驚きました。あの、波がどどーんと打ち寄せるところなんか、あの海岸はあんな大きな波は来ないのに。クソ田舎としか思っていなかったセコい町も、まるで風情ある渋い町並みのように撮られていて……それがまた夢のように美しくて」

そんなことを熱く語る佐脇は、今までに見せたことのない少年のようなキラキラした目をしている。

「いやあ、あれを見てくれましたか。あれはね、私の中でも、よく出来たんじゃないかなと思えるシャシンでね」

「いやもう、あんまり素晴らしいんで、三回も見に行きましたよ！」

「普通は役者が良かったとかホンが良かったとか言う人ばかりなのに、画を褒《ほ》めてくれるなんて、光栄ですね」

佐脇は感激のあまり、中津の手を取った。

「ほんと、失礼しました。お会いできて光栄です！」

中津がイヤイヤと苦笑するほど、佐脇は感激してしまった。

「で、あのう」

佐脇の興奮が収まるのを待って、山田が話を続けた。

「主役は奈央ちゃんですが、脇役はベテランの役者で固めたんですが……その分、スケジュール調整が大変で、俳優部は殆どが東京に戻りました。宿代だけでも大変だし」

「え……というと、奈央くんはここで合宿？」

「はい。今は俳優部と言うより炊事部です」

奈央はスタッフと一緒に炊事洗濯《せんたく》までやっているらしい。

「いや、合宿なんて昔の貧乏映画では普通のことだったんだけどね。新藤《しんどう》さんのところとかピンク映画でも」

中津が昔話を始めようとしたところを、佐脇が遮《さえぎ》った。

「判った。判りました。そのストーリーと、ストーリーには現れない『面白さ』に市長が共鳴して、この映画をプッシュする気になったと、そういうことなんですね？」

「実際には、準主役の結城ほのかさんが、市長にここをロケ地に、と強力に推《お》したからなんですが、実在の心霊スポットをメインのロケ場所にする、というのもポイントかもしれません」

山田は答えた。

「たとえばマニアの間では、この近くのダム湖にある『呪われた橋』は有名な存在なんですよ。そこから何人もの人が飛び降り自殺をしてるので、ヒトの魂を吸い込む呪われた場所じゃないかって」

「実際にヒトが亡くなってるし、失踪したはずの女の子が呆然と歩いているのを目撃したって話もあるんですが、こういう秘境って、すぐ心霊スポットとか言われるじゃないですか。まあ、一種の都市伝説と言うことで」

「それを街宣車の連中は町の恥を晒《さら》すな、みたいに怒ってるのか？」

「さあ……でも、あの連中は、別に理由はどうでもいいんじゃないでしょうか。攻撃する材料があればなんでも使うんでしょう」

山田の言葉に、みんなは沈痛な表情になった。

「エロ変態映画とか街宣車の連中は言ってたが、今の話じゃ全然エロじゃない。AV女優がどうのとか、市長の愛人だとか言ってたのは」

佐脇がそう言った時、奥から「それは私のことですよ！」と言いながら女が出てきた。

奈央と同じTシャツにショートパンツ姿なのだが、格段に艶《なま》めかしい。Tシャツの胸は大きく隆起して、逆に腰はぐっとくびれて、ショートパンツのウェストがゆるゆるだ。バストと同じくバンと張ったヒップ。パンツの裾から伸びる太腿はむっちりしていて、まさにエロさ爆発だ。

熟女に近い年齢でフェロモンを全身からムンムンと発散している上に、咥えタバコなのがまた妖婦《ヴァンプ》な感じを増幅させている。

「あ……あんたは」

佐脇は思わず初対面の女性を「あんた」と呼んでしまった。

「いや失敬。あなたは、結城ほのかさんですよね？」

佐脇は、彼女の艶姿《あですがた》をＡＶで何本も見ているし、市長と共演したバラエティ番組も入江に見せられている。

「そうです。私が、市長の愛人と騒がれている結城ほのかです」

彼女は往年の上岡龍太郎《かみおかりゅうたろう》のように妙に威張《いば》った口調で自己紹介すると、きちんと正座して佐脇と向かい合った。

「けど、市長さんとはテレビ番組にたまたま一緒に出て、そのあと、二回お食事をしただけなのね。うち一回は、私が市長と岡崎監督を引き合わせる会食だったし。私ならまあ、そんな風に言われちゃうのは仕方がないと思ってるけど、市長さんがお気の毒でしょう？それに、私のせいでこの映画までが攻撃されてしまって」

「いや、この映画にはほのかちゃんが必要なんだよ」

ベテランの中津が声を上げた。

「岡崎監督は若いのに、いいキャスティングをしたよ。ほのかちゃんは巧いんだよ。昔からピンクやロマンポルノ出身の女優はたくさんいたんだから、今どきＡＶだからってあれこれ言う方がおかしいいんだよ！」

中津は真剣な表情で力説した。

佐脇もそれには同意だが、いざ結城ほのかの艶姿を目の当たりにしてしまうと、以前見たAVの、そのものズバリの姿が重なって、どうにも落ち着かない。このロケ隊の若い衆がムズムズしていない方が不思議なくらいだ。

彼女が、佐脇の好みの直球ど真ん中、ということもあろうが、奈央と同じ格好をしているのに、エロ度がまるで違う。若い奴らなら奈央の、いかにも処女といった清純さに刺激を受けるのかもしれないが、佐脇のようなオッサンには、ほのかの色気の方がダイレクトな刺激になる。

が、奈央は、結城ほのかが現れた途端《とたん》、表情が硬くなって、山田の後ろに隠れるように場所を変えた。ほのかが言う。

「私も、この映画のことは大事に思って、真剣にやってるのね……本当に私がネックなら、降りるしかないのかなって……でも、主演女優がなんにも判ってないからね」

「いえあの、判ってるんですけど……済みません」

話を振られた奈央はびくっとしている。

「判ってる？　本当に？　奈央ちゃんはさあ、主役でしょ？、舞台で言えば座長なんだから、座長らしく気配りしなきゃ。このお客さんになんか持ってきなさいよ。差し入れのお菓子とかあるでしょ？」

そう言われた奈央は、慌てて立ち上がり、台所に飛んでいって生八ッ橋を持ってきた。

「あのこれ、京都の撮影所のヒトが持ってきてくれたので……あの、お茶も入れ替えます」

「いやいや、お構いなく」

生八ッ橋を食べ、茶を飲んでいると、自分にみんなの視線が集まっているのを感じた。それには期待が籠《こも》っている。なんだか、救世主を仰《あお》ぎ見るような目だ。佐脇は救世主と会ったことはないが、たぶんこういう目で見つめられるのだろう……。

このまま帰るわけにはいかなくなった。

「よし判った！」

その言葉に、一同は驚いたように顔を見合わせた。佐脇のような男が何をどう「判った」というのか？

「及ばずながら、このおれも、チカラになりましょう。この映画、応援するよ。少なくとも、あの街宣車の連中からは、みんなを守る」

佐脇がそう言うと、わーっと歓声が上がった。そして、場の雰囲気が一気に緩んだ。みんなの緊張が解けたのだ。女の子の中には泣き出す子もいた。

「みんな……緊張を強《し》いられていたんだよなあ。だって、普通の生活をしていたら、毎日あんな大きな音で自分たちのことを批判されたり悪口を言われたりすることなんかないでしょう？　街宣車がいなくても、いつ何どき、誰かが襲ってくるんじゃないかと、ビクビクしてるんです」

山田が訴えるように言った。

「悔しいけど……ホントです。私なんか、『お前もエロ市長と寝て役を貰ったんだろ』なんて街宣車のヒトに言われたし」

奈央が思い出し怒りをしたが、チラと結城ほのかを見た。

二人の女優の間には、微妙なものがあるのだろう。

「なんか、『七人の侍』の勘兵衛《かんべえ》か、若侍を前にした椿三十郎《つばきさんじゅうろう》になった気分だが……」

佐脇は自分の頭を撫でるマネをした。

「応援するよ。今日から。撮影隊の用心棒だ。おれがいるだけでも役に立つだろ。ネズミよけのネコってところだ」

「いいね。あんた、謙虚でイイね」

中津はそう言うと、一升瓶を取り出した。

「あんたイケる口だろ？　どうせ今日も撮影はないんだ。飲もう！」

昔気質の映画屋そのままの中津は腰を据えて飲むつもりだ。


その日も夕方になって、古民家に乗用車が戻ってきた。降り立ったのはスーツを着たビジネスマン風の男と、ジーンズを穿《は》いたラフな格好の若い男。

「あのネクタイがこの映画のプロデューサー、細井《ほそい》さんだ」

縁側で佐脇と酒を酌《く》み交わしていた撮影監督の中津が耳打ちした。

その細井は、中庭から家の中に呼びかけた。

「みんな、聞いてくれ。撮影を再開します。明日から」

若いスタッフたちから歓声が沸《わ》き起こった。

「市と話が付いた。市としてはこれまで通り支援すると。俳優事務所各所にも連絡を取って、スケジュールを組み直すことで話が付いた。俳優さんたちはみんな、この映画のことを気に掛けてくれていた」

「そうだろうな。太郎《いちたろう》ちゃんが一度乗った仕事を切るわけがない」

そう言ったのは中津だ。一太郎とは、この映画の重要な脇役を演じるベテラン俳優・川《かわ》柳《やなぎ》一太郎のことだ。

「みなさん、僕の……ええと不徳の致すところで、いろいろ迷惑をかけてしまって申し訳ないです」

ジーンズ姿の若い男が細井の横で頭を下げた。長髪で細身の、学生みたいな見てくれだ。

「あれが監督。岡崎祐二監督。見てくれは華奢《きゃしゃ》だけど、けっこう根性座ってるよ」

中津がまた耳打ちした。

「で、山田さん。相談なんですが、今の陣容で撮れる場面はありますか?」

「ええと」

監督に問われたチーフ助監督の山田は、台本とノートを慌ただしく捲って確認した。

「奈央ちゃんと……結城さんの場面が。シーン四〇の、意見が合わずに言い争うところですね。とりあえずは、このお二人のシーンなら撮れます。他に、情景ショットとか、お二人が山道を歩くショットとか、本来はB班で撮るようなものしか。川柳さんなど他の役者さんの到着を待たないと、それ以外は無理ですね」

「そうですか。じゃあ、明日、シーン四〇を撮りましょう。で、ここ、少し脚本を直そうと思うので……山田さんと米山《よねやま》さん、ちょっとお話が」

監督の岡崎は玄関から家に入ってくると、みんながタムロしている広い部屋にやって来た。彼のそばに山田と、三十歳くらいのキビキビした感じの若い女性が、台本とノートを持って座った。

部外者の佐脇がいるのは目に入っていない様子だ。

「このセリフなんですけどね、ホラ、この土地には狼伝説ってあるじゃないですか。それを絡めようと思うんです」

「ええと、じゃあ、心霊スポットにさまよう悪霊が殺人鬼に取り憑《つ》いて、というメイン・

アイディアを変更するんですか?」

　山田が眉を寄せた。

「それだと、撮影済みのシーン一八と繫がらなくなりますけど」

　米山と言うらしい若い女性がチェックした。

「うん。それは判っています。だけど、ここで観客をミスリードしたいんです。今のままだとストレートすぎるでしょ?　ただ心霊スポットにやって来た若者たちが、不条理に次々に襲われていくだけのスプラッターになってしまうでしょ?　そうじゃなくて、いろんな説が出て、生き残ってる若者たちが混乱して、右往左往するようにしたいんです」

「ヒネリを加えるってことですね」

　と、山田。

「それだと……シーン一二〇と二四二、既に撮ってあるシーン一八と四のツジツマが合わなくなりますが」

　米山はノートを見てビシッと指摘した。

「あの米山さんはスクリプター。記録係。映画って順番どおりじゃなくてバラバラに撮るので、シーンとシーンのあいだのツジツマとか繫がりをチェックする係です」

　中津が佐脇に小声で教えた。

「スクリプターがダメだと、撮影が終わって編集の段階で繫げてみると大きなミスが判って大変なことになるんだよ。役者の服の柄が、カットが変わると違っていたり、右手でコップを持っていたのに突然左手で持っていたりと。内容だって、役者がアドリブ飛ばしたり、監督がその場でセリフを変えたりしたら繋がらなくなったりする。だけど、あの米山さんはシャープだから」

　中津は頼もしそうに彼女を見た。監督は指示を続けている。

「ええ、それは僕も考えました。だから……シーン一八の金子《かねこ》のセリフはオフで喋ってるでしょ。だったらアフレコでセリフを入れ替えましょう。サウンドオンリーでセリフだけ撮り直してもいいし。四の奈央ちゃんのセリフはアップだから、そこだけリテイクしましょう。芝居の繋がりは大丈夫だと思いますよ。まだ撮ってない分は、今から書き直します」

　岡崎はテキパキと判断していく。山田は頷きながら素早くノートに書き込み、米山はカットのチェックをする。

「シーン四の奈央ちゃんのアップ、衣裳《いしょう》は大丈夫ね？」

「あ、ＯＫです」

　突然話を振られた田中が即答する。

「チーフはスケジュールなど全体を管理します。衣裳とか美術の準備はセカンドの田中クンの役割で、小道具はサードの西部《にしべ》の担当で」

中津が説明するのと同時に、田中と若い男（これが西部なのだろう）が家の奥に走って行った。奥に倉庫があるのだろう。

「で、山田さん。このセリフなんだけど……結城さんの。『まだ判らないの？　みんな悪霊に取り憑かれてるのよ』っていうのを、『もしかして御眷族様《ごけんぞくさま》の神罰かもしれないって考えた事ないわけ？』と変えて……」

岡崎が話し出すと、山田や米山はもちろん、女優の奈央と結城ほのか、それに他のスタッフも集まってきて台本を開き、聞き耳を立てている。

「みんな、熱心ですね」

佐脇は感心した。

「最近の若いヤツは覇気が無くて投げやりなのばっかりみたいに思ってましたが」

「いやあ、映画の連中は違いますよ。好きでやってるからね。乞食《こじき》と映画は三日やったら辞められないってね」

中津は目を細めてタバコの煙を吐いた。

「ええと、中津さんすみません。こちらは？」

中津と佐脇の間に、プロデューサーが割り込んできた。

「ああ、細井さん。こちら、奈央くんの知り合いの佐脇さん。ここまでイヤガラセに来た街宣車を蹴散らしてくれて、これからも撮影に力を貸してくれるって……」

中津の説明に、「ああ、あなたが!」と細井は大きな声を上げ、いきなり手を差し出した。握手を求めてきたのだ。

「たった今、製作担当の宝田《たからだ》から聞きました。本当にどうも有り難うございます!」

細井はビジネスマン風の見てくれなのに、意外に力が強く、がっしりと佐脇の手を握って上下に大きく振った。

「助かります! もうね、孤立無援で困り果ててたんです。普通はほら、田舎町にロケ隊が来たら町を挙げての大歓迎で、お節介すぎるくらいに協力してくれて、連日の炊き出しでメシの心配も無いくらいなのに、この現場はねえ……石持て追われる感じで……」

細井は「申し遅れまして」と言いつつ、名刺を差し出した。

「東洋《とうよう》映画企画部プロデューサー　細井弘臣《ひろおみ》」

佐脇は名刺を読んだ。

「東洋映画って、あのメジャーの……世田谷《せたがや》にスタジオがある?」

「はい。その東洋映画です。メジャーの会社がどうして若い監督を使って低予算でやってるか? って疑問ですよね」

細井は始終訊かれる質問に答えるという感じで、すらすらと説明し始めた。

「ハリウッドのメジャーなスタジオも、超大作のど派手なアクションや特撮SFを作る一方で、別ブランドで予算は少ないけど異色作とか、ヒットは見込めないが賞を獲《と》りそうな作品を製作してます。二〇世紀フォックスが、フォックス・サーチライトという別ブランドで成果を上げているように。で、ウチもそういう感じで、東洋ルネサンスという、低予算だけど若い才能に自由に撮らせる路線を展開することにしたんです。この『呪われた橋』はその第一作で、私が担当することになりました」

「細井さんは以前から、若い監督が撮った映画を丹念に見ていてね。会社にいろいろ企画を上げてたんだよね」

中津が補足するように解説した。

同じ広間のこっちでは中津を中心にした飲み会状態が、向こうでは岡崎監督を中心に脚本の変更と打ち合わせが同時進行している。

「中津さんは、打ち合わせに参加しなくて大丈夫なんですか?」

佐脇は素朴《そぼく》な疑問を口にした。

「セリフの変更くらいなら、どうってことない。人物の設定とか動機とかが変更ってことになると、撮り方も変わってくるんで考えなきゃならないが。相談があればお呼びがかかるでしょ」

大ベテランは鷹揚《おうよう》なものだ。こうじゃないとプレッシャーのかかる現場でやっていけないのかもしれない。

宴会と打ち合わせはその夜、遅くまで続いた。

第三章　人を狩る者

女は必死に逃げていた。林の中は暗い。月明かりはあるが木の枝にさえぎられて足元も、まわりもよく見えない。こんな場所で走るのは自殺行為、と普通なら思っただろう。追われてさえいなければ。死が間近に迫っていなければ。

ぴしり、と頬に鋭い痛みが走った。突き出していた小枝がかすったのだ。あとちょっとで目をやられたかもしれない。温かい血が流れるのが判る。頬だけではない。走り始めたばかりなのに、女の身体にはすでにたくさんの傷がついていた。

むきだしの太腿にも、ヒップにも、バストの横の部分にも。

女はスニーカーしか身につけていない。

走れ、死にたくなければ、と命令された。

ずっと一緒だったもう一人の女は目の前で長い髪をつかまれ、ぐい、と上を向かされて、そり返った喉《のど》を、長いナイフで切り裂かれた。一瞬のことだった。

舌を抜かれ、喋れない女だった。でも自分よりずっと綺麗で、眠れない夜、互いに身体を寄せ合い、寒さと恐怖を忘れようとしたことが何度もあった。

温かい身体だった。その時は生きていたのに、あっという間に喉を切り裂かれ、痙攣して……そのあとは身動きひとつしない、ただの「もの」になってしまった。

次はお前の番だ、と言われた。お前は大して美人でもないし、パッとしないし運も悪そうだから手加減してやろう、と嘲笑《あざわら》われた。美人だった「もう一人」とは違って靴も履《は》かせてやる。追跡にかかる前にも三分やる。距離をかせがせてやる、とのことだった。

与えられた時間は三分。それが過ぎれば容赦《ようしゃ》なく撃つと言われた。太腿と、ふくらはぎの裏側に、冷たい塗料を塗られた。夜でも光るペイントだ。

通常のライフル弾だから貫通することはあっても、無数の破片が飛び散るホローポイントとは違う、当たりどころがズタズタになったりはしない、安心しろ、と言われた。けれども撃たれて倒れたら……そのあとにはハンティングナイフによる処刑が待っている。

いったいどちらが苦しいのだろう？　痛いのだろう？　喉を切り裂かれる恐怖か、それとも内臓を吹き飛ばされる衝撃か……。

遠くで警報のような音が鳴り始めた。三分が過ぎたことを知らせるアラームだ。まだ、ほとんど距離が取れていない。もどかしいほど足が進まない。ずっと閉じ込められ、縛《しば》られていた脚が、思うように動いてくれない。

ターン！　という最初の爆発音が夜の谷に響きわたった。行く手の木の幹にぴしっと銃弾がめり込む音もした。続いてすぐにもう一発。これは女の耳をかすめた。熱すら感じられるほどの近距離だ。

わざとはずしている、と女には判った。一発で仕留められるはずなのに、故意に的《まと》をそらして、愉しんでいるのだ。

無数の木枝にむきだしの肌を擦られる痛みも、もはや気にならなかった。とにかく逃げなければ……逃げなければ、殺される！

女は、懸命に走った。

何度も大きくバランスを崩しそうになる。山道には木枝だけではなく大きな石もある。枯れ葉で足がすべる。

足を取られ、足首を捻《ひね》りそうになりながら、必死に走る。

そんな女の動線を的確にとらえ、銃弾は何度も発射された。

後方からだけではない。いつの間にか女の右側を走っている、何ものかの気配があった。人ではない。犬ぐらいの大きさの生き物だ。女を追い詰めるのに、猟犬までが投入されたのか。

その猟犬らしき動物は斜面の上の方を並走しつつ、どんどん女に寄ってくる。かさかさと枯れ葉を踏む足音、ハッハッという息づかいも間近に聞こえている。うしろからも、横からも追われた女は、次第に斜面の下に向かって追い詰められた。

ふたたび銃声がした。今度こそ、ふくらはぎを灼《や》けるような熱感が襲う。被弾した。貫通はしていないが、大きく肉を抉《えぐ》られた……。

痛みは感じない。恐怖から分泌《ぶんぴつ》されたアドレナリンが痛みを消している。女は走り続けた。

捕まれば、殺される。動物のように喉を裂かれ、血を抜かれる。

恐怖と、そして生き延びようとする本能だけが女を駆り立てていた。

行く手を、いきなり黒いモノが阻《はば》んだ。

「！」

後ろから、そして横からだけではなく、前からまでも……。挟み撃ちにされたのか！

しかし、その黒いモノは、ばさばさという不吉な音とともに上方に去った。目の前を驚いた鳥が飛び立ったのだ。

一瞬、気を抜いたのが、いけなかった。

ガクッという衝撃があった。柔らかくなっていた路肩がくずれ、女は大きくバランスを崩した。知らず知らずのうちに崖《がけ》ぎわに追い詰められていたのだ。

ぐらり、と視界がゆれ、大きく回転した。月光で明るんだ夜空をバックに、黒い木々の梢《こずえ》が動いて見える。身体の下で枯れ枝がポキポキと折れ、骨が砕《くだ》けるような音が連続した。

靴以外は何も身につけていない身体を傷だらけにしながら、女は下の沢めがけて転がり落ちていった……。


「ハイ、カット！」

監督の声が山間にこだました。

断崖絶壁に刻まれた細い山道を必死で走り抜けた奈央は、その場に膝をついて荒い息をしている。

その後ろには、カメラを担いだ中津と、撮影助手、ブームマイクを突き出した録音助手、銀紙を貼った「レフ板」を持った照明助手、ノートを抱えたスクリプターの米山、カチンコを持ったサード助監督の西部、そして監督の岡崎がいる。

岡崎以外は重い機材を持ったり高齢だったりして、ゼイゼイと息をあえがせているが、岡崎だけはケロッとして顎に手をやって考えている。

「悪い。スタッフの悲鳴が入った」

音声をワイヤレスで飛ばして、ロケ基地で録音チェックしていた録音技師がＮＧを出した。

「それを言えば、スタッフの足音も盛大に入ってるだろ。ここはアフレコだろうが！」

相当バテている中津が怒りを抑えて言った。

「画はＯＫですよ、監督」

カメラが大きなモニターに繋がれて、プレイバックを観た岡崎は顎に手を当てたまま、首を傾げた。

「奈央ちゃんね、必死さが足りない。殺人鬼なのか死霊なのか、とにかくわけの判らないモノが追ってくるんだから」

「でも……映ってるのが背中だけなのに」

奈央が言いかけたが、監督は被せるように言った。

「背中だけでも、逃げる背中に恐怖がないんだよね。時々振り返る表情が、ただ走ってて苦しいってだけ。恐怖ですよ恐怖！　もう一回行きましょう！」

「ちょっと監督。休ませてくれ」

中津から泣きが入った。

「光線の具合はどうですか？」

「今がギリですね。もうじき太陽が山に隠れるから」

天空をモノトーンフィルターで観ていたチーフ撮影助手が答えた。

「中津さん、しんどかったらチーフに回して貰いますか？」

岡崎がそう言うと、中津はムッとして立ち上がった。

「いや、オレがやる。もう一回。もう一回だけだぞ！」

チーフにカメラを運ばせて現場に戻りながら、中津は照明助手に注意した。

「レフが揺れて光がブレまくりだ。まあ、走ってるんだから揺らすなってのも無理なんだが」

「あ、それ、逆にいいですね！」

岡崎がいいことを聞いた、という顔でニカーッと笑った。

「不安と恐怖を煽るように、後ろから追ってくる嫌な光。この際だからもっと強く当てましょう。複数の光が交錯《こうさく》して奈央ちゃんの背中に当たって、観客をもっとハラハラドキドキさせる」

「レフじゃ弱いから、ライトにします？」

岡崎の注文を聞いた照明技師が、控えている助手に手持ちライトを用意するように命じて、待機していた助手二名がバッテリー・ライトを持って加わった。

「こんな感じで」

照明助手がライトを揺らしてみせる。

「いいね！」

疲れてげっそりしていた中津の顔が輝き、岡崎と笑顔で頷き合った。

「天空、ギリです！」

ペンタックスのスポットメーターで空を計っていた撮影チーフが叫んだ。

「じゃ、テイク五、行きます！　本番、ヨーイ、ハイ！」

カチンコが鳴って、さっきと同じように、断崖絶壁の山道を撮影隊が走り出した。

「いや〜、大変ですね」

少し離れたところから見ていた佐脇は、隣に立っているプロデューサーの細井に驚きを伝えた。

「中津さん、相当きてますよ。疲れが」

「そうなんですよねえ。こういう現場では、いい加減、助手に任せてもいいと思うんですけどね。けど中津さんは自分で撮らないと気が済まないんですよ。フィルムを使わずビデオで撮るのは我慢できる、しかし全ショット自分で撮らなきゃダメだ、というのが中津流」

「ハイカット！」

カンカンとカチンコが二度鳴った。

「おれはＯＫ。良かったよ」

中津が笑顔で頷いたので、このテイクがＯＫになった。

「ではこの現場、撤収《てっしゅう》します。次の、眞神駅、駅前広場に移動します！」

製作進行の若者が声を張り上げた。

スタッフたちが黙々と機材を片付け、奈央を含めた全員で分担して手持ちで山を下りた。もちろん細井も、そして佐脇もジュラルミンのケースを持って、山道を下る。

「みんな、生き返ったような顔してますね」

佐脇がそう言うと、中津が「そりゃそうだよ!」と応じた。

「みんな、映画を撮りに来てるんだから!」

その気持ちが一番強いのは中津そのヒトじゃないのか、と佐脇が思うほど、スタッフの中で一番の高齢なのに一番元気なのは中津なのだ。

映画を撮れる歓びに満ちた一同が和気藹々《わきあいあい》と荷物を運んでいると、かさかさと草がしなる音がして、ごろごろという音がした。

佐脇が上を見ると、崖の上から幾つもの岩石が転がり落ちてきた。

「危ないっ!」

佐脇の声で危険を察知した一行は、落ちて来る岩石を巧く避けて列の前後に待避した。

崖の上を見ると、コソコソと逃げていく人影がちらっと見えた。

「連中だろう……まったく姑息《こそく》なヤツらだ」

「こういうのが続くんでしょうか?」

心配そうにスタッフが訊いてきた。

「判らんが……連中が恥というものを知ってれば、こんな中学生の嫌がらせみたいな事は続けないいと思うけどね。でもまあ、こういう山道は自然の落石もあるだろ? 日頃から気をつけてれば大丈夫ですよ」

幸い、落石はもう起きなかった。

しばらく山道を下ると、ちょっとした空き地があって、ロケバスとトフックが待っていた。製作部が用意した休憩所《きゅうけいじょ》もあって、冷えた麦茶や軽食も少量だが用意されている。

中津をはじめ、さんざん走らされたスタッフと奈央は、製作部が差し出す麦茶を美味しそうに飲み干した。

「ここはいいところでしょう？　東京から二時間ほどで来られる貴重な秘境ですよ。だけど」

製作担当の宝田が顔を曇《くも》らせた。

「このあたりに産廃が誘致されるって噂があるんですよ。今日、ロケに使った国松峠《くにまつとうげ》の谷、あそこを、産廃で埋めちゃうんだって」

「いやしかし、ここは水源じゃないんですか？　このへんから始まっている川だってあるでしょう？」

佐脇の疑問に、宝田は頷いた。

「普通はね、そう思うはずなんですけど……カネに目が眩《くら》むと、この綺麗な谷が、格好のゴミ捨て場に見えてくるんでしょうね」

あ、時間だと言った宝田は「そろそろ出ますよ！」とみんなに声をかけ、タバコを吸って休憩していた中津たちも、バスに乗り込んだ。

次の現場の眞神駅駅前では、例の街宣車が待ち構えているはずだ。絶対に撮影を妨害してくるはずだから、佐脇としては、次がオレの出番だ、と身構えていた。

ロケバスが駅前広場に到着すると、果たして、黒光りするゴキブリのような街宣車が駐《と》まっていた。だがスピーカーは沈黙している。怒号や軍歌を垂れ流して騒音を撒き散らしてはいない。

ただ、駐まっているだけだ。

佐脇は真っ先にバスから降りて、駅周辺を警戒するように睥睨《へいげい》した。

制服警官が二人、立っていた。それ以外に目につくのは駅の利用者だけで、いわゆる「運動員」はいない。

佐脇は制服警官に「やあご苦労さん」と言いながら近づいた。

「今日は静かですな」

「そうですね。なんでも、聞くところによると、ロケ隊が、暴れ者を雇《やと》ったらしいんです。用心棒というのでしょうか、手がつけられない、まるで狂犬みたいなヤツらしくて……」

「それが怖くて連中は大人しいと言うわけですか」

「噂では新大久保でも、関西のヘイトデモでも、機動隊がとめる間もなく右翼の連中に襲いかかって、かなりの人数を病院送りにしたとか、しないとか……」

明らかに昨日佐脇にやられた連中が大袈裟《おおげさ》に話を盛っている。

「そうですか。いるんですねえ、そんなヒドいやつが」

吹き出したいのをこらえつつ、佐脇は殊勝《しゆしよう》に相槌《あいづち》を打った。

やがて、街宣車の屋根に、昨日佐脇がおでこに石をぶつけた男が上がってきた。だが石を投げた当人が警官と談笑しているのを見ると、こそこそと姿を隠した。

すると街宣車のスライドドアが開き、一人の男が降り立った。昨日も居て佐脇と一触即発の状態になった「劣化版の渡哲也」だ。この男は黙って撮影の準備風景を眺めている。その姿には独特の緊迫感があって、ただのロケ見物と言うより、明らかに「監視」だ。

「大丈夫。ここはおれが抑えるから、きっちりやってください」

佐脇はその男にも聞こえるように、わざと大声で細井と岡崎に宣言した。

撮影するのは、奈央と結城ほのかが対立する場面で、逃げ出そうとする奈央扮する少女を、結城ほのか演じる女が執拗《しつよう》に引き留めるくだりだ。映画としては前半に出て来る場面だが、少人数で撮れるので「何かが起きてスケジュールが空いてしまった時」のために、撮らずに取っておいたものらしい。

「映画ってのは頭から順番に撮るものじゃないし、こういうやり繰りをどう巧くやるかがチーフの手腕なんですよ」

撮影準備をするスタッフを見ながら、細井が説明した。

カメラや照明がセットされる間、邪魔にならない場所で監督は女優二人に演技を付けている。

「いや、それじゃ段取り芝居だ。この時点では二人とも、状況がよく判っていないんだから、『とにかくもう怖くてたまらないので帰ると言い出す』奈央にとって、『しつこく引き留めるほのか』って気味悪いだろ？　その感じで。ほのかは、自分の中では説明するまでもないことだから口にしないだけで、自分は絶対、間違ってない、という自信をもっと出して」

岡崎の演技指導は具体的で明確だ。

ロケバスの移動中に、監督と中津との間でカット割りの打ち合わせは出来ているので、撮影準備は中津の指揮でテキパキと進んでいる。

中津は「人物はこう立って」と助監督をスタンドインに使って位置を決め、「こう撮って切り返しはこうで、引き画は二人のフルショット」と、両手で画面の広さを示して、明確な指示を出し、それを飲み込んだ助手たちもキビキビと動く。

「見ていて気持ちがいいですな。こう、なんというか、打てば響くって感じが」

いちいち指示を出さなくても、全員が自分の持ち場で必要とされる仕事をしている。それぞれの仕事が有機的に繋がって、みるみる準備が整っていく。しかも老若男女を問わず、みんなが同じようにスムーズに動いているのだ。

その手際《てぎわ》の良さと無駄な動きのなさは、見ているだけで楽しい。まさにプロの集団による、プロの仕事だ。

「でしょ。低予算だからこそ、優秀なスタッフを集めましたからね」

細井も得意さを隠せない。

その言葉に刺激されたわけではないが、佐脇も自分の役割を自覚して、周囲の状況には目を光らせている。談笑しているようでいて、注意は怠《おこた》らない。

そんな佐脇の存在に、街宣車は沈黙を守っている。ならば、さっさと姿を消せばいいようなものなのに、じっと黙ったまま停車し続けている。居座ることで存在感を示して無言の圧力をかけているつもりなのだろう。

しかし、映画スタッフは忙しいから、そんな圧力など感じている暇はない。

監督のリハーサルは細かいが、なんとかカタチが出来てきたところで、撮影の準備も整った。

駅前は美術が一気に飾《かざ》り付けをして、まったく別の駅に装いが一変してしまった。駅名も「眞神駅」から完全に架空の「蓬平《よもぎだいら》」になり、実際にはないキオスクや公衆電話ボックスなども設置され、なにより鉄筋コンクリートの味気ない駅舎が木造の、味のある田舎の駅に変身しているのが凄い。

「映画のマジックってのは、ＣＧよりも、現場の美術スタッフの魔術の方が凄いんですよ」

細井が、まるで自分の手柄のように褒め称《たた》えた。

「じゃ、やってみましょう」

監督は女優二人をカメラの前に立たせて、リハーサルが始まった。

駅に向かおうとする奈央をほのかが引き留める。

「逃げるの？　自分だけ？　みんなを探さなくてもいいの？」

奈央の腕を摑むほのか。

「ごめんなさい！　だって……怖いんだもの。怖くて怖くてたまらないの！　この電車に乗らないと……次は夜になってしまう」

必死でほのかの手を振りほどこうとするが、ほのかは離さない。

「お願い、離して……」

「ハイ、カット。今の奈央のセリフ、ほのかナメの奈央のバストで」

監督は両手を頭の先と胸あたりにおいて画面のサイズを指定した。

「で、この後、セリフごとにどんどんサイズを詰めていって、最終的には奈央の目のクロースアップまで寄ってください。さっきの打ち合わせとは違うんですが、奈央くんの芝居を観てたら、そうしたくなって」

「じゃあ最初はバストじゃなくて、もう少し広い方がいいんじゃない？」

中津はズームを動かして画面のサイズを変えた。現場にはモニターがあるので、全員が今、何を撮っているのかを確認出来る。

「で、ほのかの切り返しも詰めていく？」

「いえ。感覚の違いを見せたいので、ほのかはずっとバストショットで」

「なるほど。判った」

中津は監督の意図をすぐに理解して、撮影部と照明部に細かい指示を出し始めた。

技術パートが準備をする間、監督は二人の女優に細かく演技をつけていく。

「ほのかの表情、感情を抑えて無表情な方が怖いから。何を考えてるのか判らない人間って気味悪いでしょ？　この時点ではまだ、ほのかは敵か味方か判らない存在なんだから。悪霊に取り憑かれているかもしれないし、正体が殺人鬼かもしれない」

ほのかはハイと頷いて、顔から感情をスッと消した。

その表情は、確かに怖い。

「うわ。コワ」

と奈央が思わず呟くと、ほのかは無表情のまま「今、役に入ってるんだから余計なことは言わない！」と声は小さいがビシッと言った。

そのドスの利《き》いた声に、奈央はビックリして、途端にオドオドしてしまった。

「その表情、いいね！　じゃ本番っ！」

奈央のナマの表情を逃したくないのだろう。準備もそこそこに、急遽《きゅうきょ》、本番が始まった。

同じ芝居を何度も繰り返し、カメラの位置を変えて何度も撮る。

プロデューサーの細井は「いいでしょ？」と佐脇に囁《ささや》いた。

街宣車は、いつの間にか、例の男どもども、いなくなっていた。


その日の午後は、宿舎でもある古民家に戻り、古びた家の内部を使っての撮影となった。

「押しているので短縮メシでお願いしま〜す」

農家に戻ったロケ隊の面々は、手渡された昼食の弁当を掻き込むように食べ終わると、休憩もそこそこに準備を始めた。何もできず、撮影に付き合っているだけの佐脇としては、文字通りのタダメシ喰らいの状態なので、申し訳ない。

「出来ることがあったら手伝いますよ」

そう申し出ると、「じゃ、悪いけど、レフ板押さえててください」と照明部から声がかかった。鉄製のスタンドにセットされている銀紙を貼ったレフ板が、風に煽られて動かないように、押さえているのが初の任務になった。

「一個じゃなくて、両手使ってこっちのもお願いしますね」

と、佐脇は二台のレフ板を両手両脚を使って同時に押さえる役目を仰せつかった。

室内で、囲炉裏《いろり》を挟んでの奈央とほのかの二人だけの芝居を、丹念に撮っていく。

「日が暮れちゃうから、先に庭押しで撮ろうよ」

と中津が提案したが、監督は芝居の流れを重視して、ここでは時系列どおりに撮る「順撮り」に固執した。

「ここは、ほのかの揺るがない気持ちに影響を受けた奈央くんが、自分もこの村に留まって『悪霊なのか殺人鬼なのかよく判らないナニカ』に立ち向かうしかない、と決心するところなので」

「あ、監督。ちょっと提案なんですけど、せっかく囲炉裏があるんだから、話をしながら木の枝をポキポキ折って火にくべる芝居、やっていいですか？　ほら、なんか人間の骨をポキポキ折ってる感じがして、イヤでしょ？」

ほのかが提案すると、監督は反射的に「いいね！」と採用した。

「じゃあさあ、その枝は良く燃えるヤツにして、火にくべるたびにボウッと炎が上がるっていうのはどう？」

と新たなアイディアを監督が思い付いた。

「ガスバーナーを仕込んで、コックを捻って火を大きくすればいい」

「ガスバーナーって、あったかな」

装飾部の若者と美術部の中年になりかけの助手が、家の奥の倉庫代わりに使っている部屋に飛んでいった。

その間に太陽は無情にもどんどん傾いて、西陽になり、夕暮れになり、切り立った山の向こうに隠れてしまった。

準備が出来るまで、待ちの時間になった。

「こういうので待つのはいいんだ。いくらでも待つ。映画が良くなるんだからね」

中津は余裕の表情でタバコを吸った。

ほのかは、奈央に話しかけて、いろいろと、ああしたら、こうしたら、と芝居のヒントを出している。はじめは緊張して表情も硬かった奈央だが、だんだんと頷いたり、聞き入ったりして、表情が解《ほぐ》れてきたのが判る。

ほどなく囲炉裏の灰にガスのホースとバーナーを埋めてカメラから見て巧く隠す作業が完了し、撮影が始まった。

夜になってしまったので撮影も終わらざるを得ないだろうと佐脇は思ったが、まったく終了する気配はない。

レフ板の用はなくなった代わりに、窓外には強力なライトが置かれた。日が暮れても窓から見える中庭には強い照明を当てて、そこだけ昼間に見せてしまう「映画マジック」を使って、「画面に映る範囲だけ昼間」にするというかなり強引な手法を使い、本日予定した分の撮影は、なんとか終わらせてしまった。

「はい、カット！　問題なければＯＫです！」

監督の声が響いた。

「お疲れ様！　本日はこれにて終了です！　ヒルメシ短縮、休憩抜き、夜のメシまで押して貰って、済みませんでした！」

製作進行が頭を下げた。彼が悪いわけではないのだが、ここで誰かが謝らないとマズいのだろう。

スタッフは機材の片付けをはじめた。

昨夜は、合宿所に転がり込んで酒を飲み、そのまま寝てしまった佐脇だが、製作部に頼んで今夜は町中に宿を取ってもらった。

「明日も撮影に付き合いますよ。あんたらのチカラになる、街宣車の連中からこの撮影を守ると言ったんだから、その約束は守る。で、明日は何時から？　集合はどこ？」

たった一日で、まるで映画のスタッフのような口調が移ってしまった佐脇だが、真面目人間に変身してしまったわけではない。夜になれば酒と女が恋しい。

それに……彼には大事な使命があるのだ。

「ん？　佐脇さん、どこ行くの？」

そそくさと撮影隊から抜けようとした佐脇をめざとく見つけたのは、中津だった。

「飲みに行くの？　メシは？」

「いやあ、これ以上お世話になるのは心苦しいから、自分の食う分は自分で……」

「水くさいこと言うなよ」

中津は現場の状況をざっと眺めた。

「どうもメシの用意は無いみたいだから、今夜はみんな街に出てバレメシだな。じゃあ、一緒に飲もうよ」

中津は佐脇にそう言って、若い衆に向かって「誰か行くか？」と声をかけると、作業をしていた若いスタッフが五人、すぐに手を挙げた。セカンドとサード助監督に、撮影助手チーフに、美術部のチーフと装飾部。

「装飾部って、なにやるの？　装飾部と言っても一人なの？」

佐脇も片付けを手伝いながら、装飾部の若者に声をかけた。

「装飾部は美術部と一緒にセットの飾り付けをしたり、さっきみたいな夜を昼にする仕掛けをしたり、役者の小道具を用意したり……消え物……芝居の中で食べるものですけど、その用意したり、まあ、何でも屋です。予算がないと僕みたいに、一人でなんでもやることになります」

そんな話をしていると、ワンボックスカーが山道を登ってきた。

「ん？　またあの連中か？」

街宣車の一味が手を変えてやって来たのかと思った佐脇が乗りかけていたロケバスから降りると、ワンボックスカーから降りてきたのは、例の食堂のオヤジだった。眞神署を訪れたすぐ後に入って、いろいろと質問をしたらスパイと疑われたのか、オヤジとオバサンによそよそしくされた、あの食堂だ。

「よっ！　メシ、まだだろ？　だったら差し入れだ。大いにやろうじゃないの」

オヤジはワンボックスカーの後ろから大きな発泡スチロールの箱を取り出した。

「いやちょっと猟友会の知り合いから鹿肉たくさんもらっちゃってね、店じゃ使い切れないし、ジビエ料理なんてウチで出しても売れないからさ……みんなに食べて貰おうと思ってな」

装飾部と助監督、そして製作部もバスを降り、率先《そっせん》してバーベキューの用意を始めた。

ワンボックスカーからは、明らかにロケ隊ではない男たちが六人降りてきて、準備を手伝いはじめた。

「済みませんねえ……いつも」

製作担当の宝田がオヤジに頭を下げた。

「あのオヤジ、口は悪いが、我々のことを応援してくれててね、ヒルメシにおにぎりとか豚汁とかカレーとか温かい食い物を差し入れてくれるんだ。今日の昼は来ないから、どうしたのかなと思ったら」

と、中津が解説してくれた。

「他の連中も、ロケの応援をしてくれる地元の有志たちだ。映画好きのサラリーマンとか商店のオヤジとか。有り難《あがた》いことだ」

食堂のオヤジはクーラーボックスを下ろして蓋を開けた。

「ビールも焼酎も持ってきたから、どんどんやってくれ！」

食材を運び始めたオヤジは、佐脇とバッタリ出くわして一瞬、バツの悪い顔をしたが、すぐにニヤリとした。

「あんた、やるんだってねえ。聞いたぜ。街宣車の奴らを見事に追っ払ったって。あれ以来、あの連中、駅前でもおとなしくなって静かなもんだ」

「そうだよ。この人は凄いんだよ。ウチの用心棒」

中津は佐脇の肩を抱いた。ベテラン映画屋は、やることが無遠慮だ。

「撮影終了まで付き合ってくれるって。おれはヤクザと警察が大嫌いだったんだが、このヒトは別だ」

庭先では瞬《またた》くまにキャンプファイアが焚《た》かれている。

「そのへんの木の枝に肉を刺して、キャンプファイアの火で炙《あぶ》るんだ。強火の遠火。これが美味く焼くコツ！」

オヤジたち「差し入れ隊」は切り分けた鹿肉を枝に刺して、腹を空かせたスタッフたちに配った。彼らは自然と火の周りに集まって、肉を焼きはじめた。

鹿肉の焼ける、美味そうな匂いが広がっていく。

「これ、本当はオヤジの自腹なんだぜ。あのオヤジ、口が悪いクセに照れ屋だからなあ」

中津はそう言いながら佐脇に紙コップを手渡して、ビールを注いだ。

「あー、今夜は期せずして、ときわ食堂のオヤジさんからの豪華な差し入れを戴きました」

製作担当の宝田が場を仕切った。

「では、有り難く戴きましょう！」

中津は紙コップのビールを美味そうに飲み干した。

「一日の撮影が終わって飲むビールほど美味いもんはない！」

若い衆も、そうだそうだと言いながら、一気に盛りあがった。

「アタシャね、この撮影を応援してるからね！　みんな、じゃんじゃん飲んで食って！」

差し入れ隊の面々もニコニコして、こちらはバーベキュー・コンロで野菜をガンガン焼いて紙皿に盛り、スタッフに配っている。

「よう中津さん。撮影、頑張ってるね！」

地元に住んでいる勤め人のグループに、商店の主人たち。みんな中津たちと顔馴染みのようだ。

「奈央ちゃん、こっちに来ませんか?」

「そうだそうだ。一緒に食べようよ!」

差し入れ隊の面々がデレデレした顔で奈央を誘った。彼女もそう悪い気はしない様子で、グループに加わって肉を焼きはじめた。

「おれは結城ほのかサンも一目見たいんだけど……」

遠慮がちにときわ食堂のオヤジが言うと、それを聞きつけて、「はぁい! こんなオバサンでもいいの?」とほのかがやってきた。撮影が終わってダブダブなTシャツに短パンというラフな格好に着替えてきた、そのラフさが逆にフェロモンを振りまいてオヤジたちを狂喜させている。

「あ、ご紹介しますよ」

と佐脇のところに細井が一人の男を連れてきた。さっきからバーベキュー・コンロで野菜を焼いている、細身で長身の物静かな男だ。

「こちら、工藤さん。この古民家の持ち主で、ロケの応援もしてくれている、地元で手広くやってる実業家の方です」

工藤です、とその男は名乗って手を差し出した。

見たことのある顔だが、と思いながら佐脇は相手の手を握った。

「ウチは代々農家もやっていましたが、私の代で止めてしまって。この家も、ずっと空き家だったんですが、撮影に使わせてくれないかと言われて、住んでいるわけではないので、お金は要《い》りませんと協力させて貰ったんです」

「それだけじゃないんですよ。照明焚くのに電気代がかかるでしょう？　それ、全部持ってくれたり、ロケ隊が住み込むので、ガス電気水道の改修工事もやってくれたり、こうして差し入れもして下さって……本当に工藤さんには足を向けて寝られません」

細井の言葉に、工藤はニコニコして「いやいや」と手を振った。

「これも、町のためですから。この映画で眞神市の知名度があがれば、私は満足なんです」

和やかに話していると、バーベキュー・コンロの方からときわ食堂のオヤジの怒声が響いた。

「こら〜！　野菜が黒焦《くろこ》げだぞ！　誰だ！　ほっぽり出したのは！」

「あっ、済みません！」

怒鳴られたのに嫌な顔ひとつせず、工藤はニコニコしてコンロの方に走っていった。

「イイ奴だろ？　とっ捕まってる望月なんかとはエラい違いだ」

と、ときわ食堂のオヤジ。細井も頷いた。

「あの街宣車さえいなければ、いい人たちに助けられて、撮影快調だったんですけどねえ。でも、新たに佐脇さんというイイヒトが現れたし、やっぱりこの映画はツイてます」

イヤイヤとんでもない、と佐脇は笑顔で謙遜《けんそん》しつつ、「いい人」過ぎる工藤にどこか違和感を抱いてしまった。

やがて、みんなはたらふく肉を食べ、酒を飲んで、古民家の中庭には、穏やかで満ち足りた空気があふれた。

監督と中津、そしてチーフ助監督とスクリプターの米山は、台本片手に話し込んでいる。明日以降の撮影プランを練《ね》っているのだろうか。そこに結城ほのかも加わって、いろいろ意見を出している。

キャンプファイアの炎は、オヤジが持ってきた薪《まき》に加えて割り箸やゴミも投げ込まれて、弱まることがない。

「ほのかさん、うまいですよねえ……」

いつの間にか奈央が佐脇の横にきて、溜息をついた。

「私、ずっと苦手だったんです。何でもハッキリ言うし、ちょっと怖いひとかなあって。キャリアも長いし、私なんかには出来ないＡＶのお仕事してきた人だし、とてもかなわない感じで。それに監督とも中津さんとも物凄く仲よさそうで、いつも楽しそうに話してるし、私は入っていけない感じで」

結城ほのかは映画の内容にもどんどん意見を言うし、提案もするし、それをまた監督が採用したり、中津も耳を傾けたりするのが、ハッキリ言っていやだった、と奈央は打ち明けた。

「おれも結城ほのかが出てるって聞いたときは、きっと全裸で殺される『ハダカ要員』で、サービスカットのためにキャストされたんだろうと思ったからなあ」

当のほのかは噂されているとも知らず、監督たちとの話を終えて、オヤジ連中の輪に入って酒を飲んで談笑しはじめた。その輪には他のスタッフも入ってきて、一際華やかなグループになった。

それを見ている奈央は複雑な表情だ。

「しかも撮影が進むと、台本がどんどん直されて、ほのかさんの役が大きくなってきたんです。ただハダカで殺されるだけじゃなくなって、映画の鍵になる人物にふくらんでいて……」

これはきっと、監督かプロデューサーとの個人的な関係を利用したのではないか、と最初、奈央は疑ったという。

「枕営業ってヤツか。まあＡＶ女優だったんだから、そっちの方はお手のもの、と勘ぐる連中もいるだろうなあ」

「私も疑ってしまって。そんな自分がとてもイヤだったんですけど。きっとそうだ、誰かに取り入って、目立つ役にして貰ったんだって。でも、それは私の邪推《じゃすい》って言うか、大きな勘違いだったんです」

「おれは素人だからよく判らないが」

佐脇は奈央の紙コップにジュースを足してやりながら、言った。

「たしかにあのヒトはグイグイ来るよな。バイタリティがあるって言うか、あれだ、勝負をかけてるって言うか……あのヒトは、この映画に賭けてるんじゃないのか？　そういう、気合いみたいなものをおれも感じる」

ＡＶ女優から普通の女優に転身したい、ということではなさそうだ。結城ほのかは、すでにいくつかの映画やドラマに出演しており、それなりの評価を得ているからだ。

「この映画に賭けているのは、私も同じなんです」

奈央は少しキッとした様子で佐脇に言い返した。

「いろいろ考えたんですけど、私、やっぱり映画でやって行くつもりです。映画女優になりたいんです。バラエティやコマーシャルのお仕事は、本当、向いてないって自分でもよく判って」

私は犯罪被害者の娘だけど、加害者の娘でもあるんです、と奈央は言った。

「だからコマーシャルは無理です。みんなが幸せそうなバラエティの世界も、私の居る場所じゃありません。いわゆるカタギの？……普通のお仕事でもたぶん、多くは望めないと思います。入江さんにも迷惑はかけられないし……」

奈央の中ではあくまでも「入江さん」であって、「お父さん」ではないのだ、と佐脇は痛ましく思った。だが、奈央は同情は求めていない。

「だからこの映画に賭けてます。この前の作品は、まだアイドルだったし、ご祝儀みたいなものです。だから本当の実力が試されるのは、この作品だって……。なのに、私、結城さんの足元にも寄れなくて」

奈央はうなだれた。

「結城さん、いつも凄いアイディアを持って現場に来てるし……私、AVのお仕事を舐めてたかもしれません。現場で工夫しながら撮っていくのはAVも普通の映画も同じなんですよね。女優としての経験値が私とはまるで違うし、今日は特に二人で撮る場面ばかりだったから、自分の未熟さを思い知らされるばかりで……。結城さんは気合いも実力も経験も、私とはもう、段違いだってことがよく判りました……」

「まあ、アレだよ。そういうカン違いは、新人にはありがちなことだよ。おれだって警官に成り立ての頃は、自分がちょっと射撃が巧いからって、下手な先輩をバカにしたりしたけどな。だが実は、その先輩は相手の嘘を見抜く名人で、ただの交番勤務のお巡りさんだと見くびってたのが、実際には放火犯は捕まえるわ、指名手配犯に職質かけて何人も逮捕するわという、本当は凄い人だったと判って、その時はひどく恥ずかしくてな……」

「佐脇さんにもそういうことがあったんですね」
奈央は少しホッとしたような表情になった。そこに「なーにシンミリしてるんだよ！」
とときわ食堂のオヤジが割り込んできた。
「パーッと行こうパーッと。しかしあれだね、アンタのおかげで映画も順調に行くように
なって良かったじゃないの！」
オヤジはまたも佐脇を褒めた。
「おれはね、今の市長を断固支持してるからね、この映画も製作中止なんて羽目《はめ》になって
欲しくないんだよ。その一心」
「そうなんだよね」と差し入れ隊の一人が口を挟む。
「市長は若いのに、よくやってたよ。収賄なんか絶対にしてない。あの、市長に賄賂を贈
ったって言ってる嘘つきは、どうせ警察か、市議会のお偉いさんとかとツルんでるんだ
ろ。ヤツら、友沢市長が邪魔で仕方がないんだよ」
「そうそう。その通り」
差し入れ隊の面々が、いろいろ語りたいのか、一人二人と集まってきた。
「あの望月って野郎は地元では腹黒で有名だからね。アイツが言ってる『自分も悪いこと
をしたと反省したので、やったことをすべて白状します』みたいな言いぐさは絶対にマユ
ツバだ。きっと裏がある。テメエの悪事なら普通隠すだろう？」

「そうだよ。よく判らないけど、大きな企みというか魂胆ってのがきっとあるに違いないんだよ」

「だって、市長は、貫して、カネを受け取ったことはないって言ってるし、それは最初からブレてない。もしも嘘をついているなら、言い訳があれこれ変遷《へんせん》して揺らぐだろうに」

差し入れ隊の面々は全員一致で市長を応援している。

「佐脇さん、あんたも警察のヒトだからこんなことは言いたくないけど、ここの警察はクソですよ、クソ！」

「そうだ！　弱きをくじき強きになびくっていう、最低な連中だよ！　おれの駐車違反は許してくれないけど、市会議員なんか全然取り締まらねえもん」

「キミキミ、そういう私情を挟んじゃいかんよ」

オヤジが窘《たしな》めた。

「けど親父さん、街宣車の連中は嘘ばっかりまくし立てているし、いい加減ムカつくじゃないですか？　なんだよ、あの反日国賊売国奴って。意味不明でしょ？　この町は尖閣《せんかく》でも竹島《たけしま》でもないっつうの」

「そう言う言葉を覚えたのが嬉しくて使ってるバカばっかりなんだろ！」

「いや、聞いた話だけど、岡崎監督が前に撮った映画がちょっとサヨクっぽい内容だったらしいとか……それと、結城ほのかとの噂もあったから、エロ変態だと言われてるとか……」

「AV嬢とお付き合いするとエロ変態か。それじゃ結城さんのAVを見るやつは全員変態かよ。おかしいだろ！」

「市長もエロ変態って言われてるけど」

「市長はホラ、テレビで結城ほのかと一緒に出て、ほのかが映画で町おこしって勧めたから、絶対あの二人はデキてるってことになってるんだよ」

「ガキか？　雨の日に一緒に帰ったら相合い傘だとか囃《はや》し立てる小学生と同じレベルじゃないか！　仮に、二人がデキていたとしてもだ。それはそれで個人の問題であって、他人がどうこう言う話じゃないだろ！」

つい、佐脇もエキサイトしてしまったが、それについては、ときわ食堂のオヤジにやんわりと「それはね、ここはやっぱり田舎だから……」と言われてしまった。

「田舎だからねえ……保守的というか、無駄に道徳的というか……ダメなんですよねえ。とにかく新しいものを拒絶するんですよ。よそ者にも拒絶反応が強い。スターや有名な歌手とかタレントが町に来るのはいいんだけど、ハダカを売り物にするような『突き抜けたヒト』には拒否反応が起きてしまうんです」

それは、鳴海でも似たようなものだが、南の港町は開放的なところがあるし、いわゆるカタギの人間でも水商売を簡単に始めたりやめたりするのが普通なところだから、この辺りとは感覚が違うのだろう。

「それにしてもねえ」

と食堂のオヤジが言った。

「望月の言い分だけ聞いて市長を逮捕したここの警察は、絶対どうかしてるよねえ。まあ贈賄を自供すれば自分も捕まるんだから、それを覚悟で『真実の告白をした』以上、まさかウソは言ってないだろう、っていう理屈なんだろうけど」

「それはそうと」と差し入れ隊の一人が声を潜めた。

「警察が無能と言えば……国松峠の下の沢で見つかった例の身元不明の死体」

「ああ、今日ロケした、産廃になるって言う、あの谷？」

「そう、あそこ」

打ち合わせが終わったのか、中津も話の輪の中にいた。

「どうしてあんなところに死体があったのか、死体の身元もまだ警察は調べがついてないんだと。眞神署の連中じゃあ永遠に判らない……ええと、そういうのなんて言いましたっけ？　お蔵入り、じゃなくて」

佐脇に話が振られたので「お宮《みや》……迷宮入りだね」と答えると、「そうそうそれ！」と盛りあがった。

「そのお宮に入れちゃうんじゃないの？　だいたい、やる気が無いでしょ？　捜査してるとは思えないし。ホント無責任だよな」

「あの辺に、他にも死体があったらどうするの？　産廃が出来ちゃったら永久に見つからなくなるよ？」

「まったくねえ、この町の昔からの連中は、そういう無法状態が好きなんだとしか思えないよ」

　と地元差し入れ隊の面々は吠えた。

「そんなだから、あの市長なら、ここをマトモな町に変えてくれると思ってるのに！」

　差し入れ隊は、かなり強固な市長支持派だ。

「市長に反対してる連中は、既得権益を守りたいだけだ。ユルユルでナアナアな方が、悪い事し放題だもんな。そういうのを断ち切って現市長は『法の支配』を実行しようとしてるだけなのに、それが邪魔だから目の敵にしてる。判りやす過ぎて涙が出るね。しょせんあの連中はバカなんだ」

「そうそう。あの連中が雇った街宣車の奴らも、それに輪をかけたバカなものだから、くっだらないスキャンダル攻撃しか出来ない。まともに相手するのも馬鹿馬鹿しいけど、放っておくと際限なくつけあがるのが我慢できなくてね」

　キャンプファイアを囲んで、反市長派の悪口は終わることがなかった。

　すると……。

いつの間にか、キャンプファイアのそばに、一匹の犬がちょこんと座っていた。

柴犬くらいの大きさの、あまり大きな犬ではない。じっと座ってこちらを見ている。

銀灰色の毛皮に金色の眼。大きく開けた口から長い舌が垂れ下がっている。ふさふさした尻尾が前足に巻き付いているのを見た佐脇は、変わった犬だなと思った。

「おっ珍しい毛色の犬だなあ」

と、中津が言いながら、スマホで写真を撮った。

行儀良く控えているその姿は、肉が欲しいのだろう。しかし妙に自分を律している感じで、遠慮というものを感じる。

「食べたいんだろ？」

打ち合わせを終えた監督が、その犬に声をかけたが、吠えるでもなく甘えた声を出すでもなく、ちょこんと座ったままの姿勢を崩さない。

監督は、自分の皿の肉を、「ほら！」と叫んで投げてやった。

と、その犬はパクッと上手にキャッチして前足で押さえ、美味しそうに食べはじめた。

「きゃ〜可愛い！」

と奈央たちもその犬を見つけて、肉を投げてやった。

工藤も、調理で残った鹿肉の切れ端を投げてやったのだが、何故か犬は見向きもしない。それどころか、工藤がその肉を拾って近付こうとすると、牙を剝き出しにして唸りだした。

なのに、女性スタッフが自分の食べ残しを投げると、犬は器用にキャッチして喜んで食べる。

黄色い目と灰の色をした毛並みが不思議に野性を感じさせる。犬にしては頭が平らなところも目を惹いた。

犬はしばらく食べていたが、満足したらしく、やがて夜の闇に消えていった。

犬の様子を眺めていた工藤は軽く舌打ちをして、自分の仕事に戻った。

そんな姿をぼんやり見ていた佐脇は、「あ!」と声を上げた。

昨日の昼間、眞神警察署の前でデモ隊がぶつかったときに仲裁しようとして見事に失敗した男……それが工藤だったのを思い出したのだ。

「どうかしました?」

奈央に訊かれた佐脇は、いやいやたいしたことじゃないと誤魔化した。

「そういや、この近くの神社に祀られているのは狼なんだよね。ニホンオオカミ」

オヤジが小さくなってきた炎を見つめながら、唐突に言った。

「明治時代に絶滅したと言われているニホンオオカミなんだけど……実は生き残ってるんじゃないかって説もあってね」

「この辺りには狼伝説もありますよね」

そこで監督が身を乗り出した。

「いいなあそれ。この映画にその要素入れたいな。狼人間とか。ヨーロッパでも、実は昔からシリアルキラーはいて、それが狼人間伝説の元になったたって説もあるから」

「なんですかそのシリアルキラーってのは？」

「連続殺人鬼ですけど。女の人を楽しみのために次々殺して回る」

ああ、とオヤジは手を振った。

「それなら、このへんの狼は違うね。大口眞神《おおぐちのまがみ》は良い神様なんだ。畑を荒らす鹿や猪を退治する益獣でもあるし、狐憑きなんかの悪霊も祓《はら》ってくれる、それがこのへんの狼だよ。このへんの守り神なんだ」

郷土愛に溢れたオヤジの言葉に、監督は「あっ、それもいただき！」と叫んだ。

「殺人鬼に取り憑いている悪霊とヒロインの奈央ちゃんが闘うんだけど、守り神の狼が奈央ちゃんに味方してくれて、悪霊に打ち勝つ！　このラストだと、滅っ茶スッキリするし、クールだよね？」

と話を向けられたプロデューサーの細井は、反射的に渋い顔になった。

「いやいやいや、待ってくださいよ。急にそんな思いつき、言わないでくださいよ。まず、どうやって狼を表現するんですか？　着ぐるみだとコントになっちゃいますよ。動物プロダクションにも狼なんかいないし、ＣＧですか？　だけど簡単にＣＧって言うけど、これ、追加予算組まなきゃダメですからね」

「CGなら、ボクの同窓生にやってるヤツがいて、お友達価格で請け負ってくれると思うんだけど……それだけじゃなあ」

「いい映画にしたいのはヤマヤマだけど、そう後からポンポン思いつきを言われても、予算パンクするし、撮影もどんどん延びますよ。中津の御大だっていつまでもお付き合い願えないんだし……そのへんのところ、もう少し現実的なところも考えてくれないとなあ」

「まあ、おれのことはいいよ。それより、監督の案をどう具体化するか、だ」

監督、細井、中津が中心になって、狼の映像化についての話し合いが始まった。

その場は一気に政治の話から映画の話に切り替わり、それはキャンプファイアの火が消えて、天空に落ちてくるような銀河が見えても、果てることなく続いた。


翌日。

東京からベテラン俳優の川柳一太郎がやってきた。映画でもテレビドラマでも善人でも悪人でも「エライ人」ならこのヒト、という評価が定着している俳優でキャリアも長く、大御所といっていい人物だ。

こんなエラい人がなぜ低予算映画に、という疑問が佐脇の顔に浮かんだのだろう。

「いや、一太郎ちゃんは出てくれるよ。ホンに納得してスタッフがしっかりしてたらギャラは度外視さ。カネのある作品で儲《もう》けるから、ウチみたいな貧乏映画からは取らないんだと」

と、中津が笑いながら教えてくれた。この二人は長い付き合いなのだろう。親友のように親しげに喋っている。

しかし、役者がライトの下に立ち、カメラマンがファインダーを覗く時、その関係は一転してプロ同士のシビアなものになる。

川柳一太郎が演じるのは村の古老だ。この村にやって来た若者たちに「恐怖の言い伝え」を語って若者たちと観客をミスリードする。

が、若者たちを演じる俳優が全員揃っていないので、彼だけの「片押し」撮りをしなければならない。

「『地獄の黙示録』のマーロン・ブランドですよ。ブランドの出るところだけ別撮りで、マーティン・シーンとは一カットも同じフレームに入ってないんだけど、編集で誤魔化して、面と向かって対話してるように見せたって話が残ってますが……モンタージュの技法を使えば、そういうことも可能にはなるわけで」

スケジュール調整に失敗した言い訳を、細井は口にした。

古民家の離れ……昔は馬小屋だったところ……に古老が住む庵《いおり》のセットを作り、話を聞くものは誰もいない中空に向かって、川柳一太郎はおどろおどろしい名調子で伝説を語り、カメラはそれをどんどん撮っていく。

幸い、街宣車は妨害に来ないようなので、佐脇は撮影を抜けることにした。

本来の目的のために、調べなければならないことが山ほどある。

昨夜、差し入れ隊の面々から聞いた「反市長派」についてのあれこれも、ウラを取っておきたい。


午後も遅くなっていたが、佐脇は製作部が出してくれた車に乗って、山間にある合宿所兼ロケ地である古民家から、市の中心部に戻った。

また眞神署に行っても仕方がないことはもう判っている。

町中をウロウロしていると、眞神市民新聞という聞いたことがない新聞社の看板が見えた。

二階建てのビル、というのもおこがましい古ぼけた建物の前には掲示板があって、「本日の眞神市民新聞」が見本のように貼ってある。地元企業の広告が紙面の大半を占めていて、記事は見事に眞神市内の事柄に限定されている。誰々が死んだ、結婚した、子供が出来た、と言う極めてローカルな話題ばかり。一面には「停滞する市政。逮捕されたままの友沢市長に眞神市を任せられるのか?」という大見出し。しかし見出しが大きいので肝心の記事は殆どない。

しかし……ここなら地元の情報の宝庫だろう。

佐脇は訪問してみることにした。

アルミサッシの扉を開けると、木製の古ぼけた机が二つあり、パソコンが置かれている。その背後には同じく木製の年代モノの書類キャビネットがあって、変色した紙の束が詰め込まれている。

かび臭く、澱んだ空気の中に、白髪の小柄な老人が一人でタバコを吸っていた。

「はい。私が主筆の河智《かわち》です。ここで四十年、地域情報を伝える新聞を出しておりますが」

河智は佐脇の顔と差し出した名刺を交互に、品定めするように見た。

「警察庁の方……ああ、街宣車のヒトタチをめった打ちにして、十人以上も病院送りにしたっていうあのヒトね」

妙な武勇伝が町中に知れ渡ってしまった。まあ、名刺代わりということだ。

「十人以上はひでえ話の盛られ方だなあ。まあ、ひょんな事で、映画のロケ隊と知り合ってしまったものでね。ゴキブリみたいに真っ黒な街宣車で撮影現場に乗りつけて、あんな大音量でわめきちらすんじゃ主義主張もないでしょう。ちょっと静かにして貰っただけですよ」

佐脇は、主筆兼社長兼記者の代表者・河智に、単刀直入に訊いてみた。

「この町の、いわゆる反市長派は、どうして友沢市長をあそこまで嫌っているんですか？街宣車を出すとか普通じゃないでしょう」

「それは……ちょっと違うかな」

齢《よわい》七十くらいの白髪の老人・河智は首を傾げ、街宣車はこの町と何の関係もないです、と言った。

「あなたの言い方では、まるで友沢市長が一方的な被害者のように聞こえるが、そんな単純なものじゃないですよ」

河智は立ち上がり、給湯室というか流しのあるコーナーに行って、茶筒の蓋を取った。

「昔からここに住んでいるひとたちと、近年越してきた『新市民』の肌合いの違いってものがあります。『新市民』は概して高学歴なインテリが多くて、仕事もはるばる東京まで通勤していたり……まあ、近隣に勤めているサラリーマンがほとんどですが。一方、昔からの住人は農業か自分の店を持っているか、セメント工場で働くか、ですから、『新市民』とは違いますな。すべてにおいてね」

河智は喋りながら急須に茶葉を入れ、ポットから湯を注いで茶を淹《い》れた。

「番茶でよければどうぞ……しかしね、学歴とか職歴とか年収とかとはまったく別に、礼儀というものはあるでしょう？　後から来たのならば、昔からこの町に住んでいる住人を尊重して立てても、バチは当たらないと思いますけどね。後から来た人は、学歴はあっても礼儀がない」

たぶん地元生まれの地元育ち。学校は他所に行ってもすぐに戻ってきて、おそらく親の代からやっている零細《れいさい》新聞社を継《つ》いだのだろう。そんな河智にしてみれば、昨日今日引っ越してきたばかりの新参者が大きな顔をして偉そうにしているのが許しがたいに違いない。

「人口比で言っても、新市民の方が多くなりました。それまでは、昔からのシキタリとかやり方に、我慢しても合わせようという気遣いがあったんですけどね。今は違いますな。少しでも納得出来ないことがあると、すぐに理屈を捏《こ》ねて反対しようって感じで」

零細新聞社の社長兼主筆は、次第に「反市長派」の本性を露《あら》わにしてきた。

「考えてもみてくださいよ。昔からここに住んでる者たちは、一見、不便で不合理なことでも、それはそれで、必要があってそうなったんだと判ってる。今まで長い時間を掛けて作ってきた町のカタチってものがあります。だけど、最近来た人は、東京の便利な暮らしをそのままこの町に持ち込みたいんです。だから、非効率で理屈が通らなくて理不尽《りふじん》なことがなくはない田舎の暮らしを批判せずにいられない。すると昔からのヒトは、新しい連中のことを、なんでも批判して上から目線で理屈を捏ねるサヨクだと毛嫌いする。今度の市長がそのサヨクのいい例ですよ。地元のことなんかまったく考えてないと思わざるを得ませんねえ」

河智は、市長と市長支持派の「罪状」をいろいろと挙げた。曰《いわ》く、自然保護などと綺麗事ばかりで、補助金なしでやっていけない住民の現実をまったく判っていない、若輩者のくせに年長者を敬《うやま》う気持ちがまったく無い、中央の資本を誘致して、町の零細な自営業者を潰そうとしている、などなど。

「あげくは映画みたいな胡散臭いもので人気取りをしようとして……そしてこれが極め付けですけどね、やっぱり市長たるもの、ハダカを売り物にする女優風情とチャラチャラしていてはいかんでしょう？　そんなことしてるから『市長は変態で異常性欲者』と言われても反論できないんですよ」

「でもそれについては具体的な証拠もない、人格攻撃ですよね？」

佐脇に言われて、河智はムキになった。

「いいや違うね。他所の人は判らないんだ。実際問題、今の市長になってから、眞神の治安は悪化してますよ。眞神近辺で相次いで女性が行方不明になって、この前は国松峠の下の沢で身元不明の死体が見つかってるし。以前にはなかったことなんですよ」

「それについては眞神署で訊いてみたけど、そもそも女性の連続失踪は警察としてはまったく関知しないと言ってましたぜ？　荒唐無稽《こうとうむけい》だと笑い飛ばすかもと思ったら相反してマジに反論されちゃったんですがね。市長憎しと言えども、そういうありもしない事件をでっち上げるのは、警察も怒らせて逆効果じゃないですか？　治安が悪くなったとしても、責任があるのは市長ではなく、まず警察でしょ」

河智は、言葉に詰まった。

「それに産廃は誘致したいが、駅前の大規模商業施設は困る、という反市長派の主張も妙ですな」

佐脇は河智を追及した。

「産廃はやめて郊外には美しい自然を残し、一方、駅前では市民が便利に買い物ができるようにする、という市長の考えの、一体どこがおかしいのか、私などにはサッパリ判りません」

「いや……いやいやいや……その、市長やその取り巻きの言うことは確かにスジは通ってるように聞こえますし、たしかに間違ってないんだろうけど……だけどね、オトナの世界には、『清濁併せ呑《せいだくあわ》む』って言葉があるでしょ？　何事も正論や綺麗事で済めばいいけど、そうじゃないことの方が多いでしょ？　利害ってものは対立するものだし、意見ってものも多種多様。それを調整するのにた〜だスカして、上から目線の綺麗事を言ってるだけじゃ不満が渦《うず》巻いて先行きロクなことにならないですよ。町をまとめるには、市長たるもの、それこそ『清濁併せ呑む』度量が要るんじゃないの？　私はそう思いますけどね」

「つまり市長は、正論を吐くだけで綺麗事で終わってると？」

「まあね。泥をかぶれないヒトだって気はしますよ。だから、逆に賄賂を贈ったと正直に自供した望月社長は偉い、と思ったりもしますね。ああいう風に泥をかぶる勇気って、なかなか出るものじゃないし」

なのに、と河智は首を傾げた。

「地元で指折りの古い家柄で工藤家ってあるんですが、今の代の工藤さんが市長を応援してるのが、私にはどうにも解《げ》せない」

「どうして？　旧家がみんな保守とは限らないのは京都を見れば明らかでしょ？」

いやいや、と河智は続けた。

「この辺で地主の工藤家といえば大変なものなんですよ。眞神署の前の署長も、篤志家《とくしか》だった工藤家の先代が金を出して大学に進ませてやったくらいで。そんな家の出であるあの人が、この町を滅茶苦茶にしようとしている新市長に肩入れしているなんて……私にはどうしても納得がいかんのです。それにね、さっき話に出た女性連続失踪事件にしても、市長なら全面的に否定して市民を安心させるべきでしょう？　なのに針小棒大だとかインターネットで話が膨らんでるとか言い訳ばかりで。この辺りは、ただでさえ心霊スポットのダム湖とか、過疎化で誰も住まなくなった村なんかのあるところなんだから、そういうイメージがついてしまうのは迷惑なんだ」

「ええと、話が外れてしまったが」

佐脇は話題を元に戻した。

「世の中綺麗事だけじゃ何も出来ないというのは、そうだろうね。確かにその通りだ。アナタは工藤さんが汚れ役もせず市長にヒヨッてるように見えるんでしょうな。しかし、カネを積まれて黙ったり、村八分にされかねない圧力を感じて口をつぐんだりって言うのは不健全だし、そうやって得をするヤツがいるというのも、望ましい状況とはまったく思えませんがね」

「なるほど。東京から来たアンタとは話が合いそうもないですな」

河智は、ムッとした様子を隠そうともしない。

「いや、失礼しました。まあ、地元の皆さんの感情としては、新参者が言うことにはカチンとくるっていうのも、判らなくはないです。私だって田舎の警察から来てる人間ですからね。地方の人間の感情はよく判る。余所者に対する煙ったい気持ちとかね」

「それだけ判ってるなら、私がお話しすることはもう、何もないですな」

佐脇は、追い出されるように外に出た。

喧嘩するつもりで来たのではないのだが、「反市長派」の意固地な気持ちを見事に逆撫《さかな》でしてしまったようだ。

ロケ隊の製作担当・宝田に電話を入れた。街宣車がまた来ていないかと思ったのだが、平穏そのものだという返事が返ってきた。

「川柳一太郎の睨みが利いてるようですよ。あ、もちろん佐脇さんの睨みの方が怖いんですけどね」

まあ、平和なら、それでいい。

佐脇は、ときわ食堂に顔を出して、オヤジに昨夜の礼を言ってカツ丼とラーメンを食べた。

「やっぱりアンタ、メタボ一直線だよ」

「昨日、鹿肉をたらふく食べたから、今日はタンパク質少なめで調整するんだよ。おれには鹿みたいな高尚《こうしよう》な肉は似合わねえ」

「肉に高尚も下賤《げせん》もないよ」

佐脇はオヤジに勧められるままにビールを飲んだ。

酒が入ると、止まらない。

オヤジの店で飲むと、代金を取ってくれないから、店を変えることにした。

飲む店を探すについては、佐脇の鼻は天才的に利く。

どんな小さな町にも盛り場はあって、怪しげな店があり、そこに女がいる。酒に女は付き物だ。

駅の裏手に、五軒ばかりの飲み屋が固まっている。ほかの通りにも居酒屋はあるのだが、この五軒は明らかに雰囲気が違っている。いわゆる「特殊飲食店」だ。

その中でも一番ネオンが毒々しい「サロンあげは」のドアを押した。中年のバーテンが一人立っているだけ。

中は、閑散《かんさん》としていた。赤い照明がカウンターを照らし、中年のバーテンが一人立っている。


女が一人もいない。予想と違うので佐脇は入口でしばし考えた。

「いらっしゃい。初めてですよね？　ピンサロだと思いました？」

「まあね。ただのショットバーなの？」

「女ですか？」

まあお座んなさい、とバーテンは佐脇をスツールに座らせ、ビールを出した。

「ウチは、この奥に部屋があって」

なるほど。店の奥にチョンの間があるパターンか。

「女の子は表には出て来ないの？」顔見世もないのか？」

「警察がいろいろうるさいんでね。でも、「ウチは良い子しかいないよ」

それはどの店でも言う決まり文句だ。

「訳あり女だから、なんでもするよ」

こういう田舎町のこういうロケーションの店。ワケアリ女。

バーテンは声をひそめた。

「あたしが渓流釣りで、奥の沢に入った時にたまたま見つけた子でね。場所を取られないうちに早く、と夜明け前に釣り場に行こうとしてたら、なぜか谷に居たんだ。地元じゃ国松峠の沢って呼ばれてる近くだけど……まあ、いろいろ事情があったんだろうねえ」

佐脇は、怖い物見たさの好奇心が先に立った。この際、化け物みたいな女が出てきても、話のタネにはなる。ロケ隊に戻って「あの店には行くな！」と若い衆に教えて笑い飛ばせる。

「いいよ。じゃあ頼むわ」

店の奥には、個室が並んでいた。

薄いドアの奥からは、秘め事の様子が伝わってくる。

「ここね、昔はアパートだったの。その昔は青線。と言っても判らないか」

旧赤線が公認された売春街だったのに対して、青線は完全な非合法売春地帯。いずれにしても売春防止法が出来る前の古い話だ。

「そんな昔からの、由緒《ゆいしょ》ある建物なのか、ここは」

佐脇は皮肉をいったが、通じなかった。

「五号室」と書かれたドアの前に立った。

「ここです。どうぞ。お金は中にいる女の子に渡して」

場所を案内しただけでバーテンは表に戻っていった。

ドアを開けると六畳一間の、１Ｋのような部屋があった。簡単な流し台とトイレ、それに簡易シャワーがあるだけの、安アパートだ。

「いらっしゃい」

部屋には布団が敷きっぱなしで、そこに座ったキャミソール姿の女がタバコを吸っていた。場末のうらぶれた女が、殊更《ことさら》に蓮《はす》っ葉《ぱ》な感じを強調している、どこか作為めいた感じがした。

「どうします？　ショート？」

「ショートはあっけないから、ゆっくりしたい」

「そう。じゃ、一時間とか？」

前金ですと言われたので、その額を払うと、トイレの横にあるシャワー室を案内された。

お互い、事務的に服を脱いだ。

完全にオジサン趣味の佐脇としては、女の薄物から透《す》けて見える乳首や秘毛をもっと眺めて、猥褻《わいせつ》な気分に浸りたかったのだが、仕方がない。

女に局部を洗って貰い、そのまま布団に横たわった。

いきなり、硬い乳首の感触が佐脇を這った。

女が、熟れた乳房を彼に擦り付けている。

熟女というには若く、娘というのはちょっと厳しい。そんな年格好の女。若くない分、熟成した女の色香をむんむんと放っている。

その肉体はなかなか淫靡《いんび》で、豊かな乳房とヒップが妖《あや》しく揺れ動いている。硬く勃った乳首が、ふるふると蠢く。

むっちりとした胸の下にあるウェストや腹部には、不摂生な生活の結果が現れている。この部屋で「仕事」をして、眠り、食事をしてまた「仕事」をする、引き籠もりのような生活をしているのだろう。憂《う》さ晴らしに酒も飲むだろうし。

とは言っても、左右に揺らめく腰の動きは淫らだし、硬い乳首が這い回る感触も、イヤらしいことこの上ない。

やがて佐脇の口に重なってきた女の唇はぽってりして肉感的だ。切れ長の瞳も、化粧《けしょう》をすればキレイに見えるだろう。しかし今は全体にひどく怠惰《たいだ》で投げやりな雰囲気に満ちている。アンニュイといえるほどお洒落なものではない。ただ、だらけているのだ。

彼女の全身からは、セックスが日常になっている女の淫靡さ、そしてフェロモンが強烈に立ちのぼっている。躰の線のむっちりした艶めかしさからも、劣情をそそってやまないプロの技が想像される。

女は佐脇の下半身に顔を埋め、懸命に男のものに舌を這わせた。厚い唇を硬く窄《すぼ》めてサオをしごき、尖《とが》らせた舌先が巧みに男の急所を狙ってくる。

「もういいかな?」

佐脇が仰向けになると、少し事務的な感じで、女は顔をあげ、上に乗ってきた。熟しきり、まさに食べごろの果実といった趣《おもむき》の、たわわに実ったその乳房を擦りつけると、熟《う》れた果実はむにゅうと変形した。

佐脇は布団の上で躰をひっくり返した。佐脇が上になり、女を組み敷いたのだ。

既に元気になっている欲棒を、女の花弁に押し当てた。適度に調《ととの》えられた秘毛が艶めかしい。

「あら、もうやっちゃうの？」

「ああ。ちょっと飢《う》えてたな」

佐脇は、花弁にペニスを擦りつけると、じわじわと挿入していった。

「ううううう……うふう」

怒張したペニスは、女の中に埋没していった。

やがてその先端が女を貫いて奥深くにまで達すると、百戦錬磨のはずの女はそれだけで背中を反らせて、がくがくと痙攣し始めた。

「感度いいな」

「私も久しぶりなのよ。ここんとこ客が来なくて……干上がるかと思った」

佐脇は激しく腰をつかい、早くも息を弾ませた。

「締まるな……あんた、いい按配だ……いいぞ……」

こんなところで燻《くすぶ》っているべき女ではない。なかなかいいモノを持っているし、キチンと化粧して生活に気をつければ、見違えるようにイイ女になるはずだ。

おれが女衒《ぜげん》なら、磨き上げて高く売り飛ばすんだがな。

そんなことを思いつつ、佐脇はぐいと腰を突き上げた。

「ひぃいいいいん……はあん」

その直撃に、女は呻《うめ》き、がくがくと背中を反らせた。

「そんなにしないで……ああん」

女がイキそうになり、俄《にわか》に締めつけがきつくなった。

佐脇は、あえなく決壊した。激しい奔流《ほんりゅう》がほとばしるように、白濁液が女の中に注ぎ込まれた。

それを受けて、女も一気に達した。

躰をそらせ、激しく痙攣する女を見た佐脇は、そのまま二回戦に移った。女は一度イカせた後が、一段と燃えることを知り抜いているからだ。

ぐったりして全裸のまま布団に横たわった女を見ながら、佐脇はタバコに火をつけた。

「あんた、こんなところで燻ってるの、もったいなくないか?」

「あたしなんか……もう年だし」

「そんなことあるもんか。セックスはアンタくらいが一番具合がいいんだぜ」

女はふふふと笑うと佐脇のペニスに手を伸ばして、指先で弾《はじ》いた。

「ここから、出られないのよ……」

「どうして？　あのバーテンがスジ者で、アンタ、監禁でもされてるのか？」

「そうじゃないけど。マスターは優しいし、好きにしていいって言ってくれてるんだけど……」

ふうん、と生返事をした佐脇は、タバコを吸って間を持たせた。

こういう商売をしている女はいろいろとワケアリだ。その事情は千差万別で、幸福な女は一様に幸福だが、不幸な女はそれぞれに不幸である、と名言をもじってもいいくらい、それこそ、女の数だけワケがある。だが、それを根掘り葉掘り聞いても、男が聞きたいと思うような、都合のいいフィクションが返ってくるだけだ。素性《すじょう》を知らない男に本当のことを言う女は存在しない。

「自分で、引き籠もってるの」

そう言われると、「どうして？」と訊かざるを得ない。

「外に出るのが怖いから……」

それはたしかに相当に訳がありそうだ。

「アタシね、もともとはＡＶに出たりしてたのよ」

「じゃあ、結城ほのかって知ってる?」

「今、この町で映画撮ってるんでしょ? 知ってるけど、向こうは単体で売れるスターだけど、こっちはデビューしたそもそもの最初から、かなりえげつないことするマニア向けのにしか出てないから、月とスッポンよ」

AVと言っても色々だ。AV嬢の雰囲気と外見に合わせて出演作の傾向が決まるのだが、自分は「隣のお姉さん」系でも「ロリータ」系でもなかった、と彼女は言った。

「こんな暗い外見だし、あまり幸せな人生を送ってきたわけでもなかったから。はじめから淫乱系っていうか、痴女《ちじょ》モノね。SMも結構やらされた。女王様じゃなくて、責められる側」

いい仕事の口があると言われてこの町に来たけれど、その話は真っ赤な嘘で……と言いながら女は起き上がった。

「まあ、色々あって。話しても、とても信じてもらえないような目に遭ったから」

怖くなって逃げ出してきたのだ、と女は言った。

話しながら、佐脇の手からタバコを取り上げてふかした。片手では、ものうげに自分のふくらはぎを撫でている。

そこに、かなり深い傷跡があることには、佐脇も気づいていた。

何かで抉られたような、大きな傷だ。

「この傷?」

女も佐脇の視線に気づいた。よく見るとほかにも小さな傷跡が、躰のあちこちに残っている。

「ちょっと……走っている時にね。山の中で転んで」

それだけでは、まるで何も判らない。謎めいた予告編みたいな断片ばかりを聞かされて、好奇心が刺激されるだけだ。

「なあ、それしか言わないのはズルいぞ。もうちょっと聞かせてくれよ。いい仕事の口って言ったけど、この町でどんな仕事があるんだ? 町なかの飲み屋でホステスしてたとか?」

ううん、と女は首を横に振った。

「これ以上は言えません。言いたくないの」

女はそう言って立ち上がり、営業終了と言いたげにキャミソールを身につけた。

「素っ気《そっけ》ねえなあ……だけど、アンタの商売っ気のなさが気に入ったよ。名前、聞かせてよ」

女は、サヨコと名乗った。

第四章　失踪したAV女優

「奈央くんは元気にやってますよ」

とりあえず東京に戻った佐脇は、入江に現状を報告した。

「そうですか。それはよかった。ところで、アナタも向こうではかなりお元気だったようですね」

入江は娘の活躍を聞いてクールなフリをしつつ嬉しさを隠せない。その代わりに皮肉を返してきた。

「私はアナタの行動は把握《はあく》しておりますし、眞神署からも報告が上がっています。サッチョウの人間だからということで、向こうも扱いに困っているようですね」

「確かに、いきなり署に乗り込んで事情を聞いたり市長や望月に面会させろと言ったのは乱暴だったかも知れませんな」

「いえいえ、私が言っているのは、例の、街宣車の連中をボコボコにした件です」

沈着冷静で教養人の入江の口から「ボコボコ」という表現が出たことがおかしくて、佐脇はつい吹き出してしまった。自分の行為が武勇伝として尾ひれがつきまくっている。

「なんとまあ、当たるを幸いとばかりに、その……『少々思想が偏向した皆さん』を二十人近く病院送りにしてしまったとか」

「それは大袈裟ですな。話がかなり盛られてます」

「佐脇さん、アナタもよくご存じだと思うけれども、街宣車に乗ってるあの連中は、裏でいろいろと面倒な人物と繋がってるから、あんまり刺激しない方がいい」

「警察がそういう腰の引けた了簡《りょうけん》だから、現地であんなクソどもが思う存分騒音撒き散らし放題なんだろ？　一般市民の平穏な生活を乱しても捕まらないんだったら、警察なんか要らんでしょう？　税金の無駄だ」

「まあ、アナタを現地に送り込んだんだから、それなりの摩擦が起きるだろうと想定はしていました。街宣車が発する騒音についての警察の態度は甘すぎると、私も常日頃から思っているところです。しかしですね、現地の警察は、サッチョウの人間が行くだけで身構えて過剰防衛に走る傾向がありますから、そのへんは是非とも留意してください」

入江は本題に入った。

「ところで友沢市長の件ですが、その後何か判りましたか？」

佐脇は、しまったと舌打ちした。映画撮影の助っ人に夢中になって、肝心のことをほとんど何も調べていない。

「ええと。古くから地元に住んでいる人間で、友沢市長を支持している人間は皆無《かいむ》……いや、一人、いるにはいますがね。奈央くんの映画の撮影に協力してくれてますよ。ロケ場所兼合宿所の古民家を提供してくれたし、鹿肉なんかも差し入れてくれたりして」

「それは、どういう方ですか?」

入江は興味を持った様子だ。

「工藤治伸《はるのぶ》という地元の資産家の息子です。北米のカナダかどこかに留学もしていたという話だから、因習にべったりの古い住人とは違う考え方を持った人じゃないですかね」

佐脇は、東京に戻る前に急遽《きゅうきょ》調べた事を口にした。

「そして友沢市長への贈賄を自供した望月社長ですが、いわゆる『反市長派』の急先鋒という感じではないようです。『反市長派』は昔からの住民と地元企業の経営者が中心になって、自然発生的に出来たグループのようです。対するに『市長派』は、市長選挙の時に友沢氏を担《かつ》ぎ出して支持して当選させた人たちで、主として最近眞神市に移り住んだ、新しい住人とその理解者で、こちらの方はかなりハッキリ顔が見えます」

「望月保、ねえ」

入江はデスク上のパソコンのキーを叩いて、ディスプレイをくるっと佐脇の方に向けた。

「ウチのデータベースに、何件か望月の名前が出ていますが……私としては、もっとナマの情報を期待したんですけどね」

ディスプレイ上には、望月保が関係する事件がいくつか検索されて表示されている。

「選挙違反……買収疑惑。しかし裏付け不充分。前市長に対する贈賄疑惑。市有地を有利な条件で払い下げを受けようとしたと。しかしこれも裏付け不充分。当該市有地はその後、転売されて望月の会社の所有になっていると。他にも似たような事件が並んでますな。すべて証拠不十分とか裏付け不足で立件出来ないまま、ですか。こりゃ明らかに眞神署の怠慢《たいまん》ですな。眞神署にもカネというか、旨《うま》い汁が十分に行き渡っている結果がこれなんじゃないですか？」

佐脇はタバコを取り出したが、入江は応接セットのテーブルにある灰皿を目で示した。

「だからこそサッチョウの人間であるおれが署に訪ねて行ったら、煙たがられた。そうじゃないですかね？」

「多分にその可能性はありますね」

そう言いつつ入江はディスプレイの向きを戻し、さらにキーを叩いた。

「別のデータベースにも入ってみました。望月保という男は、少年時代は名うてのワルだったようです。親に揉み消して貰ったり示談にして貰ったりして、事件になるのを防いだ形跡が残ってますな。少年犯罪については、表向きは犯歴を削除することになっていますが、データ自体は残ってます。だからこうしてすぐに検索できるんですけどね」

「それ、もしかして、少年法違反では?」

「そうかもしれませんが、それが何か?」

入江は、なにか問題でもあるのか? という顔を作って佐脇を見た。

「いや、そいつは好都合だ。ぜひ、その望月って野郎のことを徹底的に調べてください。それこそ少年法違反だろうが何だろうが、構うことはない」

「調べたとしても私の口から表に出すことは絶対に出来ませんが、佐脇さん、そういうことでもあなたが知っていれば、局面が変わることもあると?」

「回りくどい言い方をしますな、霞《かすみ》ヶ関《せき》のお役人は。だが、汚い手を使ってくる相手には、こっちだって手加減する必要はない」

入江は自分が入手した情報を佐脇が使って、望月に圧力をかけることを暗に期待している。佐脇もそれに躊躇するつもりはない。

「そういう男なら、オンナの問題も絶対あるでしょうな。眞神市に戻って、その方面を掘り返しますんで。地元の評判を聞く限りでは、やつは明るみに出れば都合の悪いことの一つや二つ、余裕で抱えていそうだ」

入江さんも、お得意の調査能力を駆使《くし》して望月の過去を洗いざらい調べといてくださいと、佐脇はそう言い残して参事官室を出た。

せっかく東京に戻ったのだから、すぐ眞神市にトンボ返りするのも芸がない。

引き籠もりの娼婦……サヨコと名乗ったが……の事が気になっている。商売の場所に引き籠もっていて、別に監禁されているわけでもなさそうなのに、町を出て逃げようともしない。そこが不可思議だ。「外に出るのが怖いから……」と言っていたが、いったいどういう意味なのだろうか。

サヨコは元はＡＶ女優をしていたと言っていたが、そのこととも、なにか関わりがあるのだろうか？

友沢市長の件とはまったく無関係だが、不思議に心にひっかかる女なので、何とかしてやりたい。東京に戻ったついでに、サヨコをめぐる謎が解けるなら解いてみたい。

そう思った佐脇は、この前の事件で聞き込みに行ったＡＶ女優専門のプロダクション、『オフィス媒光庵《ばいこうあん》』を訪ねてみることにした。ここなら何か判るかもしれない。

北池袋《いけぶくろ》の地味な雑居ビルの三階。

エレベーターもない古びたビルの狭くて急な汚い階段を昇っていくと、以前と同じ場所に、そのオフィスはあった。

ドアを開けた佐脇の目に、いきなりセーラー服の女がスカートを捲りあげられてオフィスの机に手をつき、後ろから犯されている姿が飛び込んできた。

前回もいきなりだったのでかなり度肝を抜かれたが、二度目なら驚かない。

事務所をＡＶの撮影に貸しているのだ。ビデオカメラが二台あって、一台は三脚に載り、もう一台は手持ちで自由に動き回っている。

ライトが四基ほど煌々《こうこう》と点いていて、カメラの後ろには監督らしい男やスタッフ数人がモニターを見ている。この辺は、眞神市の山奥で今も続いている映画の撮影と、あまり変わりが無い。

犯し役の男は下半身裸で、女の子の腰をがっしりと摑んで、がんがん突き上げている。

「あ～あああ～！」

女の子は派手にヨガり声を上げて腰を振りまくる。

佐脇がよく見ると、その二人は、前回と同じ顔ぶれだった。前回はオフィス・レイプだったが、今回は校内レイプか。ここをオフィスではなく職員室に見立てているのだろう。見ればスチールのデスクの上にはわざとらしく「出席簿」と書かれたバインダーや、高校のものらしき教科書などが置かれている。

前回同様、監督らしい男は急にドアを開けて入ってきた佐脇をちらりと見やっただけで、撮影はそのまま続いた。

と、来客の気配を聞きつけてか、貧相な中年男が奥から現れた。

「ああ、いつぞやの刑事さん」

小声で囁きかけるので、佐脇も小声で返す。

「いやいや、おれは刑事じゃない。ちょっと訊きたいことがあってな」

「あの……今、撮影中なんで……」

貧相な男は申し訳なさそうにドアを開けて、佐脇を外に連れ出した。

「済みませんねえ……ウチはＡＶ女優専門の芸能プロだから、撮影に貸してくれと言われたら、イヤとは言いにくくて」

番頭風の中年男は頭を下げた。ここの社長だが極めて腰の低い男だ。

「で、今日はどういう御用向きで？」

「うん、その……ちょっとした世間話みたいなものなんだけど……ＡＶ女優って、引退したら、どうしてるの？」

「どうしてるって……それは人それぞれですが」

「いや、だからさあ。人それぞれなのは判るけど」

気が短い佐脇は、イラッときた。それを見た男は慌てて答えた。

「引退するのは、親バレ、目的額までお金が貯まった、男が出来た、子供が出来た、病気になった、とかいろいろ理由はありますよ。単体でやれるヒトはスターだし魅力もあるので、一般女優やタレントに転向出来るヒトもいます。だけど、ＡＶ女優と言っても山ほどいるんでね。単体でスター扱いは良くて最初の一年。そのあとは……まあギャラは下がるけど、ベテランだからとか、監督やスタッフ・共演者との人脈があるから、ということで重宝されるケースもあるんで、基本的にはみんな辞めたがらないですよ。企画モノとか素人ドキュメントみたいなスタイルのモノに出演して。けどね、もちろん永遠に続けられるわけじゃない。当人はＡＶの仕事を続けたいんだけど、トシを取ってくると、どうしたって新人のぴちぴちした娘には負けるんでね、ストリップに転向したり、フーゾクに行ったり、ね。転業してもカラダ使う事が基本みたいな感じで……」

オフィス媒光庵の社長は一般論を述べた。

「逆に、セックス絡みの仕事は辞めたいのに、男絡みでがんじがらめになったり、やばい状況になったりしてる子もいてね。バカ親が借金作っちゃったりして。で、ＡＶの子は気のいい子が多いから見捨てられなくて、ついつい背負《せお》っちゃったりして。ほれ、大昔の女郎みたいなもんですよ。親とか男にダマされてるのに、まんま背負っちゃう気の毒なパターン」

「今でもそういうの、あるんだ」

「ありますよ。カタチが変わっただけで、パターンは変わりません。女のカラダは金を生むんで、それにぶら下がる外道はいつだっているんです。可哀想なのは、いろいろ借金を背負わされたあげく、払いきれなくなって行方《ゆくえ》不明になっちゃうケース。借金取りから逃げちゃうんだけど、取りたてる方も甘くないから、なかなか逃げおおせられるもんじゃなくてね。去年もヤクザが怒鳴り込んできて往生《おうじょう》しましたわ」

社長は妙に人格者になってＡＶ女優を庇《かば》う。まあ、彼女たちを働かせて会社を経営しているのだから、彼女たちの味方になるのは当然だろう。

「ＡＶやってる女の子はみんな寂しいのよ。で、ホストに入れあげたり、いろいろ散財して借金をこさえちゃうケースもあるし。悪い連中は、女の子に金を使わせて儲けるんだけどね。で、ある日ぷっつり連絡が取れなくなってこっちも困ってたら、半グレだかヤクザだか知らないけど、筋の悪いヤツが来て、ナニナニを出せ！　ってもう大変な剣幕で。弁護士使って携帯電話の電波を追跡したら眞神市あたりで消えたんだけど、お前ら何か知ってるだろ！　眞神市辺りに潜ませてるだろ！　って、もう。こっちだって困ってるのに、そんなこと知らないって言うの。髪の毛金髪で針金みたいに痩せて目に険がある若いヤツでね」

社長は心底怯えたような顔になった。

「まあ、事情ってのは女の子の数だけあるわけよ。借金取りだけじゃないです。お金が必要な女の子の、いろんな事情につけ込む連中も多いし。足元を見て美味しい条件を出して誘うんだけど、実際はとんでもないことが待ち構えているとかいないとか……あくまで噂だけどね」

「その話、詳しく知りたい」

佐脇は、興味を持った。眞神市の地名が出てきたからか？　それとも『髪の毛金髪で針金みたいに痩せて目に険がある若いヤツ』のことが引っかかったのか？

「いや、詳しくって言われても。昔からあるでしょ？　突然引退したAV女優が海外に売り飛ばされたとか、アラブの大富豪の性奴隷《せいどれい》になってるとか、もっとひどいのだと、富士の樹海で人間狩りの的になってるとか……こういう話、前にもしましたよね？」

「そうだっけ？　何かの週刊誌で読んだような、ありがちな話だからなあ」

「こういうの、生還した女の子がいないから、逆に都市伝説みたいになっちゃうんだけどね」

社長の話が次第《しだい》に「信じるのも信じないのもあなた次第です」的な領域に入ってきたので、佐脇は「それはそうと」と、頼み事をした。

「元AV女優っていう女と知り合ったんだが……その女が出たAVを見たいんで、芸名を調べたいんだけど、名鑑とか、あるだろ？」

そういうと、社長は「あ～」と言って首を捻った。

「タレント名鑑みたいなのはないですよ。なんせこの業界、出入りが激しいから」

「だけど、今どんな子がいるのか、確認する必要はあったりするんじゃないのか？」

「それはAV製作会社が確認することでしょ。キャスティングなんだから」

とは言ったモノの、根は人のいい社長は、「ちょっと待ってて」と一度事務所に入ってタブレットを持ってきた。

「ＡＶ女優名鑑はないけど、ネットにはマニアが作ったリストが幾つかありますよ」

そう言ってタブレットを差し出した。

「私らも、必要があればこれを見ればたいていのことは判ってしまうんで」

佐脇は社長に訊かれるまま、リヨコから聞き出したデビューの時期や、どういう作品に出ていたか、などを答えた。

「二年前に十本程度。作品の傾向は『わけあり系』というか、不幸な育ち方をしたので淫乱になった、というストーリーを冒頭のインタビューで語る、というパターンで、普通のお姉さん系でもロリ系でもない、カゲのある感じ……っていうと、この辺ですかね」

社長は絞り込み検索をかけた結果を表示させたタブレットを佐脇に渡し、事務所の中に戻って行った。階段の踊り場に取り残された佐脇は、その場に座り込んでタブレットの画面をじっくりと見た。

そこには、五十音順でＡＶ女優の顔写真が並んでいる。顔をクリックすると簡単な経歴と出演作品のパッケージ写真が出て来る。すでに引退している女優も入っている。ＡＶに一度でも出たことのある女は漏れなく収録されているという保証はないが、詳しいガイドにはなる。

佐脇は、サヨコと名乗った女の顔写真を探した。芸名は聞いていないから、顔から捜すしかない。

タブレットと格闘すること三十分。かなり絞り込んであるはずなのに、膨大な数の女優がヒットしている。「あ」から「わ」まで来て、「わたべさよこ」という名前のところで、検索はやっと終わった。

「この子か……」

小さな顔写真は、あのサヨコが化粧した顔に違いない。商売柄、頭の中で化粧や髪型を変えるとどう変化するかというイメージを思い描くことには慣れている。骨格と目鼻の感じから考えて、たぶん間違いないだろう。

出演作品は、サヨコが話したとおり十本ほどあった。人気者になると何百本とあるから、十本というのは少ない。ただ、その十本はどれも主演の単体モノだ。

なかなかの美人だし、主演作が十本ということは、「わたべさよこ」はそれなりに人気があって、そのまま仕事を続けていればスター級のＡＶ女優にもなれたのではないか？だとしたら、何故仕事を辞めてしまったのだろう？　そして、眞神市のような場末で娼婦をしなければならない理由は？　しかも、あんな引き籠もり状態で……。

あの辺の誰かに、物凄く良い条件で誘われたものの、それが嘘か詐欺だったので身ぐるみ剝がれて身動きが取れなくなってしまったのか、暴力的に拉致《らち》されて今も脅《おど》されているので本当のことを口に出来ないのか……いろいろな可能性が頭に浮かぶ。

もちろん、ああいう女の言うことだから、本当のことを言っているとは限らない。適当なことを言ってはぐらかされた、と思う方が自然だろう。

しかし、それならそれで、もっとありがちな、パターン通りの嘘をつけばいいのに、どうして意味ありげなことをわざわざ口にしたのだろう？

佐脇があれこれ考えていた時、スマホが鳴った。

電話してきたのは入江だった。

『佐脇さん？　例の望月保、眞神市の友沢市長に賄賂を渡したと自供していた望月が釈放されましたよ』

「何ですって？　判りました。すぐ戻ります！」

佐脇は事務所のドアを開けてタブレットを床に置くと、急いで階段を駆け下りた。

『この度は、私の不徳の致すところで逮捕・勾留《こうりゅう》ということになり、関係各位には多大なるご心配、ご迷惑をおかけ致しましたことを深くお詫び致します』

でっぷり太ってはいるが、地元有力者然とした貫禄からは程遠い男が、一応は殊勝に頭を下げていた。記者会見の冒頭で型どおりに謝罪して見せているのは、望月保だ。

友沢市長に賄賂を贈ったと自供した望月は、甘やかされた子供が躾《しつけ》もされず育った成れの果て、という印象で、毎度のことながら佐脇はこの男の姿を目にしただけでムカムカした。ストロボが盛んに光り、バシャバシャと派手なシャッター音が連打される。

現職市長に贈賄したことを自供した人物が釈放されたので、記者会見にはマスコミが大勢集まり、テレビのワイドショーも中継している。

佐脇と入江は、その画像を警察庁の参事官室で見た。

『望月社長が友沢市長に便宜を図って貰う見返りに現金を渡した、というのは本当のことなのでしょうか?』

『はい。本当のことです。申し訳ございません』

『しかし友沢市長は、一貫して否定しているようですが』

『お金を渡した当の私が言ってるんです。しかし貰った側は、貰ったとは言えないでしょう。当然、否定するでしょうねえ』

『具体的には、どのような便宜を図って貰ったのですか? 望月さんは市長にいくら渡したんですか? 領収書のようなモノはあるんですか?』

質疑応答で具体的な事に話が及んだので、望月は隣に座った弁護士とヒソヒソ打ち合わせをし、弁護士が代わりに答えた。

『市の公共事業の許認可に関すること、です。詳しい事は今後のことがあるので控えさせて戴きます』

『金額は警察発表の通り、五十万円でいいのですか?』

『はいそうです』

今度は望月が答えた。

『五十万円を現金で渡しました。それについての受け取りとか領収書のようなモノはありません。普通、賄賂に領収書は出さないでしょう？』

望月は悪相を少し歪めた。どうやら笑っているつもりらしい。

『起訴前に釈放というのは異例ではないかと思うのですが』

『そうとは思いません』

と、弁護士。

『望月社長は全面的に罪を認めているし、捜査も終了したので、勾留する必要がない、と警察は判断したのでしょう』

『しかし、市長の言い分とは真っ向から対立していますが』

『それは……市長が嘘をついているのです』

望月はたっぷり肉のついた頬を歪めた。

『記者会見は続いておりますが、社会部の野村《のむら》さん。この事件をどう捉えればいいのでしょうか？』

と、画面はスタジオに切り替わって司会者と記者の討論になったので、入江はテレビを消した。

「あの社長、殊勝に見せようと努力していたけど、根がバカだから、すぐに地が出ちゃうようですな」

佐脇が感想を述べた。

「望月保を釈放したのは、正直に供述しており逃亡のおそれもないから、という理由に一応なってはいますが、依然として釈放されていない友沢市長への扱いとの非対称性を感じますね」

「なんだその非対称性ってのは？」

「釣り合いが取れていないということです」

「要するに、えこひいきってことだろ。つまり、望月は警察の味方ってことなんだな」

「いえ、警察が望月の味方と言うべきでしょう」

「どっちでも同じだろ。で、警察は誰とグルなんだ？　反市長派の誰だ？　あのバカ面の望月が、反市長派の元締めだとはとても思えないが」

「今の時点では、何も判断できません」

そう言って澄まし返っている入江に、佐脇は俄に苛立った。

「おい、そんな悠長なこと言っててていいのか？　警察はなぜヤツを釈放した？」

「すでに目的を達したからでしょうね。最初から市長のイメージダウンを図るためだったということです」

たしかに、政治家にとって「賄賂」の疑惑が出るのは大きなダメージだ。特に友沢のような、クリーンなイメージで登場した政治家にとっては致命的だ。

「本当に贈収賄があったのかどうか、たとえ裁判まで行かなくても、贈った側受け取った側として双方が逮捕されたんですから、世間としては有罪と受け止めているでしょうね」

「シャバに出てきた望月は、これからあることないことマスコミにくっちゃべって、友沢にトドメを刺そうとしてるんじゃねえのか？　この期に及んで『何も判断できません』とか言ってる場合じゃねえぞ、おい、参事官！」

佐脇は、入江を煽った。

「やっと撮影が再開して奈央くんも頑張ってるのに、その映画がポシャっちまうかもしれないんだぞ！　血を分けた娘なんだろう？　アンタもちょっとは動け！」

「何を言ってるんですか。私には私の仕事があります。佐脇さんはヒマを持てあましてるんだから……」

「何をヒトゴトみたいなこと言ってんだよ！」

相手が警察庁の高級官僚でなければ、ここは一発背中をどやしつけたいところだ。

「あんたがそんな根性でいつも面倒なことから逃げていたから、あの子があんな怖い目に遭《あ》ったんだろ！　高校生の女の子が半グレの連中の人質にされて、あげく殺人にまで巻き込まれたんだぞ？　しかもそれは育ての父親がつくったロクでもない借金のカタで、それも元はと言えばアンタが逃げて、父親としての責任を果たさなかったからだろ！」

違うか？　と詰め寄られた入江は、反論出来ない。

「ようやく父親になるチャンスが巡ってきたんだ。娘に父親として、男として、いいところ見せたいとは思わないか？　男気ってモノはないのか？」

それに、と佐脇は止まらなくなった。

「あの町には不可解な事が他にもあるぞ。借金を背負わされたAV女優が一人、あんな田舎で失踪《しっそう》してる。その女を捜しにいった半グレが居たというのも、なんか匂わないか？　外に出るのが怖いと引き籠ってる女もいて、それも元AV女優だ。よりによって、あんな山奥だぜ？　高崎《たかさき》とか深谷《ふかや》とか、もうちょっと都会ならともかく、眞神市だぜ？　その手の女が引き寄せられる、あの町には一体何があるというんだ？」

事件のカンも働かないくせに警察の一員だとか言うな、出世だけにかまけたこのクソ小役人が、とまで言われたところで、さすがの入江も我慢できなくなって立ち上がった。

「いいでしょう。そこまで言うのなら一緒に眞神市に行きましょう」

「そう来なくちゃな。捜査の前線に立つからには、おれの言うことをよく聞いて、存分に働いてもらうぞ！」

完全に調子に乗った佐脇は、そう言い放った。キャリア様に上から物を言えるのは気分がいい。

が。

手帳を見ていた入江は渋い顔をして受話器を取りあげると、小さな声で「……はどうなった?」「予定を変えられないか?」と打ち合わせを始めたが、その顔はさらに渋くなって、受話器を置いた。

「私としたことが、あなたに乗せられて感情的になって　緒に行くと口走ってしまいましたが、行けないことが判明しました。私も組織の人間なので……警察官僚としての日常の仕事もありまして」

「判ったよ。どうせそんなことだろうと思ったぜ」

「私を見損なわないで戴きたいのですが……って、この用法だと意味が違ってしまいますね」

「いや、おれはアンタをおおいに見損なったけどね」

入江はまああと両手を広げて押さえる仕草をした。

「手順として、予定の調整をして有給休暇を取ることにします。で、佐脇さんには東京でお願いしたいことがあります。手配をしますから、今夜は東京に居てください。追って連絡しますから」

以前のように警察庁を出て下町に戻り、居酒屋でメシを食って酒を飲んでアパート代わりにしている安宿に帰ると、入江から電話が入った。

『かなり無理をしましたが、面会の手筈《てはず》を整えました。明日、朝八時三十分に小菅《こすげ》の東京拘置所に行ってください』

「は？　なんでだ？　おれが誰と面会するんだ？」

『池袋のプロダクションに押しかけて、借金をつくった女優を出せと凄んだのは天野哲男《あまのてつを》。佐脇さんはご存じですよね？』

　奈央を餌食にしようとした悪徳芸能プロダクションでマネージャーのような仕事をしていた男が天野だった、と佐脇は思い出した。針金のように痩せて凶暴な感じの若い男、と媒光庵で聞かされた時に、引っかかったのは、自分も知っている男だったからなのだ。

『行方不明になった彼女を眞神市まで捜しに行ったのも天野哲男です。この前の事件の裁判がまだ終わっていないので、東京拘置所にいます。その天野哲男と面会して、例の件……借金を背負ったＡＶ嬢を眞神市まで追って行ったいきさつを詳しく聞き出してほしいのです』

＊

　荒川の畔《ほとり》にある東京拘置所は、巨大なビル群だ。Ｘ状に延びる四棟のビルは近代的で、屋上にはヘリポートらしき円盤状の構造物もあって、遠くからは高級ホテルのようにも見える。

拘置所に収容されている被疑者との面会は誰でも出来ることになっているが、当人から面会を拒否されることもある。しかし、入江は警察高官の地位を利用してか、確実に面会する手筈を整えたのだ。

東武伊勢崎《とうぶいせさき》線小菅駅から歩き、拘置所入口門の脇にある受付で佐脇が名を名乗ると、警務員が「こちらへどうぞ」と完全にＶＩＰ待遇で案内してくれた。

面会も通常の面会室ではなく、普通の会議室という異例さで、これは刑事が職務上必要な面会に行く時よりも格段の厚遇と言える。

会議室のドア外には万一のために看守が待機しているが、佐脇が待っていると、別の看守に連れられた天野哲男が入ってきた。

あの狂犬のようだった哲男は、さすがに金髪ではなく、今は丸刈りだ。クスリも抜けたのか、削《そ》げたような頬もこころなしかふっくらして、かなりまともな外見になっている。

「よう天野。久しぶりだな」

大多喜奈央の育ての父親が惨殺され、「資産家夫妻殺人事件」として一時、マスコミを賑わせた事件を事実上解決に導いたのは佐脇だ。その過程でこの狂犬のような若者とはずいぶんやり合った。首都圏では泣く子も黙る半グレ集団だった「銀狼」。その中でもきわだって凶暴な、いわば鉄砲玉だったのがこの天野哲男だ。「銀狼」は芸能プロダクションも経営していた関係から、ＡＶ業界にも食い込んでいたのだ。

「池袋の『オフィス媒光庵』でお前のことを聞いたんだがな。お前もいろんな件に首を突っ込んでるから覚えてないかもしれないが」

「言ってみろよ。覚えてたら喋ってやる……かもな」

哲男は虚勢を張った。

「おれが知恵をつけてやらなかったら、お前は今ごろ資産家夫妻惨殺と、マッスル高田撲《たかだぼく》殺《さつ》の罪を全部おっ被せられて、今頃はこの小菅で死刑を待つ身だったんだぜ。少しは恩を感じろ」

物証を手土産《てみやげ》に自首しろ、そうすれば罪を問われるのは別件の、天王洲《てんのうず》のクラブの客を銀狼のメンバーが大勢で殴り殺した事件だけにしてやれる、罪名も殺人ではなく、傷害致死に落ちる、佐脇はそう説得して、一連の銀狼がらみの事件に決着をつけ、奈央を彼らの魔手から救った。

「……あの子はどうしてる？　おれらのプロダクションにいた、大多喜奈央」

「元気だ。ロクでもない母親のことは忘れて、自分の道を歩き始めてる」

「ふ～んそうか……」

銀狼の元狂犬は、どこかホッとしたような表情になった。

「あの子にはひどいことしちまったな……おれも忘れてえ。いろいろなこと」

「ああ忘れろ。ここを出たら今度こそ、飼い主を探して言いなりになるような生き方はやめるんだな」

ところで、と佐脇は本題に入った。

「あの子は今、眞神市で映画を撮ってる。その絡みだ。お前ら、あそこまで借金背負った女を捜しに行ったことがあっただろう？　よくもまあ、あんな山奥まで行ったもんだ」

そう言うと、哲男は首を傾げていたが、「ああ」と思い出した。

「訳あり女優の件だろ？　たしか……薫子《かおるこ》……一条薫子《いちじょう》」

「一条薫子？　わたべさよこではなくて？」

「おう。一条薫子だよ。あの女の件は忘れねえよ。なんせ、いろいろあったから」

哲男は身を乗り出した。

「街金から闇金から見境なくつまみやがって。こっちはＡＶで稼《かせ》ぐって言うから貸したのにバックレやがったから、とにかく居場所を突き止めて締めあげろって言われた。ウチの顧問弁護士を使って携帯電話の発信記録を調べたら眞神市に居ると判ったんで、行ってみたんだ。眞神市って言っても、町中じゃなくて、山奥もいいところでよ」

佐脇とのあいだを隔《へだ》てる会議テーブルの向こうで、哲男は思い出すのも忌々《いまいま》しいという表情になった。

「こんな山ン中にあの女、一体何しに来たんだよ、っていい加減ムカついてたら、雑木林の中からキモい男が出てきたんだ」

「キモい？　そいつが誰だか知らんがお前に言われたくはないだろうな」

「うっせーよ。痩せて背の高い男だ。猟銃を持っててな。そいつの目が……なんか普通じゃなかったんだよ。イッちゃってるっていうか」

佐脇は頷いて先をうながした。

「とにかくそいつはスゲエ不気味で、猟銃をこっちに撃ってきても不思議じゃない殺気って言うか、雰囲気マンマンで。けどこっちも『銀狼』だから、ビビったらカッコつかないから。猟銃持ってるだけの一般人だったら、勝って当然だから」

哲男は精一杯虚勢を張って、おい、こういう女を知らないか、この辺で姿を消したことは判ってんだ、隠し立てすると為にならないぞテメーと脅かした、と。

「訳アリの女で、ホストに入れあげたあげく、結構な額のカネをつまんでバックレた、と本当のところを話したんだが、そいつは能面みたいな顔で聞いてて、判ったって、ひとことだけ言って、山ン中に帰って行って。なあ、気味悪いだろ？」

そのあとメチャクチャ奇妙なことがあった、と哲男は続けた。

「翌日、ウチの事務所にバイク便で包みが送りつけられて。包みを受け取ったのと同時におれの携帯に電話が入って。『これであの女の借金はなかったことにしてほしい』ってよ。たぶん、その時の男からだと思ったけど……おれら名前も名乗ってないし、番号も教えてしい多いくらいないのに」

おかしいだろ、と哲男は首を捻った。

「包みの中身は札束でよう。その金額が、あの女が背負った借金よりちょい多いくらいで。五百万はあったっけかな。そんな大金、バイク便で送るとか普通じゃないだろうがよ？　振り込めやってたおれらならともかく。話がなんも見えねぇし、スゲエ不気味だったけど、大崎《おおさき》さんも」

「大崎ってのはお前らのカシラで、この前死んだヤツだよな？」

羽田空港で、佐脇が起動しているターボ・ファン・エンジンに吸い込まれるよう仕向けて、事実上、佐脇が殺したような男だ。

「そう。その大崎さんも、この件にはもう触るな、これはかなりヤバい筋だって言うから、おれらも忘れることにしたんだけど」

「だけどお前らとしては、吹っかけた以上の金を現金で送ってくるヤツはカモ認定するんじゃねえのか？」

「まあ、普通はな。だけどあン時は、金と一緒に、おれたちがやった悪さの証拠写真とかが入ってたし、まあ他にもいろいろあったんで……」

哲男の顔色が少し悪くなったのを、佐脇は見逃さなかった。

「いろいろってなんだよ？」

「そのへんは黙秘するぜ。とにかく、それで大崎さんは、『あの女はこれ以上深追いするな、この件にはもう触るな』っておれたちに命じたんだ」

『銀狼』の住所や天野の携帯番号、失踪した女が背負っていた借金の額をすぐに調べ上げる調査能力は警察の捜査力に匹敵《ひってき》する。五百万もの大金を即日用意して、足のつかない形で送りつけたところを見ても、この件の背後にいるのはタダモノではあるまい。

佐脇でなくともそう考えるのが順当なところだろう。

「で、話って、これだけっすか?」

「ああそうだ。ご協力かたじけない。参考になった」

佐脇は礼を言った。

「礼はいいからさあ、お前に協力したんだから、裁判、さっさと終わらせてくんないかな。早くシャバに出てぇんだよ」

哲男はニヤリとした。

「この面会、普通じゃねえだろ? なんか、スゲエ筋から『面会に応じろ』って圧力がかかった、みたいな事言ってたぜ、ここの看守が」

「そういう面会に付き合ってやったんだから按配しろってか?」

そうだ、と哲男は当然の権利を主張するように頷いた。佐脇は苦笑した。

「裁判は表向き警察の力は及ばないことになってるけどな……まあ、物凄く偉いヤツに、お前がそう言ってたと伝えておいてやるよ」

「頼んだぜ、オッサン」

佐脇がドアを開けて、外で待機している看守に面会の終了を告げた。


拘置所を出ると、国産だがかなりの高級車が、すっと近づいて駐まった。

その車の運転席には入江がいた。

「今日は黒塗りのハイヤーじゃないんですか」

「道中、運転手に聞かれたくない話をしましょう。佐脇さん、運転してください」

入江が車を降りることなく助手席に移ったので、佐脇はそのまま運転席に乗り込んだ。

「この車はいわゆる警察特殊車で、レンタカーでもないしNシステムに捕捉されてもデータから除外される車です。とは言え、交通法規は遵守《じゅんしゅ》してください」

「判ったよ。で？　湘南《しょうなん》にでもドライブと洒落込むか？」

「時間が惜しいので、このまま眞神市に向かいましょう」

入江は運転手に命じるように「出して」と言った。

「それはいいけど、アンタは忙しくて東京を離れられないんじゃなかったのか？」

「そうですよ。話が済んだら私は東京にトンボ返りします」

入江は当然のように言った。

眞神市までの道中、哲男から聞いた話を佐脇が報告すると入江は言った。

「数百万円もの大金を、半グレの事務所に送りつけてきた人物については眞神市絡みということであれば、望月が絡む人脈ではないでしょうか？　望月と、公共事業の受注を通じてつながりのある大物政治家の存在は噂になっていますから」

入江は続けた。

「名前は明かせませんが眞神市の市会議員からスタートしてS県の県会議員、そして現在は衆議院議員という地元密着型の経歴を持ち、予算委員会の役職や政務官も歴任している、それなりの人物ですよ。その人物は当然、眞神市の古くからの有力者とも太いパイプがあります」

「まあ、金のあるところに政治家ありだからな。だけど、政治家にとっちゃ、元AV女優の借金の肩代わりをするとか、その金を半グレの事務所に送るとかってのは、バレると致命的なことになるんじゃないか？」

「あくまでも仮定の話ですが、その政治家が厄介《やっかい》な女性に手を出して、抜き差しならなくなっていたとしたらどうでしょう？　その問題を何とか『解決』したと思っていたところに、『銀狼』が出てきたとしたら？」

「厄介な女性ってのがAV女優、その失踪が、あんたの言う『解決』って意味か？」

「私としては何ひとつ断言するつもりはありません。しかし友沢市長のスキャンダルを仕掛けた勢力が、その線かもしれません……その大物政治家には女性絡みの、かなりきわどいスキャンダルがあったらしいのですが、マスコミにリークされる寸前で揉み消すことに成功した、との噂があります」

「だからそのスキャンダルの相手がAV女優で、失踪していて、失踪した場所が眞神市近辺なら、話がぴったりと繋がるんだがな」

「さすがの私にもその女性が誰で、どういう経緯でスキャンダルが揉み消されたのか、そこまでは判りません。所詮、噂の域を出ませんし、その大物政治家を快《こころよ》く思わない別の政治家が流した嘘かもしれないので……」

「そういう汚い政治の裏のイガミ合いが友沢市長にまで波及したってのか？」

「いや、そうは申しませんけどね。友沢市長の件は、今のところS地検もS県警も殆ど無関心で、真相究明する意志はないようです。眞神市のローカルな汚職事件として、所轄に任せて様子見というか、洞《ほら》ヶ峠《とうげ》を決め込んでいるようです」

「だけど、現職市長を逮捕するについては捜査本部を立ち上げてるだろ？」

佐脇は運転しながら訊いた。

「県警本部は、最初はこれは立件できると踏んで徹底捜査の指示を出していたようですが、雲行きが怪しくなるとともに腰が引けて、望月を釈放するに至っては人員も減らしました。捜査本部はまだ解散していませんが、事実上、機能停止しているようです。専従で動いているのは、佐脇さんと話をした眞神署捜査二係の柚木だけです」

ふ〜ん、と佐脇は上の空のような声で返事をして、車内はしばらく沈黙が続いた。

「……しかしその、猟銃を持って天野哲男たちを脅したという人物は誰なのでしょう？」

「痩せて長身だったというから、望月ではないんだろうな」

佐脇が運転する車は、首都高中央環状線から関越《かんえつ》自動車道に入った。

入江の話は、データベースを駆使して調べ上げた、望月保の身上に移った。

「望月の少年時代の犯歴を調べましたが、中学・高校時代に強姦及び強姦致傷に五件、関わっております。そのうち二件は成人女性への犯行で、示談が成立して告訴が取り下げられました。つまり、金の力で揉み消したわけですな。しかし残り三件は集団強姦だったので起訴されました」

その共犯者は、と入江は資料を読み上げた。

「沢井《さわい》芳郎《よしろう》、太田《おおた》正《ただし》、輿石《こしいし》聡《さとる》、工藤治伸……」

「ちょっと待った。工藤って言ったな？」

「ええ。しかし工藤治伸は共犯として取り調べられましたが、証拠不十分で不起訴で、少年審判も受けておりません。望月たちは少年院に入りましたが、時を同じくして工藤はカナダのハイスクールに留学して、そのままヴァンクーヴァーの大学を……こちらは中退しています。その後しばらくして帰国して、親の会社を継いで現在に至る、と。カナダに渡った時点で、望月との縁は表面上は切れたことになっております。留学帰りということで、眞神市ではリベラルなグループに属していて、友沢市長支持派の一員と見なされていますね」

「望月も工藤も、要するに親が金持ちだが出来の悪い、素行不良のボンボンってことだな？」

そうですね、と入江は答えた。

「何不自由なく育って親の金で会社をつくり、大して利益が出なくても経営者然として振る舞うことを許される、いわゆる地元の名士です。お坊ちゃま育ちでプライドだけは高いものの、自分には本物の実力がないことは恐らく内心では気づいている。しかも家業は左前で、盛り返そうにもその才覚は無い。心の中は地獄かもしれませんね」

みるからにガサツな望月なら、そんな高級な心の動きとは無縁かもしれないが、工藤の内心は入江の言うとおりかもしれない。

工藤の卑屈なほどの当たりの柔らかさ、温厚な表面からときおり覗く、頑《かたく》なさと冷たさ、なんともいえない不穏な感じ……。

こいつは絶対何かを隠している、と佐脇は感じているのだが、必死に劣等感を隠しているだけなら、工藤も気の毒なやつなのかもしれない。多少は公平な目で見てやるべきなのだろうか。

「さて、話すべき事は全部話し終わったようです。そのへんで駐めてください」

入江は唐突に言った。

「路肩に駐めろという意味ではありません。一番近いサービスエリアに駐めてください。そこで佐脇さん、あなたは降りて、ハイウェイバスに乗り換えて眞神市に向かってください。私はモヨリのインターチェンジで東京に引き返します」

「え？　このまま眞神市までいくんじゃないのか？」

「佐脇さん、言ったでしょう？　私は忙しいんです。有休を取るためにも、働かなくてはならないのでね」

入江が誇らしげに言ったように感じたのは、佐脇の引け目かもしれない。

「まるでおれが働いていないみたいな言いぐさだな」

しかし入江は強引にサービスエリアで佐脇を降ろして、走り去ってしまった。

＊

その日の夕刻。

眞神市に戻った佐脇は、その足で望月のところに乗り込みたかったが、佐脇には望月を追及する具体的な材料がない。少年時代の犯歴をネタにするのはヤクザの強請りと同じことになる。

　こういう時は、地元の連中から噂話でもなんでも、とにかく情報を得てふるいにかけるしかない。

「よう」

　と佐脇はときわ食堂の暖簾《のれん》をくぐり、担々麺と麻婆丼《マーボーどん》を注文したあとで、望月社長の名前を出してみた。

「おお、あんた、ついにあの野郎をやっつける気になったんだね！」

　市長派のオヤジとオバサンは嬉々として、知っている限りの望月に関するゴシップを喋りまくった。この際、信憑《しんぴょう》性の高い低いは関係ない。

　が、根も葉もない噂というのは、案外少ないモノだ。中には勘違いや誤解から生じたものもあるにはあるが、ある一定の方向性を見定めることが出来れば、嘘や勘違いというノイズに惑わされてデマに踊らされることもない。

「望月は中学生の頃からワルでね、親がホラ土建屋だから、カネはあるんで、悪ガキ同士ツルんで悪いことしてたねえ。それは『ヤンチャ』って言葉からハミ出す……そう、まぎれもない悪事だったね」

　オヤジが言うには、学校の同級生はおろかオトナの女性までレイプして示談にして口を封じていたが、結局は少年院送りになったと。

「だからもう、この辺じゃみんな知ってますよ。望月ンとこのガキは悪いぞって。あいつは、ガタイはデカいけど意気地《いくじ》がからっきし無いから、喧嘩とかはしないわけ。自分より強いヤツには向かって行かなくて、弱い女とかを手込めにして、手下にも輪姦させてやるわけさ。最低の野郎だ」

その悪いクセはオトナになっても変わっていないとオヤジは吐き棄《す》てた。

「土建屋を親から引き継いで、カネが自由になった途端、湯水のように使い始めたね。東京に出かけて、向こうに愛人こさえてたって話だよ。それも一人や二人じゃない。そのうちの何人かはこっちに連れてきたけど、東京の女が、こんな田舎じゃあ退屈しちゃうよね」

「じゃあ、女の出入りは激しかったってことか?」

「そう思うよ。去る者は追わず、みたいなカッコをつけてたから、いつの間にかいなくなってそれっきり、って女も多いんだよね。あれ? あの子最近見ないなって。羽振りのいい時は店持たせたりしてたけど、最近はホラ、公共事業もめっきり減ったし、大震災の復興事業で原材料も人件費も全部値上がりで、あんまり儲からなくなってるみたいだから……」

「けど、おサカんよねえ」

オバサンも口を出した。

「今は店を持たせるなんて大盤振る舞いは出来ないから、せいぜい愛人の子を地元のスナックとかに勤めさせて、そこに毎晩顔を出す程度のことしかできないんでしょうけどね。しかもあんまりお手当とか渡してないらしくて、けっこうすぐにいなくなったりね。ママさんが嘆《なげ》いてたもん。モッちゃんの愛人さんを預かるのはいいけど、アテにならないのよね～って」

「そんなにすぐ辞めちまうのか？」

「ああ、それはもう、とっかえひっかえ、右から左ってもんよ」

オヤジは急に江戸っ子のような口調になった。

佐脇は、望月が愛人を「預けて」いた店を教えて貰い、訪ねてみた。

町の中心部にある商店街。その通りの一本裏が、いわゆる飲食店街だ。駅の裏にある怪しい場所ではなく、普通のレストランや焼肉屋、中華に居酒屋が建ち並んでいる。その奥の方に行くにつれてディープな度合いが増して、パブやスナックやバー、キャバクラという順に並んでいる。が、ピンサロやそれに準じる「抜き系」の店はない。そっち方面は駅の裏に行く、という棲《す》み分けが出来ているのだろう。町一番の商店街の裏だから、いかがわしい雰囲気は御法度《ごはっと》という暗黙の了解もあるのだろうが。

まだ宵《よい》の口で、食事系の店の方に客は入っているが、居酒屋から本格飲み屋系の店に流れる客も、もちろんいる。

佐脇が捜したのは「スナックみゆき」という店だ。

濃紫のラメが入った分厚いアクリル・ドア。このドアだけでも昭和の空気が濃厚だが、ドアを開けるとカウンターといくつかのボックス席がある、そこそこ高級感のあるスナックだった。

「いらっしゃい。お一人?」

他に客はいない。佐脇が口開けの客のようだ。

ママは苦労人風の年増美女。化粧は濃いが、なかなかの美形だ。他のホステスもそこそこの美人が二人と、そうでもないのが一人いる。

「こちらにはご旅行?」

「お。鋭いね」

ママはずばり、佐脇を余所者と見抜いた。

「それに、警察の方?」

「ますますもって、鋭いね!」

とりあえずビールを頼んだ佐脇は、ママの慧眼《けいがん》を持ち上げた。

「まあね。こういう商売してると、いろいろカンが働くようになるのよ。お客さん、ドアを開けてちょっと躊躇したでしょ? 店の中を偵察する感じで見渡したし、見た目もこの辺のヒトじゃない感じだし」

佐脇は、正直に身分を明かすことにした。

「おれは警察だけど刑事じゃない。かと言って事務員かと言えばそうでもないっていう、今は実に中途半端な立場でね」

その自己紹介をママは面白がった。

「で、刑事さんでもないよく判らない警察のヒトは、ナニを調べてるの？」

佐脇は、ママをじっと見つめて、言った。

「鋭いママに嘘を言ってもすぐに見抜かれて、バカにされるのがオチだから正直に言ってしまうけど、望月社長のことを少々」

あ～モッちゃんのこと、と「おかめ系」のホステス・ヒロミが反応した。

「いいお客さんですよ。じゃんじゃん飲んでくれるから。ねえママ？」

まあそうねえとママは応じたが、本心ではないことは表情で判る。

「お金使ってくれるのは有り難いんだけど……大事なのは使い方よねえ。粋《いき》に遊ぶのとゲスになる違いは、お金の使い方でしょ？」

望月は札びらで相手の顔を引っぱたくような使い方をするから、とママは言った。

「常連さんだけど、あたし、ハッキリ言ったことあるし。そうしたらモッちゃん、一瞬ムッとするけど、ここで怒ったらカッコが付かないという意識はあるのね、あたしを『ズケズケ言うところがイイ』とか何とか言って誤魔化して……でもね、結構迷惑かけられてるのよ。ケイコちゃん、あんたもしつこく口説かれてたよね？」

話を振られた派手で長身のモデルのような女・ケイコは「そーなのよー」と応じてきた。

「まさにそれ。札びら出して私の頰をぺたぺた叩くの。愛人になれって。その気があっても、そんなことされたら引いちゃうでしょ。だけどモッちゃんって鈍感《どんかん》だから判らないのよ」

東京とか大宮《おおみや》とか近郊の都会から連れてきた女の子を、「使ってやってくれ」と押しつけられたことが幾度もあったらしい。

「そういう子たちはだいたいが突然逃げちゃって。お金貸したままトンズラってことも多くて。あたしバカだから貸しちゃうんだけどね」

いかにも不愉快そうに言った。思い出し怒りらしい。

「で、モッちゃんがしばらく来なくなった時期があって……他所の店で悪さしてたみたいだけど、そこが出入り禁止になったんでしょ、またウチに来るようになって。その時ウチにいたイズミちゃんに一目惚れしちゃってね。その頃入ったばかりの新人の子だったんだけど」

「そうそう。モッちゃんはイズミちゃんにご執心だったわよね」

と太めで愛嬌《あいきょう》ある系のタマコというホステスも参加してきた。なんせ他に客がいないし、女はこういう話が大好きだ。

「イズミちゃんはいいようにあしらってたみたいだけど。タイプじゃないって言ってたし。望月さんがお金を見せびらかしたり、高そうな指輪で気を引こうとするのが逆に凄く嫌だったみたい」

「イズミちゃんは、加須《かぞ》に恋人がいるとか言ってたわね」

と、ママ。

「だけど、イズミちゃん、ぷっつりと店に来なくなって。去年の秋頃かなあ」

「十月ですよそれ。十月アタマ。何べん電話しても出ないってママが言うからアパートに行ってみたら引っ越しちゃったみたいで。あんな無責任なコだとは思わなかったって、みんなで怒ったじゃないですか」

「そのイズミって娘の写真とか、ある？」

佐脇が訊いてみると、ママを含めた店の女の子全員が「ある」と言って携帯やスマホを取り出した。

四台の携帯電話やスマホの中で微笑《ほほえ》んでいるイズミは、目に力のある、ちょっと気が強そうな美人だ。店のみんなでどこかに行った時の写真のようで、普段着でリラックスした笑顔を見せている。綺麗な茶色に染めた、長い髪が印象的だ。

駅裏のあの店で引き籠もっている娼婦・サヨコに、感じが似ていなくもない。それは……どこか陰のあるところか。

胸元の緑色の石のプチネックレスが白い肌に映えている。耳のピアスも緑色なのが印象的だ。

「イズミちゃんは八月生まれで、パワーストーンでお守りだからって、いつもこのアクセサリーをつけてたわね。良い子だったのにね」

ママは良い子だった、悪い娘じゃなかったのに、と繰り返した。よほどお気に入りだったのだろう。そして他のホステス三人も、彼女を悪く言わない。

「そう言えば、更衣室にあの子の化粧ポーチがまだ置いてあるの。いつかまたふらっと、この店に戻ってきてくれるような気がして、処分出来ないのよ」

見せてくれと頼んだ佐脇に、ママは快く応じてくれて、更衣室から可愛い花柄の化粧ポーチを持ってきた。

「中、見ていいかな？」

彼はママの許可を得てポーチを開けた。口紅やファンデーションなど普通の化粧品のほか、髪を梳《と》かすブラシや歯磨きセットも入っていた。

「ところで、このイズミちゃんがぷっつり店に来なくなってから、望月はどうした？　足が遠のいたか？」

「さあ、どうだったかしら……」

ママは思い出そうとしていたが、先にケイコが言った。

「イズミはいないのかって。で、イズミちゃんの代わりにアタシをしつこく口説いて。あんまりしつこいから水割りぶっ掛けてやったけど、ヘラヘラしてた……思い出したらムカついてきた！」

ママも化粧ポーチを閉めながら、言った。

「あんなにご執心だったイズミちゃんがいなくなったのに、って言ったら、いなくなったんだったら仕方ないだろ、捜すのも大変だし、とか言ってましたっけねえ」


イズミが住んでいたというアパートは、店からそう遠くない繁華街の外れにあった。町自体が狭いので、商店街から二本くらい通りが違うと住宅街というか農地が始まるような感覚だ。

古い木造アパート。鉄の階段をカンカン音を立てて二階に上がる、トタン葺きの安っぽいアパートだ。

車が通れる道に面している以外、利点も特徴も無い。周囲は普通の民家だ。

一階二階合わせて八部屋あるが、窓にはひとつも明かりが点《つ》いていない。住人がまだ帰宅していないのか、空き家ばかりなのか。

郵便受けを見ると、どの部屋にも投げ込みのチラシが溜まっていて、変色すらしている。かなり長期間放置されているようだ。

佐脇はスマホを取り出して、入江にかけた。

「あんた、いつ東京からこっちに来るんだ?」

『自分で言うのもアレですが、私はこの役所の中でも偉い方なので、いろいろとあるのです。そうそう簡単に休みは取れないのですよ』

「親兄弟が死んだとか、今際《いまわ》の際《きわ》だとか、なんとでも理由はつくだろ?」

『佐脇さんのようにサボりの名人ではないので、そういう理由は咄嗟《とっさ》に思いつきませんでしたねえ』

「まあいいや。望月保について、追加で調べてくれ。望月保がお気に入りだったスナックホステスが失踪してる。これを調べてくれ。本名は判らないが、失踪するまで住んでいた住所は判るぞ」

佐脇はアパートのすぐ近くにある電柱に貼られている住居表示を読んだ。

「眞神市若葉町《わかばちょう》二の四十七の三十八、若葉コーポ二〇四。去年の十月まで住んでいた。源氏名はイズミ」

『それ、私が調べるんですか?』

電話の向こうの入江は不満そうな声を出した。

『何のために？』

「判んねえのか？　望月の弱味を握るためだよ！」

『しかし、そういう手法を使うのはいささか……』

「なに眠たいこと言ってるんだ。望月の野郎は渡してもいないカネを渡したと言い張って、友沢市長を陥《おとしい》れたに決まってんだろうが？　こっちも同じく汚い手を使うまでだ。とにかく調べろ」

『不愉快ですね。人にモノを頼むのであれば、それなりの言い方というものが……』

「うるせえよ！　あんたには警察庁官房参事官という泣く子も黙る肩書きがあるだろう？　極秘情報にだってアクセスできるんだろ？　こっちは所轄に行っても追い返される身分だ。調べ物なんか出来る状況じゃねえんだよ。あんただって鳴海の警察に出向して、現場に出たこともあるんだから判るだろう？　もったいぶらずに昔取った杵柄《きねづか》を少しは使え！」

佐脇は言うだけ言って通話を切った。

さしあたっては、入江からの情報待ちだ。

佐脇は、映画撮影隊の様子を見に行くことにした。

*

夜も八時を過ぎた。合宿所兼ロケセットの、例の古民家に佐脇が顔を出すと、工藤が中庭でバーベキューをして、撮影隊に振る舞っていた。

「あれ？　今夜はお一人ですか？」

佐脇は工藤に声をかけた。

「ええ。急に思い立ったもので。ときわ食堂のオヤジさんは店があるし、かと言って手に入った鹿肉も置いとくと傷んでしまうしで」

撮影もかなり押して（遅くなって）、つい先ほど撮影が終わったらしい。

「また鹿肉ですか、と言いたいんでしょう？　でも、これ、ご馳走《ちそう》だと思うんですけど」

「いやもちろん、ご馳走ですよ。先日食べた鹿肉は、本当に素晴らしかったですから」

「私、地元で中古車販売のほかにもレストランなんかを手広くやってるんで、肉は頻繁《ひんぱん》に手に入るんですよ。で、料理もね、見よう見まねで」

工藤は気の弱そうな笑顔を佐脇に向けた。

二時間以上押した夕食で、工藤の差し入れは予定に入っていなかったらしく、クルーにはは弁当が配られ、それにプラスして鹿肉のバーベキューのおかずが付いたので、みんなは喜んでいる。撮影隊の食事は冷えていることが多いので、温かな料理は何よりのご馳走なのだ。

今夜は盛大なキャンプファイアはないものの、先日と同じく肉が焼ける美味しそうな香りが広がった。

手伝いましょう、と佐脇は工藤をアシストしてバーベキュー・コンロに肉を並べたり、紙皿に焼けた肉を並べてクルーに配ったりしながら、世間話をした。

「今夜は……あの犬、来ませんね」

「あの犬?」

工藤は意味が判らないと首を傾げた。

「ほら、この前キャンプファイアして、肉を焼いてたら現れた犬ですよ。たらふく食べたらふっといなくなった……」

ああ、そういえば、と工藤は思い出した。

「ときわ食堂のオヤジが、狼伝説とか喋ってましたね。このへんでは狼は益獣だとされていたとか、狐などの悪い憑き物を祓う神だとか……この土地の人間は大口眞神などといって信仰しているみたいですけどね、私は違うんです」

工藤はキッパリとした口調で言った。

「私はどうも、ああいうケダモノは好きになれない」

タダの世間話なのに、妙にムキになっている感じだ。この前、自分がやった肉を犬に拒絶された腹いせか、ハッキリと拒絶する口調なのが印象に残った。

そこに結城ほのかがいきなり話に入ってきた。

「狼、かわいそうじゃないですか！」

同情に堪えない、という口調だ。

「絶滅しちゃったんでしょう？　人間に住処《すみか》を奪われて、人間が持ち込んだ病気に感染したりして。狼って人間を守ってくれたりしたんじゃないんですか？　それをケダモノとか決めつけたりして、なんだかな～」

彼女の声も口調も、うわべはいかにも無邪気そうに聞こえる。だがその裏にははっきりと工藤への敵意のようなものが感じ取れたので、佐脇はハラハラした。

可愛い声とノンビリした口調で身も蓋もないヒドいことを言うのが、レギュラーを務めている情報バラエティ番組における結城ほのかの役どころであり芸風なのだ。彼女のこの手の発言をきっかけにスタジオが沸くのだが、それと同じ調子で彼女は続けた。

「やっぱり猟なんかして、平気で動物を殺せる人は違うんですかね？」

この言葉を聞いた瞬間、工藤はひどく隠惨《いんさん》な表情を見せた。

目に人間離れした異様な光が入って、額に深い皺《しわ》が寄った。不意に何かの悪霊が取り憑いたような、一変した形相《ぎょうそう》が、ほんの一瞬だが、ハッキリと工藤の顔に表れた。

そこには、結城ほのかへのあからさまな憎しみがあった。

だが、工藤は次の瞬間にその表情を消した。今のは見間違いではないか、と佐脇が思ったほどのほんの一瞬のことで、まばたきした目を開くと、工藤は元の物静かで知的で線の細い、大人しそうな男に戻っていた。そこに遠慮がちな声がかかった。

「あの、おれは狼というか、狼に似てるっていうその犬を見に来たんですけど……」

知らない青年が話しかけてきたので、工藤は自分の持ち場に戻った。

「ええと、差し入れ隊のヒト？」

佐脇がそう聞くと、青年は笑顔で否定した。

「いえあの、おれ、役者で……。木暮道太《こぐれみちた》と言います。この映画の悪役です。連続殺人鬼の」

あ、と佐脇は叫んでしまった。

台本には極悪非道でサディスティックな、血に飢えた、狂った殺人鬼と描かれていたから、見るからに悪相な、一目で嫌悪を感じる中年俳優が演じると思い込んでいたのだ。

しかし、彼の目の前に居るのは、ちょっと頼りなさそうで気が弱そうで、学校の成績は良かったかもしれないが社会に出るとパッとしなさそうな、ついでに言えばあまり女にもモテそうにない、人の良さそうな青年だった。

「まだあんまりテレビとかに出ていないので……ご存じないのも仕方ないです」

木暮道太は申し訳なさそうに言ったが、後ろからやって来た岡崎監督は、彼の肩をポンと叩いた。

「ミチタは、小さな劇団の看板役者なんですよ。ボクはずっと前からその舞台を見てて、いつか使ってやろうと……この、人畜無害なところがまたいいじゃないですか。何も悪く無さそうな男が実は、というのは怖いでしょ？　ほら、人の良さそうなコメディアンが悪役をやると無茶苦茶ハマるって、昔からよくあるケースだし」

たしかにそう言われれば、このぽや～んとした感じの青年が、いきなり悪鬼の形相になり残虐《ざんぎやく》に人を殺《あや》めたあと、ふたたび淡々とした雰囲気で日常に戻るとすれば怖ろしい。

「実際、凶悪犯ってのは普段はごく普通のヤツ、って場合が多いから……」

「ああ、佐脇さんは刑事さんだから、本物の殺人鬼とか見てるんですよね」

「いやいや、なかなか殺人鬼ってのは世の中には居ませんよ。そのへんにいたら大変だ」

この監督はなかなか人間を見る目が鋭いと佐脇は思ったが、自分のような素人が、年若いとは言え監督を褒めるのはおこがましいので、あとの言葉は呑み込んだ。

「で、バイトのスケジュールを調整して、まだ出番じゃないんですけど早めに来たんです。変わった犬が現場に出没してるって聞いたので。あ、もちろん役づくりのためってこともありますが」

「ミチタは、すごく犬が好きなんですよ。ボクはネコ派なんですけど、ミチタは犬派」

と、岡崎監督。

「そうなんです。ブレイクしたら動物番組のレギュラーになるのがおれの夢っていうくらいで。けどペット可の部屋にはまだ住めないんで、犬飼えないいんです。ペット可の物件は家賃が高くて」

木暮道太は愚痴《ぐち》った。

「変わった犬っていうのは、これなんだけどね」

話を聞きつけた中津が、デジカメで撮ったその犬の画像を見せた。

「佐脇さんも見ましたよね？」

この前のキャンプファイアの時に現れた犬が写っていた。普通の写真と動画の両方で写っている。

「なるほど……変わった犬だなあ」

木暮道太はしきりに感心した。

「いいなあ。何とも言えずワイルドな感じで……野性的で警戒心があって、賢くて孤高な感じもあって……シェパード入ってるかな、それともハスキーかなあ。早く会ってみたいなあ。おれもいろいろ自分なりに調べたんですよ」

スマホで、と言いながら蘊蓄《うんちく》を披露《ひろう》し始めた。本当に犬好きなのが全身から溢れている。

「たとえば、このへんの狼信仰は有名ですよね」

これはときわ食堂のオヤジたちも話していたことだ。

「ただの伝説だろ。山道をずっと送ってきて他の獣から守ってくれるとか、そのお礼に履いてたワラジの片方をやるとか、小豆《あずき》ご飯をあげると喜ぶとか……しかしそれだって、狼は肉を食うんだから、送り狼の話もスキあらば人を襲って食うのが本当の目的なんじゃないの？　小豆ご飯やワラジなんか喜ぶわけないと思うがなあ」

と言った佐脇に、道太は「そんなことはないですよ」と、ムキになって反論した。

「狼は犬と同じなんですよ。ほら、犬って靴とか好きじゃないですか。犬小屋に持ち込んでボロボロになるまで齧《かじ》るとか。おれも実家で飼ってた犬に散々やられました。なにしろバカ犬だったから。大事にしてたコンバース駄目にされたこともあるし」

でもかわいいから怒らなかった、と道太は懐《なつ》かしそうに言った。

「小豆ご飯だって、犬は雑食だから何でも食べますよ。猫と違くて完全肉食じゃないから。むしろ狼は人の後をずっとついて行けば普段食べられないご馳走やおもちゃが貰えるって学習して、それで人の後をついてくるんですよ。犬ってそういうものだから。人間の友達だから」

「送り狼」の伝説は東北から四国まで日本全国にたくさん伝わっている、だからそれが狼の習性なのだ、とも言った。

「秩父には狼マニアみたいな人もいて、二〇一一年に山梨に近い、山のずっと奥のほうで狼を見たっていう話もあるんです。ニホンオオカミは絶滅したっていう話だけど、こいつの写真を見ると」

道太は、撮影現場に現れた犬の画像を指さした。

「ふつうの犬とはひと味違うワイルドなテイストがあるんで、もしかして狼とのハーフかもしれないですね」

彼がかなりの犬好きだということは佐脇にも判った。しかし、こんな、素顔からして好青年にホラー映画の悪役というか、悪鬼の役が勤まるのだろうか、と少し心配にもなった。

「あの、お肉、有り難うございます」

肉を焼いている工藤に、女性スタッフが声をかけた。

「ジビエなんて滅多《めった》に食べられないのに、こんなにご馳走してくれて……感謝してます」

彼女は丁寧に頭を下げた。他のスタッフも、ほぼ全員が好感を持った様子で、工藤に礼を言っている。

「ああ、いえいえ、どう致しまして」

工藤も笑顔を返した。

「そういや工藤さんは、この古民家というか農家も撮影に提供してくれてるんですよね？」

「そうですけど、たいしたことしてませんから」

笑顔で答える工藤に、スタッフたちはご馳走様でした、と声をかけていく。

肉を焼き終わった工藤は、タバコに火をつけて、佐脇に向き合った。

「この家の件は……頼まれたらイヤとは言えないでしょう？　私もこの辺ではそれなりの立場ですし……地元への貢献《こうけん》ってものもありますしね」

言うことはもっともでキチンとしているし、別に嫌なことも、誰かの悪口も喋ったわけでもないのだが……どうもこの男は虫が好かない。

こいつは嫌いだ、と佐脇は今やはっきり自覚した。元々心が広いとは言えない佐脇だが、悪人でもない一般市民相手にここまでムカつくのは珍しい。親の金と地位を継いだだけなのに、いっぱしの人物を気取っているところがカンに障《さわ》るのか？　それもあからさまに威張っているのならまだ可愛げもあるが、表向きは腰が低く、しかし内心ではとんでもなくプライドが高そうで、しかもそれがありありと透けて見えるところが不愉快なのか？

自分でもよく判らないが、違和感があるのだ。

そうは思っても、それはあくまで個人的な感じ方だから、みだりに口にはしない。一応おれもオトナだからな。

佐脇はそう思って、工藤の横でにこやかに肉を一同に配り続けた。

食事も一段落して、後片付けが始まった。みんな集団行動の訓練ができているので、大きなポリ袋に弁当も紙皿も紙コップも入れて、食べた場所をキレイに掃除している。

若いのに、エラいやっちゃ。

佐脇は感心しつつ、自分も掃除を手伝っていると、結城ほのかも一緒になって後片付けをし始めた。

「女優さんはこんな事、やらなくていいです」

「何言ってるんですか。中津さんに聞いたけど、あの乙羽信子《おとわのぶこ》だって撮影合宿では物凄く働いてたんですって。だったらアタシなんか、もっと働かなきゃ」

そう言って、中庭の掃き掃除を黙々とやっている。

その全然偉ぶらない態度に、佐脇はまたも感心した。

「だけど……なんか、やな感じしません？　あのヒト」

そう言う結城ほのかの視線の延長線上には、工藤がいた。彼は彼でバーベキュー・コンロを洗ったりして働いている。

「だけど、工藤さんは映画のために尽くしてくれてるじゃないですか。この家も貸してくれたし、差し入れだって」

「そりゃまあ、その通りなんだけど」

「なにが気に障るんだ？」

佐脇は自分と同じものを結城ほのかも感じていると判って、わが意を得たりという気持ちになった。

「どこがどうとは言えないけど、強いて言えば……目かな」

「目がどうしたって？　ほのかちゃん」

撮影監督の中津が割り込んできた。

「だから……『感じ』でしかないんだけど。あたし頭悪いからうまいこと言えって言われても無理だから……でもね、あのヒトの目が、なんかこう、獲物《えもの》を狙ってるような感じなんだよね」

中津はそれを笑い飛ばした。

「そりゃあ、ほのかちゃんのそのダイナマイトバディを見れば、大抵のオトコは獲物を狙う目つきになるって。それだけで変態呼ばわりはヒドいよ、あんな感じのいい人を。みんな工藤さんはイイヒトだって言ってるよ！」

「やだ中津さん、それってセクハラ発言ですよ！」

あたしをあれだけ綺麗に撮ってくれてる中津さんじゃなければ、訴えちゃうから、などとその場は笑いになって、終わった。

佐脇も笑って収めてホウキを納屋に戻しに行こうとした時、奈央に「あの」と声をかけられた。

「私も、同じこと感じてました」

「あ？」

佐脇は奈央に振り返ると、彼女はひどく真面目な顔をしていた。

「私も、結城さんと同じことを感じたんです。でも、これはほかのヒトには言わないでください ね。きっと私、考えすぎているだけなんです。いろいろと怖いことがあったので、ちょっとしたことにも過敏になってしまっているというか……」

「それはそうなんだろうけど……」

「私、こういう映画、向いてないんでしょうか？」

話がそっちの方に外れたので、佐脇はホッとした。自分がここで映画の協力者についての悪口を言うのはいけない。しかし、自分が抱く違和感を誰かに言いたくて堪らない気持ちもある。

「奈央くんは、ホラーは嫌いなの？」

ホラーが嫌いで怖いモノに過敏だとしたら、それでホラー映画の主演はキツいだろう。しかし逆にその真に迫った恐怖の表情が、この映画には絶対不可欠だと、あの若い監督が考えていることもよく判る。

木暮道太といい、奈央といい、監督のキャスティングの狙いが判ったような気がした。

「それもありますけど……なんか、ここって寝苦しいんです」

「なに？　深夜に誰かが忍んでくるの？」

「まさか！　みんな疲れ切って爆睡してるから、エッチなことは考えませんよ！」

奈央はまだまだコドモだなあと佐脇は可愛く思った。男の性欲は疲れていようが腹が減っていようが無関係なのだ。しかし、映画の撮影の場合、主演女優に手を出すのは最大のタブーだろう。

「家が広いし部屋も多いし、扉には一応鍵もかかるので、そういう心配は無いんです。でも、寝ていると、なんか胸のあたりが重くなって、誰かが上に乗っているような……それに、凄く怖い夢も見るんです。古くて暗い家の中に閉じ込められて、ああこれから殺されるんだ、って絶望している夢とか」

それは今撮っているこの映画の影響だと思いますけど、と奈央は続けた。

「手に持っている本の字が勝手にうじゃうじゃ動きだすような夢も」

「寝る前に台本を読むからじゃないの？　寝苦しいんなら、俳優さんは町中のホテルに泊まってもいいんだろ？」

「それは……その分お金使うし、送り迎えの手間もかけてしまうし、ほのかさんがホテルに行かないのに私だけが行くのもヘンだし……私の部屋は仏壇が置いてある部屋だからかなあ、って思うんですけど……私、子供の頃から、仏壇とか日本人形って怖くて」

佐脇には、無理しないで、としか言えない。

「で、佐脇さんは今夜、どうするんですか？」

「そんなに寝苦しいんなら、奈央くんと一緒に寝てやろうか？　で、妖怪か幽霊か亡霊を追っ払ってやろうか？」

「幽霊より佐脇さんの方が怖いですけどね」

そう言われてしまったので、佐脇は山を下りて町中のビジネスホテルに泊まることにした。

「まあ、何かあったら電話しろ。すぐに飛んで来るから」

佐脇は、彼女の用心棒でもあった。

＊

山から下りて町中に戻っては来たが、こんな田舎では……いや、東京にいても、夜はヒマだ。

さっき行った「スナックみゆき」にまた顔を出すのもカッコが付かないし……。

佐脇は、駅の裏の売春街に足を向けた。あの「サヨコ」という女のことが気になっていることもある。

例の店に行き、ドアを開けると、相変わらず客はいなかった。

「あの子……サヨコだっけ、空いてる？」

佐脇を覚えていたバーテンは、どうぞどうぞと言った。

「相変わらずヒマしてるんで」

「しかし、こんなにヒマだったら商売にならんだろ？」

まあねえ、とバーテンは言ったが、「まあこの店はいろいろあって、儲からなくても、潰れないようになってるんですよ」と意味不明なことを言った。

大方、ヤクザがやっている企業の節税対策かマネーロンダリングに使われている店なのだろう、と佐脇にも察しはついたが、口には出さない。

五号室のドアをノックすると、サヨコの声で「どうぞ～」と返事があった。

「あ、また来てくれたの」

今夜もキャミソール姿のサヨコは少し笑顔を見せて、佐脇を招き入れた。


「なんか、ヒマしてるようだから、割り増しで払っとくわ」

コトを済ませて、佐脇はカネを渡した。

「変わってるわね。普通は『ヒマなんだろ、割り引けよ』とか言われるんだけど」

サヨコはカネを受け取りながらそう言って、「コーヒーでも飲む？」と流しに立った。

1Kの部屋だと、売春宿に来てるというより、援助交際している女の部屋に上がり込んだ気分になる。

「この前、あんたから聞いた話がずーっと引っかかっててな」

「え？　そんな話、したっけ？」

彼女は自分の、引き籠もり娼婦だという境遇を、別に特異な話だとは思っていないらしい。

「だから、この辺、外に出ても何もないし」

「いや……アンタは、外に出るのが怖いって言ったんだよ？」

そうだっけ？　とサヨコは誤魔化した。クスリかなんかをやっていて、記憶に問題があるのか？　それとも前回、うっかり口を滑らせて、しまったと思って警戒しているのか？

「そういやさ、おれの知り合いにＡＶ関係のヤツがいるんだけど……あんた、スターだったんだろ」

「スター？　なんの？」

「だから、ＡＶの。あんたは主演で、立て続けに十本とか出てたろ」

「ああ。あの世界は飽きられやすいから、というか、新人だったら十本とか二十本くらい、普通に作るのよ。百本二百本と行ったら、それがスター」

そう言われてしまうと、素人の佐脇には反論する材料がない。

「だけどなあ、そのまま東京にいてＡＶの仕事を続けてれば、こんな田舎で引き籠もることもなかったんじゃないのか？　嫌なことがあってＡＶの仕事を辞めたとしても、例えば伊豆《いず》とか外房《そとぼう》とか、海を眺めて暮らすとかすれば……」

「勝手な事言わないでよ。いろいろあるんだから」

と、当然なことを言われてしまった。

とは言え、出て行けとは言われずに、コーヒーを一緒に飲んでいると、部屋の空気が少し和んできた。

「アタシ、生まれが海辺だから、海が嫌いなの。田舎を思い出すから」

「田舎って、どこの方？」

「言っても知らないよ。地味なところだから……鳴海って知ってる？」

「奇遇だね」

佐脇は驚いた。

「おれも鳴海から出てきたんだ。地味な田舎だが、食い物が美味いじゃないか」

まあね、と気乗り薄な返事をしたサヨコだったが、佐脇を見る目は少し違ってきた。

「お客さんで、いろいろおべんちゃら言う人は多いし、同郷だねとかその場しのぎの嘘を言うヒトも多いけど……そうやって私のこと、わざわざ調べてくれたりしたのは初めてだなあ」

誰しも、自分のことを気に掛けてくれていると判れば嬉しいだろう。

サヨコは、ぽつりぽつりと自分のことを話し始めた。

「実はね、凄く条件のいい話があって。ＡＶ女優って、いつまでも出来ないって判ってたし、その先のことまで考えてもいなかったので、愛人にならないかって誘われて、相手の男がお金持ちそうだったし、けっこうアタシにご執心だったし、間に入ったヒトも『大丈夫だ』とか言ってくれたしで……アタシもバカだから、その誘いに乗っちゃって……」

「それでこっちに来た？」

まあね、と彼女は答えてコーヒーを啜《すす》った。

「その結末はお定まりなんだけどね。話が全然、違ってたっていう……でも、その違い方が普通じゃなかったのよ。あんまり異常だから、誰かに話しても信じて貰えないどころか、こっちがキ○○イ扱いまでされて」

「またそんな予告編みたいな喋りをして……そそられるだろ」

佐脇は冗談めかしたが、サヨコの顔は真剣だった。

「監禁されて、毎日毎日レイプなんて言葉が生やさしいくらいにメチャクチャにやられて、前だけじゃなく、お尻の穴でもやられたし」

あたし、ＡＶやってた時でも一度ひどい目に遭ってから、アナルはＮＧにしていたのに、とサヨコは怯えた表情になった。

「何度も面白半分に殴られたり……さすがに顔は平手だったけど、お腹とか、思いっきりグーで殴られた。一緒にいた別の子はもっとひどい目に遭ってて……タバコの火を押し付けられたり、喋れないように舌を抜かれてたって言ったら、信じる？」

サヨコの顔は強《こわ》ばって蒼い。これが芝居というなら相当な演技力だし、妄想《もうそう》を真実だと信じ込んでいるなら、かなり重症だろう。

「この足の傷……その時に、逃げ出す時に出来た傷だって言ったら、信じる？」

サヨコのふくらはぎにある、何かで抉ったような傷については、初めて会った時から気にはなっていたのだ。こういう商売をする女なら、見栄《みば》えに気をつけて躰に傷をつけないようにするだろうし、彼女が負っている傷は治りかけているとは言え、素足にサンダル履きでハイキングに出かけ、たまたま藪《やぶ》に入って怪我したというような生やさしい傷ではないからだ。

佐脇は返答に困った。だからと言って、サヨコが口にした猟奇的な事件をハイそうですか、と二つ返事で信じることも出来ない。

「ね。みんな、アンタみたいな反応するのよ。言葉に詰まって、はぐらかそうとするの。じゃ、また来るわとか言って、二度と来ない……。なんか、みんなそうなのよ。で、あたしは頭おかしい女みたいに言われて」

「ひとつ、疑問なんだがな」

佐脇は落ち着いた口調で言った。

「あんたはそういうところから逃げてきたんだよな？　だったらどうしてそのまま警察に行かなかった？」

「信じてないから」

サヨコは憤然とした口調で言った。

「ここの警察は、やつらとグルよ。あいつらの悪事、全部見て見ぬフリだもの」

「いやしかし……いくらなんでも……。しかしだよ、地元の警察がグルだとしても、電車に乗ってどこか離れた警察に飛び込んで訴えるとか……」

「身ぐるみ剝がされてお金なかったし……また捕まるのが怖かったし……今度捕まったら絶対に殺されると判ってるし……その殺し方も、ひと思いにやってくれるならまだマシだけど、じわじわと拷問《ごうもん》みたいにゆっくり殺されるのなんか、絶対にイヤだし」

「それで……ここに飛び込んだって？」

サヨコはこくりと頷いた。

「この店も、そいつらの息がかかってるとは思わなかった？」

「その時は、もう運が尽きたと諦めようと思ってた。だけど、ここのマスターはいい人なの。この店にもそれなりのバックが付いてるし。アタシの話は全然信じてもらえないんだけどね」

サヨコは寂しそうに微笑んだ。

「アタシの話が嘘じゃないって証拠があるんだけど……見る？」

「誰かの指とか、エグいもんじゃなければ、見るよ」

彼女は、部屋の隅に箱を置いて昇ると、天井板の一枚を外した。天井裏に大事なものを隠しているのだ。

取り出したのは、ティッシュの包みだった。彼女が開くと、その中からは、黄緑色の宝石のついた装飾品が出てきた。

「ピアス。片方だけだけど」

「この石は？」

「ペリドットっていうんだけど、舌を抜かれた女の子が……アタシにって。たぶん……あの子は殺されることが判ってて、形見のつもりであたしに渡したんだと思う」

佐脇はこれと似たものを最近、どこかで見たような気がしたが、思い出せなかった。


サヨコの部屋から出て、表の店に回ると、そのカウンターには見覚えのある男が座っていた。

角刈りのサングラス。街宣車に乗っていた「劣化版渡哲也」だ。

「よう奇遇だな。あんたもこういう遊びをするのか？　警察のヒトが買春しちゃマズいんじゃないのか？」

こういう外見の男が真っ当なことを言うと、実にもっともらしく聞こえるのがシャクだ。

「そうか？　おれは女を買うしバクチもするがな。以前はヤクザの上前を撥ねてたし、賄賂はウェルカムだったたし。クスリにだけは手を出さないが。おれは意志が弱いんで、一度やったら病みつきになりそうなのが怖い」

「悪徳警官を気取ってるワリには口ほどにもないな」

劣化版渡哲也は、スコッチのシングルモルトをオンザロックで飲んでいた。

「クスリが怖いのか？」

「ああ、怖いね。人間辞めたくないし」

そういうと、相手の男はサングラスの向こうで笑った。

「で？　クールなタフガイを気取ったあんたは、ここに来て女を抱かないのか？」

佐脇はこの男の横に座って、同じモノを頼んだ。

「クールなタフガイって……昭和も中頃の古いフレーズ、今ごろよく使えるな」

相手は鼻先で嗤った。

「おれは、あんまり興味がないんだ」

「流れ者には女は要らねえってとこか？」

「そういうレトロな表現なら、港港に女ありという言葉もあるがな」

佐脇は、相手を見て、正面から訊いた。

「あんた、ホモか？」

いやいや、と相手は苦笑して首を振った。

「カネで女を買うのは、という意味だ」

「そこまで不自由してないってことか。モテる男はつらいねえ」

「どう解釈しようと勝手だ」

しかし、どうしてこの男が、この店に居るのだ？

「あんた、まさかおれを見張ってたりするんじゃないだろうな？」

「もちろん警戒すべき相手だとは思ってるがね……いや、そう言ってアンタに調子に乗られても困る」

グラスを空けた男は、ふたたびシングルモルトのオンザロックを注文した。

「ずいぶんスカしたものを飲むんだな。あんた右翼なら、飲むのは日本酒、いや焼酎じゃねえのか？」

と無茶なツッコミを入れた佐脇に、男は苦笑した。

「おれは、右翼じゃないよ」

「じゃあどうしてあんなゴキブリ街宣車に乗ってるんだ？」

「おれのような人間が必要な時代で、いい金になるからやっているだけだ」

「しかし……誰がお前の雇い主か知らないが、身内の秘密をなぜ今、おれに話すんだ？」

「さあねえ。金にはなるが、バカの相手をするのがいい加減イヤになったのかもな」

男は、サングラスの奥で笑った。

「おれはね、実は、公安に雇われてるんだ」

「公安？　警察か？　それとも公安調査庁か？」

「それは、言えない。ともかく、公安に言われて右翼団体に出向してその団体の綱領を作ったり、ヘイトデモの『演出』を考えたりしてるんだ。まあ、言わば、右翼のプロデューサーってところかな。ヘイトデモで流す音楽や、連中が叫ぶヘイトスピーチの文言を考えたりしてる。なんせ連中はバカだから、そんなことを考える頭がないのさ」

本の一冊も読まないしな、と男は言うと、グラスを呷った。

「以前は、与党のネットサポーター数万人を操ってたんだ。リベラルとか左翼系のアカっぽい連中を監視して、奴らのワキが甘かったら徹底的に叩く。この非国民が！　と謝罪に追い込んだり、ネットのアカウントを削除させて沈黙させたり、捏造《ねつぞう》情報やデマを撒き散らすな、この売国奴が！　とか大量に書き込ませて炎上させたり、まあ要するに大勢で罵《ば》倒《とう》する状況を作るのが仕事だったんで、今もその延長だな」

男は、自嘲でもなく自慢でもなく、淡々と語った。

「おれが操ってる連中の中には狂信的な右翼もいるが、一番タチが悪いのが、遊び半分で退屈しきってるバカだ。バカなくせに自分がヒトカドの者だと感じたい、っていうだけの理由でネット右翼をやっている連中だよ。やつら、何も考えてないからね。こういうことが続けばいずれこの社会がどうなるか、おれには見えている。だがヤツらには見えていない。なにしろバカだからな。もっと言えば、ヤツら自身の将来すら見えてない」

「ほほう。そういうバカを操ってるアンタは賢いってか？」

佐脇はムカムカして言わずにいられなかった。

「ふん。結局アンタ、インテリ崩れのゴロツキだろ？　アンタみたいなタイプは良く知ってる。挫折《ざせつ》して屈折して、こういう店で社会が悪い、上司が悪いとカッコよく批判するんだが、そんなの居酒屋でオッサンが上司の悪口を言うのと同じだろ？　いやなら辞めろってんだ」

男はちょっと首を傾げたが、サングラスの向こうでまたも笑った。

「アンタ、もうちょっと賢いと思ったが、そういう類型に当てはめなければ物事を理解出来ない、警官アタマなんだな」

小馬鹿にしたように言われて佐脇も言い返す。

「悪かったな、警官アタマで。だがアンタみたいに小賢《こざか》しいことを言う奴に限って、見かけ倒しで何も中身がない。屁理屈をこね回すだけで何ひとつ役に立つことが言えない。要するに『使えねえ野郎』ってことだ。これは経験上割り出した事実だがな」

「そうか。おれは使えないか。今の野党と同じか。ところで、おれの名前は、三田村《みたむら》。そろそろ、あのバカな連中と遊ぶのにも飽きてきたところなんだ」

三田村と名乗った男は、グラスに残った酒を飲み干した。

「せっかくだから面白い話、聞かせてやろうか？　アンタに聞く耳があればだが」

「なんなりと承《うけたまわ》りますよ」

と佐脇は応じた。

「そうか。工藤さん、知ってるよな？」

「ああ、それが？」

佐脇がぶっきらぼうに答えると、三田村は声をひそめた。

「あの人、物静かでいい人なんだが、時々、見間違いかと思うほど怖い顔をする。あんたは気づいてないかもしれないが」

もちろん気づいている。『猟なんかして、平気で動物を殺せる人は違うんですかね？』と言い放った結城ほのかに一瞬、工藤が見せた陰惨な表情は、今思い出しても背中が総毛立つようだ。

「この辺の人間ならみんな知ってる噂で、土地の人間はみんな工藤さんを憚《はばか》っておおっぴらに口にすることはないが」

と三田村はさらに声をひそめた。

「あんた東京の人らしいから知らないのは当然だけど、工藤さんの家は代々憑き物筋と囁かれていて、時々おかしな人間が出るっていう話だよ」

「憑き物筋か。おれの地元の四国でも、物好きなジジババは犬神筋などと言って、そういう家があると噂したりするが、実物にお目にかかったことは一度もないね。ジジババだけが性懲《しょうこ》りも無く言ってる、ただの伝説だ」

佐脇はそう断言した。

「いやいや、工藤さんの家についてはただの伝説とは言えないよ。映画の撮影隊が合宿所にしている、あの古民家。あそこに座敷牢があるの、あんた知らないだろう?」

一度望月を手伝って、その座敷牢から物を運び出したことがある、と三田村は言いだした。

「運び出したものは何かの箱だった。かび臭くてじめっとして、木の格子《こうし》に土壁の座敷牢が、あそこの地下にはあるんだ。血なまぐさいような変な臭いまでして。壁や天井に鉄の環《わ》が取り付けられていたりするのが、またイヤな感じでね。あちこちに得体の知れない染みはあるし」

「ちょっと待て。今なんて言った? 望月を手伝ってって言わなかったか?」

「言いましたよ」

「なぜ反市長派の望月が、工藤の家からものを運び出す?」

と言ったところで、佐脇は、入江が調べたことを思い出した。

望月と工藤は不良少年時代、つるんでレイプに明け暮れていたのだ。

「佐脇さんとやら、あんた何も判ってないね。工藤さんは表向きは友沢市長支持だけど、ここは東京とは違うんだ。小さな町で全員に何かしらの繋がりがある。たとえば望月社長と工藤さんにしても、古くからの住人だし、同じ学校に通って育ってきたわけだ。そんなにスッキリ、市長派だ反市長派だと、きれいに色分けできるようなものじゃないですよ」

三田村は、望月と工藤の過去は知らないのだろうか？　知っていれば、こんな穏やかな表現にはならないのではないか。

「その地下牢って、どこから入るんだ？」

「どこって、普通の座敷の下にあるんだが……仏壇が置いてあったような記憶がある。ま、今日はここまでだな」

三田村は万札をカウンターに置くと、クールな表情のまま、店を出ていった。

仏壇と言えば、合宿所で奈央が寝起きしている部屋が仏間で、そこで寝ると悪い夢にうなされる、と言っていたなあ、と佐脇は思い出しながらカウンターに座り、三田村と同じモノを注文した。

第五章　白骨と緑のピアス

翌朝。

眞神駅に入江が降り立った。

「ようこそ眞神市へ。お忙しい参事官どのにわざわざお越しいただいて、感謝感激の極みですな」

にこやかに嫌味を言った佐脇は、苦虫を嚙み潰したような入江にたずねた。

「早速ですが参事官どの、頼んでおいたこと、判りましたか？」

「なんでしたっけ？」

入江は不愉快な表情のまま、トボケた。

「だから、望月保がお気に入りだったスナックホステスの件ですよ。本名は判らないが源氏名がイズミっていう女について」

入江は無言のまま、改札を出て駅前広場に立った。

「なんだ、調べてないのか？」

「佐脇さん。あなたに叱責《しっせき》される謂《いわ》れはない。もちろん調べましたよ。しかし、そういう話をここで立ち話するんですか？」

入江を横目で見た佐脇は手を挙げてタクシーを呼んだ。

「お待ちなさい。運転手に聞かれてしまう。こういう小さな町では、運転手にも誰かの息がかかっていると思った方がいい」

「それはそうですな。アンタもたまには的を得た事を言う」

「正確に言うなら的を射た、です」

佐脇は駅前にレンタカー会社があるのに目をとめ、顎をしゃくった。

「経費で落とせるよな？」


借りた車を駅から少し離れたところに駐め、車中で佐脇と入江は密談をした。

「イズミの本名は、飯田《いいだ》いづ美《み》。一九九三年八月二〇日生まれ、ですか。本籍は眞神市丈六《じょうろく》町二の八……地元ですな」

「源氏名と住所だけからよくぞ調べた、と評価して頂きたいものです。この飯田いづ美の母親からは、今年二月に捜索願が出されています」

「実家を出て、各所を転々として一人暮らしをしていた、と。住民票はそのままにして移さず、定住する気はないままに、あちこち移り住んでいた、という感じですかね？」

「母親には電話で話を聞きました。今年一月までは電話連絡がついていたが、二月以降、携帯にかけても出なくなって、住んでいたアパートを訪ねたら引っ越した後だったと」

「ただまあ、これだけでは望月との接点は浮かんでこない」

「そう。望月と揉めていたのは別の女だったかもしれないという可能性が残る以上、この件で望月を追及できません」

それを聞いた佐脇はアクセルを踏み、車を出した。

「どこに行くんです?」

「ここで駄弁《だべ》ってても仕方がない。望月にぶつかりましょうや」

二人は、望月保が経営する『眞神環境開発』に向かった。もちろん、アポなしの突撃訪問だ。

望月の会社は、広い駐車場に重機やダンプが駐車していて社屋は平屋という、地方の建設会社によくある風情で、特に変わったところはない。

佐脇は社屋の前に車を駐めて、入江を連れて入っていった。

「社長に会いたい」

事務所には誰もいない。中は事務机が四つと、いかにも社長の座にふさわしい大きなデスク、そして合皮の応接セットがあるだけだが、壁にはやたらに表彰状や感謝状が並んでいる。ガラスのキャビネットには地域の野球大会やボーリング大会などの優勝トロフィが飾られていて、地域にこれだけ貢献してるんだぜ！　とばかりに、押しつけがましくアピールしている。

「どちらさんで？」

奥から、現場監督のようながっしりした男が出てきた。タオルの鉢巻《はちま》きに腹巻きダボシャツという古典的格好をすればよく似合う感じの男だが、一応スーツを着ている。

「警察庁のものです」

「警察？　社長は昨日、釈放されたばかりだよ」

「眞神署ではなくて、東京の警察庁の方から来ました」

佐脇が差し出した名刺を見た男は戸惑った様子で奥に引っ込み、しばらくして別の男を連れてきた。

「私が望月ですが」

名乗ったのは、テレビのニュースで見た通りの、でっぷりした体格に紺のダブルのスーツを着込んだ、間延びした顔の男だ。身なりはまともだが、頭と根性の悪さが隠しようもなくその悪相に表れてしまっている。六本木《ろっぽんぎ》あたりで豪遊する自分、をこの男はイメージしているのだろうが、どう見ても、神棚にトラの剝製《はくせい》のある事務所が似合いそうな見てくれだ。

「ご用件は？」

二人の来訪者を応接セットに案内しながら、望月が訊いた。

「警察に話すような事ならもう、眞神署でさんざん話しましたけどね。洗いざらい喋ったから釈放されたわけでね」

「いやいや望月さん。ここは顔つなぎと言うことで、どうかひとつ」

佐脇はコワモテではなく、下手《したて》に出て媚《こ》びるモードを選択した。

「いえね、我々警察庁の人間は、今回の件における、眞神署の対応について調べておりまして。何かご不審ご不満ご批判などがありましたら、なんなりとおっしゃってください」

「ほう。警察庁って、そういう苦情係みたいなこともやるのかい？」

「そうですね。まあ、判りやすく申し上げれば、警察の警察ってところでしてね、警察庁は」

入江も佐脇に調子を合わせた。

「市民のための警察として役割を果たしているか、常にチェックをしております」

そうなの、と望月は葉巻を取り出して先端をぱちりと切り、専用のライターで火をつけて吹かした。

「ところで望月さんはなぜ、自分に不利になる贈賄を自白したんです？　何か取引でもあったんですか？　こっちをゲロすればこっちは許してやるというような」

佐脇の身も蓋もない問いを、望月は葉巻を吹かして文字通りケムに巻こうとした。だがそんな手は通用しない。佐脇は扇子《せんす》を取り出してパタパタ扇ぎ、煙を追い払ってしまった。

「取引？　そんなことに答えられるわけ、無いじゃないですか」

望月は、それよりも、と言った。

「あなた方はこの土地の人間じゃないから判らないでしょうがね、ここにはここのやり方があるんですよ。昔からのね。それを一切無視して、納得出来ないからいきなり変える、中止すると言うんじゃあ、昔からこの土地で商売しているモノとしては困りますよね」

「それはつまり、既得権益の侵害と言うことですか？」

入江が話に入ってきたが、望月は直接答えなかった。

「ワタシはね、大勢の、不満を持っているけれど表立って声を上げられない、多くの人を代表しただけですよ。声なき声ってヤツ？　肉を切らしてなんとやら、とも言うでしょう？」

「肉を斬らせて骨を断つ、ですか？」

入江が言った。

「賄賂を贈ったことをあえて公表して、それにより市長にダメージを与えようとした、ということで宜しいのですか？」

「そうですよ。あんなハシタ金、たいしたことないし、賄賂や裏金を渡した程度じゃ、いずれ執行猶予《ゆうよ》がついてオシマイなんだから、商売にも差し支《つか》えはないです。前科が付いても昔からの仲間が心配してくれてるんで、商売に支障はない。オカミに捕まったからって、何にも怖くない訳です。いわば私は仲間のために捕まってやったんだからね。だけど市長は選挙で選ばれるからね。この件で一方的に株を下げたのは市長ですよ。これで二期目はなくなったね」

「なるほど。望月さんは、この町の仲間のことを思って、あくまで汚れ役を買って出ただけ、ということですね」

「そうです。それだけ今の市長のやり方に不満を持つ者は多い、って事ですよ。市役所の中にだってそういう職員がいるんだから。あの市長にはついていけないって」

入江が巧く望月を乗せている間に、佐脇は立ち上がって事務所の中をそれとなく歩き回った。

するとデスクのガラスの下に、「完成見取り図」のようなモノが挟まっているのを見つけた。

「これ、なんですかね?」

佐脇が訊くと、近くに居た「社員」が気軽に答えた。

「ああ、産廃。ウチが作る予定のね」

「おい、まだ決まってもないことを言うな!」

望月が、怒鳴った。

「あ？　じゃあまだ本決まりじゃないけど、出来るんですか、産廃が？　ええと、場所は……」

その見取り図をじっくり見ようとした佐脇の肩を、望月が立ち上がって摑み、押しのけた。

「おっと失敬。お巡りさんの躰に触ると公務執行妨害で捕まるんでしたっけ？」

「そういう事をするのは公安。おれはそんなチンケな真似はしない」

佐脇は望月の手を振りほどいた。

「おれは、正面からあんたを捕まえてやるよ。その必要があれば、だがな」

佐脇に睨み付けられた望月は、言葉を失ってフリーズした。

「……なんですか。怖いなあ」

「別に気にすることはない。あんたに疚《やま》しいところがなければ。バカなヤツが戯言《たわごと》を言っていたと聞き流せばいいだけのことだ」

佐脇はここで、行方不明になったスナックホステス、イズミについて問いただしてみようかと思ったが、止めておいた。気に入っていたホステスが失踪した、というだけで望月とイズミを結びつけても、それは怪しい、という心証でしかない。どうもクサいと言うだけで疑惑をぶつけるのはあまりに乱暴だ。それに……今の佐脇には逮捕権も捜査権もないのだ。今もこうして望月と会っている事自体、適切とは言えないだろう。

「ということで、また、お邪魔しますよ。入江さん、出直しましょう!」

なんとかこいつの化《ば》けの皮を剝いでやりたいと思いつつ、佐脇は入江とともに事務所を出た。

*

どうしてこういう目に遭っているのか、判らない。

繰り返し襲ってくる激痛としびれで頭がハッキリしない。必死にまとめようとする考えも、すぐに肩や腕の痛みやしびれに呑み込まれてしまう。

だけど、自分が何をされているのかは判る。

全裸にされて、両手を縛られて天井の梁《はり》から吊り下げられている。そして男が二人。彼らはひたすら殴る。殴り続ける。ボクシングのサンドバッグのように、何回も何回も。胸は一番痛い。これだけは自分でもちょっとしたものだと思うバストの形も、壊れてしまったかもしれない。お腹を殴られると、瞬間、全身に重い衝撃が走る。鋭い痛みではないが、怖い。息ができなくなる。躰の内部の、大事な部分が壊れつつあるのがハッキリ判る。太腿をやられると、衝撃が骨にくる。私はもう、歩けないかもしれない。目に入るかぎり、すべての部分が不気味な青や真っ黒、赤紫に変色してしまった、かわいそうな私の身体。

男二人には、こうなる前に、ひどいレイプをされた。前からも、後ろからも。そして前と後ろを、同時に両方。痛かった。男たちは私が全然濡れていなくても、痛がるのを面白がって、無理やりに押し入ってきた。それでも、そんな痛みなんて、お尻の穴が引き裂かれる程度の痛みなんて、今のこの苦しみにくらべれば全然、大したことはなかった。

痛い。苦しい。死にそうだ。でも……それよりも悪いものがある。もう二度と、生きてここから出られないという絶望だ。

私はここの、真っ暗で嫌な臭いのする地下の部屋に閉じ込められて、この男たちのおもちゃにされながら壊されて、このまま壊され続けて……このひどい苦しみが終わる時には、全然大したことのなかった、私の人生も終わるのだろう。

時々、あまり苦痛がひどくなると、ふっと、何も感じなくなる状態がしばらく続くことがある。たぶん、私の頭の中で、何かが出ているのだろう。苦痛をやわらげる、クスリのようなモノが。

企画モノの撮影で、かなりハードなＳＭをやらされた時にも、こういうことがあったと私は思い出した。あの時は極太のバイブを前にも後ろにも入れられて、あそこもお尻の穴も壊れてしまうかと思ったけれど、私は泣かなかった。やめてとも言わなかった。だってプロだから、というプライドがあった。デビューしたての単体女優にはとても出来ない、凄いプレイをやっているのよ、という意地のようなものがあった。必死に耐えていると、ある瞬間、痛みがふっと快楽に変わったのだ。

その時と同じで、なんだか現実感がない。

あんまり苦痛を与えられる日々が続くから私は、頭までおかしくなってしまったのだろうか？　苦痛で死なないように、私の頭が躰をだましているのかもしれない。麻酔薬でも与えられているかのように。

でもそれも長くは続かない。突然、激痛が戻ってくる。そして絶望も。

私の横にも同じことをされている女がいる。目立つピアスだけを耳に光らせて。ほかには私と同じように何ひとつ身につけず、文字通りの暴行を受けている。私も同じ目に遭っているのだけど、彼女が殴られるたびにピアスがきらきら光るのが、何だか見ていられない。

緑色の耳飾りは、彼女が破壊されつつある「モノ」ではなく、鏡の前で着飾ったり、誰かのためにお洒落をしたりする「人間」だったことを示す、わずかな名残りなのだ。

見るも無惨に腫《は》れ上がり、内出血でほとんど真っ黒になった顔は、もうとても人間のものには見えない。きっと私も、同じような顔になっていることだろう。

私たちは、人里離れた場所に建つ古い家の、真っ暗な部屋の中で、男二人に考えられる限りの「ひどいこと」をされ続けている。それはレイプではない。繰り返すけど、セックスだけなら、我慢できる。

でも、ここにいる男たちは、私たちをただただ、痛めつけるだけなのだ。苦しませて、苦痛にもがき、のたうつのを見て喜んでいる。

SMクラブや映画撮影でのプレイとは、まったく違う。この男たちは、私たちが死んでもいい、いや、殺そうとしているのだ。死んでいく姿を見て楽しんでいるのだ。

私も彼女も、生きてこの部屋を出ることはないのだろう。外の光を見ることも、澄んだ空気を吸い込むことも二度とない。

私たちは、殺されるのだ……。

隣に吊るされている彼女は、喋れない。舌を切り取られているのだ。

「醜《みにく》くなりやがって。淫乱なメス豚どもが」

お前らから見た日の良さがなくなったら、何ひとつ取り柄《とりえ》がない、と男の片方が、憎しみをこめて、言った。最初に会った時は、ごく普通の、大人しい男に見えた。むしろ気の弱そうな感じさえあった。

それが今は、悪鬼のような光が両眼に入り、ほとんど獣の目つきだ。耳まで裂けそうなほど大口をあけ、歯を剝き出して、何の抵抗もできない私たちを嘲笑っている。

男が片脚を持ち上げ、足裏で、前蹴りをした。

蹴りが鳩尾に入って、私は吐いた。ロクに食べ物を与えられていないから、胃液だけだ。

「このクソ女、吐きやがった！」

そう叫んだ男は、私の顔を平手打ちした。往復ビンタだ。それも、何度も何度も叩くので、口の中が切れて血を吐いた。

「コイツ、今度は血を吐きやがった！」

もう一人の、ガタイのいい男がナタを持ってきた。いかつい悪相の男の手で、金属の刃が光る。

あの、鋭い刃が、重い金属が、私の躰に食い込む！

どこを切られるのか。

顔か。頭か。それとも胸？　足をなぎ払われる？　吊るされている両腕を切られれば、私はどさりと床に落ちるのだろう。それとも片手だけ？　私をもっと苦しめるために？

そんなことを思ったが、もう、あんまり怖くはなかった。だって私は、もう殆ど死んでいるようなものだから……。

「どうします？　……さん」

ガタイの良いほうの男が、もう一人の名前を呼んだが、良く聞こえない。

「そろそろ殺っちゃいますか？」

「いいよ。その前にもう一度犯る。落としとけ」

はい、と返事した男はナタで、私の腕ではなく、縄を切った。梁から延びて私を吊るしている縄を切ったのだ。

土を叩いた床に足の先が激突し、私はよろめいた。何とか持ちこたえようとしたが、足首をひねり、そのままどさっと倒れた。

痛いと声を上げる気力も無い。

命令する方の男は、タバコに火をつけて吸っていた。タバコを吸いながら、私の隣で吊るされている女の人をしげしげと眺めている。

「こいつも、すっかり化け物みたいになったな」

「ええ……そこそこ綺麗な女だったのに。さすがにちょっとやり過ぎたのでは……」

「全然、構わない。たっぷり楽しんだからな。少なくとも、おれは」

男は彼女の胸にタバコの火を押しつけて、消した。

肉が焼ける、嫌な臭いがした。

「落としとけ。最後にイッパツやってやろう」

隣の女も、同様にナタで縄を切られて、床に落とされた。

「あとから二人とも可愛がってやる。ケツでな」

そう言い捨てて、二人の男は外に出ていった。

縄はナタで切られたので、解けた。

自由になったのだ。だけど……逃げ出そうという気力が起きない。

このままでは絶対に殺されると、判りきっているのに……。

私の横に倒れている彼女が、「あ……あ……」と喉から声を出した。呻いているのではなく、私を呼んでいる。

「どうしたの？　痛いの？　どこが？」

私は必死に躰を動かして、彼女のそばににじり寄った。

彼女は、私をじっと見ると、首を振った。

私はもうダメ……と言っているように感じた。

彼女は、縛られた両手首を右の耳たぶに近づけていった。そのままゆっくりと両手を動かし指先だけを使って、ピアスを外した。

それから縛られた両手で私の両手を包み込むようにして、ピアスを私に握らせた。

「え？　くれるの？」

そう言うと、彼女は大きく頷いた。

「いいの？」

きっと、形見に、と言う意味なのだろう。

ピアスを握った私の両手を、彼女はずっと包むように握り続けた。

どうしよう。このまま持っていても無くしてしまう。服を着ていないから仕舞うところも無い。

私は、両手を顔のところまで持ち上げ、何とか指先を使って、彼女のピアスを自分の耳につけた。

それを見た彼女は、ホッとしたような笑みを浮かべた。

それが、生きている彼女と心を通わせた、最後の機会になった……。

＊

「はい、ではシーン三四〇、行きます。まずは殺人鬼の魔手から逃れるヒロインのくだりを」

チーフ助監督の山田が声を張り上げた。

現場は、合宿所から急斜面を登った、崖の上にある廃村。ここは以前に撮影で使った国松峠にも近い。

この辺りは限界集落が多く、ダム建設でいくつかの集落が集団移転したこともあって、店や学校、郵便局などの廃業、閉鎖が相次いで一気に住みづらくなって、人口減少に拍車がかかってしまった。山肌に作った段々畑での農作業も厳しくて、後継者が居なかったことも大きな原因だったらしい。

いくつかの崩れかけた廃屋の民家の合間をすり抜けて、唯一生き残った少女に扮する奈央が、追ってくる殺人鬼の魔手から必死に逃げる、という場面だ。

撮影隊の一隅に、佐脇。そして、その隣には入江もいた。自分の娘が頑張っているところをきちんと見ておけよ、と佐脇に殆ど連行も同然に連れてこられたのだ。

「奈央くんは良くやってる。女子高生アイドルっていうとおバカなイメージがあるけど、彼女は頭も良くて気配りも出来る。あんたの娘には勿体《もったい》ない。苦労してるからだろうな」

苦労したのは一体誰のせいだ？　と言わんばかりの佐脇に、入江も返す言葉がなかったのだ。

撮影の段取りが出来て、カメラが据えられてリハーサルが始まった。

奈央を追ってくるのは木暮道太だが、この前の好青年ぶりとは一変して、異常者になりきっている。完全に感情を消した、能面のような無表情のまま、ナイフを振りかざして奈央を追い詰めるのだ。

それをみた入江は、顔を背けた。

「おい、ちゃんと見ろよ」

「撮影と判っていても、正視できません……」

「案外、気が小さいんだな」

「佐脇さん。あなたも親になれば判ります」

奈央がこちらに走ってきたところで、カットがかかった。

「あ……」

奈央が入江を見つけて驚いた表情になった。

「言ってくれたらよかったのに」

笑顔を見せるわけではないが、それでも奈央はうれしそうだ。

「名乗ったりしてないですよね？」

授業参観じゃないんだから、と奈央はそれから周囲を気にした。親が撮影を見に来ていると知られるのがきまり悪いのだろう。

そこに「はい本番行きます！」と声がかかり、それ以上親子の会話をかわすこともなく、奈央は定位置に戻った。

まず最初に、「一番引いた画」（全体を映し込むワイドショット）を撮り、それからアップに寄っていく。

その、本日最初のテイクを撮って一発ＯＫになったところに、例の犬が姿を見せた。

佐脇たちは現場の隅っこに居るのだが、そこから更に離れたところにちょこんと座って、撮影を見守るように佇《たたず》んでいる。

「では次。逃げる奈央、追う道太のバストショットを。移動車準備して！」

ロケ現場を仕切るのはチーフ助監督の役割だ。

スタッフはそれに従って黙々と準備を始めた。移動車のレールを運び、照明の位置を変え、メイクさんは奈央と木暮道太のメイクを直し……。

その時、監督が「ゴメン！」と声を上げた。

「ちょっと変えます！　先にシーン三八〇、奈央が道太に逆襲するシーンを撮りたい」

「え？　どうして急に？」

チーフの山田が監督に駆け寄った。

「メイク直しが必要になるし……と言うか、ロケ現場移動ですよ？　どうして？」

「移動はしません。三八〇はここで撮ります。三四〇もここで撮るけど、その間のツジツマは合わせるようにホンを直します。とにかく、今ここで三八〇を撮りたい！」

「だから、どうしてなんですか監督！」

山田が問い詰めたが、そこで監督がある方向を指差した。

そこには、例の犬が居た。

「犬？」

「そう。で、三八〇の内容も変更したいんだ。奈央が犯人に逆襲するだけじゃ無くて、あの犬の協力があって殺人鬼を返り討ちにする」

「ちょっと待ってくださいよ監督！」

山田が声を荒らげた。

「監督の思いつきはなるだけ大事にしたいし実現もしたいけど……それは無理です。あの犬は、そりゃ存在感はあるし見栄《みば》えもいいです。だけど、撮影に使うには、撮影用に馴らして訓練した犬を動物プロダクションから連れてこなきゃダメです。普通の犬は絶対に言うことを聞かないんだから！」

山田はとんでもないことになった、という表情だ。

「だけど、絶対にそうしたいんだ！」

「だとすると、この撮影は終わりませんよ！　今、細井さんが居ないから相談出来ないけど、動物プロダクションに頼んでも、犬が来るのは明日以降です。だったら今日は、予定通り三四〇を撮りましょうよ！」

「いや、あの犬を使って三八〇を撮る！」

どういうわけか、監督は頑として引かない。

「中津さん！　助けてください」

困り果てた山田は、クルーの中で一番の年長者である中津に泣きついた。

その中津は、ニヤニヤしている。

「まあ、監督の言うとおりやってみようよ」

「えっ⁉」

山田は絶望的な声を出した。

「まあまあ山田君。これまでのところ、監督の直感は不思議といい結果を出してるぞ。岡崎監督は、『持ってる』んだよ。たぶん、監督のカンは当たるよ」

山田は目玉が飛び出るほど目を剝いて、監督と中津を見比べた。

「……じゃあ、午前中やってみて、ワンカットもＯＫが出なかったら、シロートの犬は無理だと諦めて貰えますか？　それが限界ですね」

山田は時間が無駄になることを前提で算段している。

「判りました。それで行きましょう」

監督も了解した。

「はい、では予定を変更して、シーン三八〇を先にやります！　メイクさん、ヨゴシをお願いします。衣裳さん、血みどろ用の衣裳に替えてね」

そう決まればスタッフも動く。

「中津さん、ここはワンカットで行きたいんです。ズーム使って貰ってもいいので、中津さんのアドリブで撮ってください」

と、監督は中津と打ち合わせている。

木暮道太は、例の犬に近づいて、なにか話しかけているが、手を伸ばそうとはしない。ここで逃げられたら困ると思っているのか、頭を撫でる事さえしない。

しかし……犬をどう誘導して芝居させるつもりなのか？

佐脇にも、監督の狙いは無謀としか思えない。

「じゃあ、これは、テスト抜きのイッパツ本番で行きます！　俳優さんの動きはどうなるか判らないので、カメラより前に絶対スタッフは居ないで！　カメラがどっち向くか判らないから、助手さんたちは廃屋の中に隠れてて！」

佐脇たちも廃屋の中に入り、壊れた壁の隙間から現場を覗くことにした。

「本番行きます！　ヨーイ、ハイ！」

スタートの合図はさっきと同じだが、しかし、奈央は必死の格闘をした後、と言う設定で、衣裳も顔も血みどろになっている。それは殺人鬼役の木暮道太も同じだ。芝居も、先刻の無表情の不気味さとは違って、モロに狂気を前面に出している。

その殺人鬼が、必死の形相で逃げている奈央を追いかける。

と、その時。

それまではカメラに映り込む範囲には絶対入ってこなかった犬が、素晴らしいタイミングで走り込んでくるやいなや、うなり声をあげて道太に飛びかかった。

カットの声はかからない。

犬はそのまま道太のナタを持つ手首に嚙みつき、物凄い勢いで首を左右に振った。

ヤバい！

俳優は芝居をしているが、あの犬は本気だ。本気で殺人鬼役の道太に食いついている。

だがストップはかからない。

ナタを取り落とした道太は痛みのせいか演技か、絶叫して転がった。犬は道太の苦悶《くもん》の声以上の怖ろしい唸《うな》り声を上げ、今度は首のあたりに噛みついた。犬と人が激しく揉み合ったが、犬は死んでも放さない、という勢いだ。

そこに逃げていた奈央がよろよろと駆け戻り、落ちていたナタの柄をつかんだ。

細い腕で必死にナタを持ち上げ振りかぶる。目を恐怖に見開き表情を引きつらせながら「ごめんなさい！」と叫び、奈央はナタを振り下ろした。

どすっ、とナタの刃が道太の頭のすぐ横の地面に突き刺さった瞬間、もがいていた道太は断末魔の絶叫を上げ……しばし痙攣したあと、まったく動かなくなった。

奈央がふらふらと膝をつき、泣きじゃくる。

犬もしばらく唸り声を上げていたが、やがて、ゆっくりと離れた。

「カアァット！」

廃屋に隠れていたスタッフが一斉に飛び出して、道太に駆け寄った。

「大丈夫か！」

犬は、少し離れたところで立ち止まって、こちらの様子を窺《うかが》っている。

「カメラ、ＯＫ！」

中津の声がすると、道太がゆっくりと起き上がった。

「へへへ。うまくいった」

彼は、胸元を開けると、何かを取りだした。それは、肉だった。

「イギー！　凄かったぞ！」

道太が犬に声をかけた。

監督は道太に近づくと手を差し出して、二人は固く握手をした。

「どういうこと？　どういうことですか？」

訳が判らない山田は、この成り行きに呆然《ぼうぜん》としている。

「いや、ほら、おれ、犬が好きなんで……」

そう言いながら肉を犬に向かって投げると、犬は唸り声をあげて食らいついた。

「仲良くなったんですよ、アイツと。イギーって名前も付けて。呼んだら来るようになって」

少し恥ずかしそうに説明する道太に、山田は「そういうこと、早く説明してよ！」と真っ赤になって怒った。

「ゴメンゴメン。今朝、道太から犬の話を聞いて、現場にあの犬が現れたら、イチかバチかやってみようかって話をしていたんで」

と、監督が説明し足した。

「じゃ、道太が鹿肉を使ってあの犬を手なずけていたってこと?」

山田は自分抜きで段取りが出来ていたことに、怒りが収まらない。

「そういうことは事前におれに言ってくれなきゃ!」

「申し訳ない。でも、失敗するかもしれないし……」

監督はバツが悪そうにチーフ助監督に謝った。

「おれ、ほんとはあいつを飼いたいぐらいなんです。いや、今は無理だから実家に頼んで、っていう意味だけど。なんか、すごく心が通じるっていうか。犬が好きだけど、こんなに気が合ったのは初めてで」

現場には、ホッとした空気が流れた。

佐脇も安堵《あんど》したが、この成り行きに、入江も目を丸くしている。

「いや驚きました。自分の娘が殺人に手を染めるのかと、生きた心地もしませんでしたよ」

奈央の迫真の演技に佐脇も驚いていた。撮影監督の中津が言った。

「毎回毎回、この子大丈夫かと思うんですが、カメラが回ると、まるで何かが降りてきたみたいに、奈央くんはジャストな動きをしてくれるんです」

入江が中津に訊いた。

「私は、映画の現場を初めて観るんですが……いつもこんなに凄いんですか?」

「イヤイヤ、こんな事は滅多に無い。いや、ワタシも現場は長いけど、こんなことは初めてです」

中津も驚きを隠せないままだ。

「これでカメラが失敗したらおれは切腹ものだな」

スタッフはみんな、ミチタ凄い、と賞賛の嵐になっている。

「シーン三八〇は一日かかると思っていたのに、もう終わっちゃったよ！」

と、みんな興奮を隠せない。

「イギー、お前は凄いな！」

と、その賞賛は犬に向かった。

が……。

一気にスターになったその犬はそこで一声、うぉーんと吠えると、歩き出した。そして、道太に振り返ってまた吠え、歩き出し、また道太を振り返った。

「ん？　ついて来いって言ってるのか？」

道太は、その犬の後をついて歩き始めた。

それに納得したかのように、犬は先頭に立つと、どんどんと林を奥に分け入って行く。

「何かあるのかな？」

道太に続いて他のスタッフも釣られて、犬の後を尾《つ》けるように歩いた。

犬は、時折振り返って、人間がついてきているかを確認しながら足を進め、緩い崖を下に降りていく。

「え？　どこに行くんだ？」

「この先は、谷だぞ……国松峠の下の沢だ」

犬の様子がタダの散歩ではなく、なにかの意志を示しているというのは、佐脇にも判った。

「ここは、ついていってみよう」

人間たちは犬について、谷に向かった。

人間にも降りられる場所を見つけて、道案内をしているとしか思えない動きだ。

やがて、谷の底に到達すると、犬はまっすぐにある場所に行ってとまり、こちらを見ながらうなり、地面を前足で掘る仕草をした。

「これって……『ここ掘れワンワン』じゃないのか？」

道太はそう言って、犬が掘ろうとした場所を仔細《しさい》に検分した。

「なんか……この辺だけ様子が違う感じがしますよ」

そう言われて、佐脇もその場所に行ってみた。

たしかに、この辺だけ、地面が柔らかい。他の場所は硬くて、長年の風雨で固められた感じがあるのに、ここだけは、一度掘って、その後に土を被せたような柔らかさがあるのだ。

「スコップ、あるか？」

ついてきていた助監督がトランシーバーに「スコップ持ってきて！」と叫ぶと、美術スタッフがすぐさま大きなスコップを片手に崖を降りてきた。

「何かあるんですかね？」

スタッフの一人が佐脇に訊いた。

「昔話だと、宝物が埋まってるってことになるんだが……」

佐脇はスタッフからスコップを借りると、掘り始めた。

「ちょっと……これ……」

美術スタッフが、掘り返された土を見て、嫌な声を上げた。

「え……うわ。これ、これ、なんですか？」

サード助監督の西部が悲鳴に近い声を出した。

佐脇がスコップの手を止め、指先で土を丁寧に退《ど》かしてみると……白っぽい、枯れ枝のようなものが見えた。

「骨だ！」

きゃあという悲鳴が上がった。

「待て待て。この辺だから、動物の、イノシシとか熊の骨かもしれないじゃないか」

佐脇はそう言いつつ、しゃがみ込んで手で土を掘り始めた。その姿はすでに現場に臨場して、詳しく調べる刑事の姿になっていた。

「誰か、携帯電話持ってないか？」

佐脇が叫んだ。

「警察に電話だ！　誰か警察に連絡してくれ！」

佐脇が手で掘ったところから、骨が露出した。しかも、それはかなり長い。

「骨だ……大腿部《だいたいぶ》か？」

近くに居た入江もそれを確認し、意見を述べた。

「大腿部か上腕部でしょう。いずれにしても、人間のモノのようですね」

スタッフから悲鳴が上がった。

「警察に電話しろ！」

佐脇は再度怒鳴った。

「すみません……ここ、電波が来てません」

谷底だから携帯電話は使えないのか？

「この辺、アンテナが無いから繋がらないんですよ」

西部や山田が申し訳なさそうに言った。

「じゃあ、どこか、電波が来てるところまで走って、警察に通報してくれ！　人骨が出た。それも、かなり新しいものが。

切迫した佐脇の口調に、現場は、騒然となった。

撮影は中断し、しばらくすると山道をパトカーが登ってきた。

現場にやって来たのは、友沢市長収賄事件の主任捜査官である柚木だった。

「あんただったのか。まだこの辺にいるとは思わなかった」

佐脇を見て顔をしかめながら、鑑識に現場検証を指示して、自分も地中から出た人骨らしいモノを注視している。

「周囲の遺留品にも注意しろよ！」

ほどなくして、ほぼ完全に白骨化した遺体が、地中から現れた。

＊

人骨のＤＮＡ鑑定は、結果が出るまでに時間がかかる。

佐脇と入江はその日はずっと眞神署にいたが、待たれてもすぐには判らないからと、半《なか》ば追い立てられるように署からビジネスホテルの部屋に引き揚げた。

鑑定を待つまでもない、と佐脇は思った。

その白骨の身元が、行方不明になっているスナックのホステスで、そのイズミの死体をあそこに埋めたのが望月だったら？

証拠は何ひとつない。だが試してみる価値はある。

長年のあいだに悪党も人殺しも数多く見てきた佐脇のカンは望月について、あれは人の二、三人殺していてもおかしくない顔だ、と囁いている。

経験に基《もと》づく直感、というやつだが、それを信じすぎるのと同じくらい、無視するのも愚《おろ》かだということを佐脇は知り抜いていた。

ここはひとつ、望月に直当《じか》たりだろう。

「入江さん。あんたはもう一度眞神署に行って柚木の野郎に貼り付いて、DNA鑑定の結果を一刻も早く出せとネジを巻いてくれ。ついでに、眞神署が反市長派、つまり望月だが……あの野郎にべったりだという証拠も押さえてくれたら有り難い」

「DNA鑑定を急がせる件はいいでしょう。しかし、あと一つは難しいですよ」

ビジネスホテルの一室で、部下である佐脇に命令された入江はムッとしている。

「佐脇さん。私はあなたに丁寧に接しているつもりです。しかも私はあなたの上司だし、階級も上です。なのに、あなたは私をぞんざいに扱う。それはおかしいのではないですか？」

「今ごろ気づいたか」

禁煙ルームなのに、佐脇はお構いなしにタバコに火をつけた。

「現場でモノを言うのは階級ではないな。戦時中の日本軍でも、あんまりひどい上官は部下に撃ち殺されたって言うからな。そうならないように励《はげ》んでくれや。おれは望月のケツにちょっと火をつけてくる」

　佐脇はそう言うと立ち上がった。

「佐脇さん、あなた、何をするつもりですか？　くれぐれも穏便《おんびん》にお願いしますよ」

　などと入江は言っているが、佐脇は意に介さず、そのまま部屋を出た。もちろん「穏便」になど済ますつもりはない。


「スナックみゆき、あんたもよく知ってるよな？」

　終業間際の望月の会社に乗り込んで、佐脇はのっけにカマした。

「なにしろ常連だったんだもんな。そこにイズミってホステスがいたろ？　あんた、エラくご執心だったそうじゃないか？」

「いきなり、なんのお話ですか？」

「狭い町だと、こういう話は広まるからなあ」

「あいつら……口も尻も軽いビッチどもめ……」

　望月は唇を歪めた。これは笑っているのではなく、怒っているのだろう。

「言っとくが、店の女の子は口が固くて、なーんにも教えてくれなかったぜ」

「しかし、そういう話の出所はママやヒロミやケイコにタマコしかいないだろ」

「さあね。居合わせた客が面白おかしく広めたかもしれないだろ?」

望月が店に怒鳴り込むといけないので、佐脇は適当に話をボカした。

「じゃああの時、店に居たのは……サトシにケンイチか……」

狭い町の狭い人間関係だと、すぐに具体的な名前が挙がってしまう。

「チクられて困るようなことをするなよ、え?」

佐脇は事務所の応接テーブルに足を載せた。まるでヤクザだ。

「イズミは、なかなかアンタになびかなかったようだな」

望月は黙り込んで葉巻に火をつけようとしている。

「アンタ、いろいろプレゼントしてたんじゃないのか? 指輪とかネックレスとかピアスとか」

「してねえよ! 股も広げねえ女に金使っても損するだけだろ!」

「そうか? アンタは札びらで頰を叩くようなマネしてたって、もっぱらの評判だがな」

望月はチラと佐脇を盗み見た。すると、刑事なのか警察庁の人間なのか何なのか、よく判らない中年男は、物凄い形相で望月を睨みつけていた。

驚いた望月は口に咥えた葉巻を落としそうになった。へどもどと答える。

「そりゃ……モノを貰って喜ばないヤツはいないだろ? 市長だってカネ貰えば尻尾《しっぽ》振る

んだから」

「市長は尻尾振ってないんじゃないのか？　まあ、その件はいいや。じゃあ、イズミにはあんた、貢《みつ》ぎ物をしてたんだな？　『喜ばせる』ために？」

「口説こうとしてる女に手ぶらじゃダメでしょうよ……だけど、ウチはここんとこ……ぶっちゃけて言うけど、あんまり儲かってないからね、ダイヤだサファイアだって買えないんだよ」

「じゃあ、あまり高くない石ならどうだ？」

まあな、と望月は認めた。

「誕生石のを買ってやったら、それなりに喜んでたぜ」

「良かったじゃねえか」

佐脇が言ったが望月は無反応だ。

「ところでイズミは、ある日突然店に来なくなったんだが……どうして店に来なくなったのか、なんか知ってるか？」

「知るかよ。おれだって、いっこうにイズミがなびかないんで、あの店には行かなくなったんだからな」

「ふうん。まあ、住んでたアパートもそのままにしてイズミはいなくなったから、警察的には失踪扱いなんだけどな。だが彼女の化粧バッグは店に置きっ放しだ。イズミがまた店に出て来ると思って、とみゆきのママは言ってたぜ。見せてもらったが、ヘアブラシが入ってたな。長い髪の女だったんだろ？　茶色に染めた、綺麗な髪の？」

望月の表情の変化を観察しながら、続けた。

「髪の毛からＤＮＡが取れるって知ってたか？　もちろん髪の毛そのものじゃない。毛根についている細胞から取るんだが」

「だから何だ？」

望月は動揺を悟られまいとしてか、目を伏せた。

「何が言いたい？」

「それを訊くか？　ここまで言えば判るだろ。お前さんがバカじゃない限り」

佐脇は望月の顔を覗き込んだ。

「今朝、人骨が見つかったのは知ってるだろ？」

「ああ。この町じゃ大ニュースだ。町の新聞は号外を出したくらいだ」

「人骨が出た国松峠の谷は、オタクの会社が産廃処理場にする予定の場所だよな？」

ああ、そこにある見取り図に書いてある通りだと、と望月はデスクを顎で示した。

「けどそれはあくまで計画、だからね。計画通りに事が運べば、こんなに楽なことはない」

望月は二本目の葉巻に火をつけて吹かした。

「それに、産廃は忌《い》み嫌われていて、計画しただけで大騒ぎになる。誘致できるかなんて判らない。必ずどこかに作らなきゃなんない、本来必要なモノなんだけどね」

さんざんゴミを出しといてゴミ箱を作らないっておかしいでしょうが、と望月は言って顔を歪めた。しかしこれは、望月的には笑みを浮かべているのだ。

「そうか。あんたはあそこが産廃になる予定だと知ってる。そして、予定通り産廃ができたら、あの死体も見つからなかったよな？」

そう言った佐脇に、望月は「ヘンな事言うね」と応じた。

「現に白骨は見つかったんだから、産廃になったら、って仮定の話は意味ないでしょ？あんたの言ってることの意味が判らない」

そこで佐脇は一枚の写真を取りだした。警察が証拠品保管に使うジップロックのようなビニール袋の中に、片方のピアスが入っているのを撮ったものだ。

「あんた、このピアスに見覚えないか？」

佐脇は写真をヒラヒラさせて、訊いた。

「知らねえな。ただのピアスがどうした？」

「ただのピアスじゃない。掘り出された骨の近くから出てきた。調べたら、ペリドットって石らしい。これ、八月の誕生石だって、知ってたか？」

「知らねえな。おれみたいなオッサンは誕生石なんかいちいち知らねえよ」

望月は自分の言うことにすでに矛盾《むじゅん》が生じていることに気づいていない。

「ペリドットなんだよ。で、これ」

佐脇はもう一枚の写真を出した。スナックみゆきのママやホステスたちの携帯やスマホに入っていた、イズミの写真を転送して貰った中の一枚だ。

「このイズミって娘、八月生まれなんだってな。で、耳に誰かがプレゼントしたピアスをつけてる。よく見れば判る。凄く気に入ってたみたいじゃないか」

佐脇は、ジップロックに入ったピアスの写真を横に並べた。

「この二つの写真のそれぞれのピアス、似てるよな？　同じモノだったりして？」

「縁起でも無いこと言うな」

と応じた望月だったが、みるみる顔色が変わって、「そんなはずはない！」と、いきなり叫んだ。

「ほほう、そんなはずって、どんなはずだ？」

「もう何も話すことはない。帰ってくれ。帰れ！　おい、お帰りだぞ！」

事務所に残っていた三人の手下が佐脇を取り囲んだ。一人は胸元に右手を入れている。

「おい、そこにはチャカでもあるのか？　おれにそういう威嚇《いかく》をするのは感心しねえな。たしかにおれには逮捕権はないが、通報は出来るし、一般市民でも現行犯逮捕はできるんだぜ」

帰れと言われれば帰る、そこを退け！　と怒鳴って、佐脇は事務所を出た。

入口で振り返ると、望月はＮＴＴの電話機を取り上げて番号をプッシュしていた。

素知らぬ顔をして立ち聞きしたかったが、手下が背中を押して「早く帰ってくれ」と凄んだので、佐脇は言うことを聞いて事務所を出た。

が……。望月の声はデカいので、ヒソヒソ話のつもりでも外まで聞こえてくる。いや、興奮して声を抑える事が出来なかったのかもしれないが。

「……あれを外し忘れたのはあんたか？　元々、あそこまでやる気はおれにはなかった。全部、あんたのせいじゃないか！」

佐脇はタバコを捜すフリをして、しばらく聞き耳を立てた。

「あれがバレたのならもう協力する意味が……それにあの妙な警察のヤツが……いや、もともと無理があったんだ！」

＊

翌日。

佐脇は「佐脇さん起きてください。事態が動きました」という入江の声で、起こされた。

「な、何が起きた？」

「市長が釈放されます。たった今、眞神署から連絡が入りました」

「さすが官房参事官殿ですな。おれはすげなく追い返されたのに」

「とにかく、出かけましょう！」

昨夜は入江とあれこれ善後策を話し合いながら深酒をしてしまい、二日酔いで佐脇は頭が痛い。しかし入江はケロリとしている。生来、酒が強いのか？

「なあに、ウコンをたっぷり飲みましたからね」


眞神署前には人だかりが出来ていた。ほとんどが「市長派」の人たちで、映画の「差し入れ隊」の面々の顔も見える。ときわ食堂のオヤジが佐脇を見つけた。

「いや、まさか自分が政治活動をすることになるとは夢にも思ってなくて。市長を支持したのも、町のためになると思ったからでね」

オヤジは、何故か弁解するように言った。

「それが……なんだか、バリバリのサヨクみたいに言われて……違うんだけどなあ」

眞神署の外の路上には、「反市長派」たちの姿もある。今日は街宣車こそ出ていないが、「エロ市長はクビだ！」「リコールしてやる！」というプラカードを持って、シュプレヒコールをあげている。彼らが忌み嫌う「サヨク」とまったく同じことをしているのが噴飯モノだ。

「私としては、映画の撮影が無事終わりそうなので、あの子のためにもホッとしていますが」

あくまで父親として心配だったのだ、と入江は言いたいらしい。

「いや、入江さん、まだまだ安心するのは早いぜ。それにしてもあんたには、父親って役どころがまるで似合わないね」

佐脇が揶揄《からか》っていると、眞神署の玄関が騒がしくなった。

友沢市長が釈放されたのだ。弁護士と一緒に署から出てきたところを、取材陣や支援者たちがわっと取り囲んだ。

「すみません！　改めて記者会見を開きますので！　ここを通してください！　ご支援有り難うございます！」

と、なぜか場を仕切っているのは、ときわ食堂のオヤジだった。

オヤジの声は聞こえるが、肝心の市長の姿はマスコミが取り囲んでいるので、まったく見えない。

佐脇と入江は、市長が乗り込んだハイヤーが署を出ていくのを見送るしかなかった。

警官がいるので、市長派と反市長派がぶつかって揉めることはなく、お互い大声で罵《ののし》り合うだけだ。

署の玄関には柚木が立っている。マスコミが市長のハイヤーから標的を変え、柚木に殺到してくるのを待ち構えている様子だ。いずれ報道陣に捕まって質問を受けることになるんだから、と身構えているのがよく判る。果たして。

「柚木警部！　市長を釈放したのはどうしてですか？」

「嫌疑不十分、ということです」

「市長への贈賄を自供した望月さんもすでに釈放されてますが……そっちはどうなんですか？　その後証言を変えてませんか？」

「この件は、もしかして狂言というか望月さんの自作自演だったとか？」

「捜査自体は継続中なので、詳細は申し上げられません」

「現職の市長を誤って逮捕したという事になると……これは冤罪《えんざい》じゃないんですか？」

「それは違います。逮捕自体には、犯罪に関与した疑いがあるから身柄を拘束した、という以上の意味はありません。それを以《もっ》てただちに犯人だと決めつけるものでもない。逮捕された被疑者は、刑事上の事実認定や法における取り扱いにおいて、あくまでも無罪を推定されている立場であります。裁判の判決が確定するまで、被疑者は犯人ではありません」

柚木は、通り一遍の説明を繰り返したが、この展開では、どう言い繕《つくろ》っても、苦しい言い訳にしか聞こえない。

日本では、「逮捕＝有罪」「被疑者＝犯人」が、一般人やマスコミの常識と化しているのだ。だから、現職市長としては、逮捕されただけでも非常に大きなダメージを受けたことになる。それが「反市長派」の狙いだと思うのも当然だ。

「つまり釈放は、検察に傷をつけないため、ということですか？　証拠が出ない。送検しても起訴出来ない。起訴しても公判が維持できない。結果、不起訴や起訴猶予、あるいはまさかの敗訴になると検察が困る……つまりそういう理由ですか？」

「ですから、釈放はしましたし送検もまだではありますが、捜査は継続しております。今後、在宅での起訴も充分に考えられます」

「ではどうして逮捕したのですか？　在宅のまま、任意で事情聴取するだけで事足りたのではないのですか？　現職の市長なら逃亡なんかしないでしょう？」

「あんた、どこの新聞社だ？」

柚木はその質問をした記者を睨み付けた。この野郎、警察記者クラブから締め出してやる、という怒りの本音が一瞬のぞいたが、柚木はすぐに立ち直った。

「とにかく……証拠隠滅の恐れがないとは言えないという状況がありました。逮捕した理由はそれです。我々は最善を尽くしております。では、このへんで」

柚木は踵《きびす》を返して署の中に入ってしまった。

「木で鼻を括《くく》ったとは、この事ですな」

佐脇は入江に漏らした。

「おれなら、もっと記者どもに言い返してやるんだけどな」

「あなた、一体どっちの味方なんですか？」

入江は呆れた顔で言った。


友沢市長の記者会見は、釈放から二時間後に、市庁舎の会議室で行われた。

「市民の皆さんには大変なご迷惑とご心配をおかけ致しました。その事を心よりお詫び致します」

市長は立ち上がって一礼した。

たしかに若くて見た目がよく、やり手で、アイディアと実行力が無限に湧いてくるといった感じの、パワーが全身にみなぎっているような男だ。

「ですが、このお詫びは、私にかけられた嫌疑について、ではありません。私にはまったく、後ろ暗いところはありません！　賄賂を受け取ったと言うのは、完全なデッチアゲです。こういう疑いをかけられて逮捕されただけでも、政治家としては相当なダメージでしょう。私にカネを渡したと言っている望月氏は、私を市長の座から引きずり下ろしたいのでしょう。しかし、彼にそういう悪意を持たれるほどの接点すら私にはなかったので、今回の事は、本当に不思議で仕方がないのです。この不運な出来事のおかげで、市が誘致した映画の製作に多大な遅延をもたらしてしまいました。これについても、本当にお詫びしなければなりません」

記者会見で、友沢市長は身の潔白を訴え、事態の理不尽さをあくまでも強調した。

会場の隅で、入江がクールな推論を小声で述べた。

「おそらく、望月が証言を翻《ひるがえ》したのでしょう。元々、無理がある供述でしたからね。物証もなく、望月以外の証人もない。頼りは望月の自供だけだったので、検察は公判を維持するどころか、起訴すら出来ないと判断したのでしょう」

これは眞神署のフライングです、と入江は断定した。

「この贈収賄事件は尻すぼみで有耶無耶《うやむや》になってオシマイですな。捜査の責任者も近いうちにどこかに転任して、そちらも有耶無耶。これが県知事レベルにでもなると、議会やマスコミが追及するかもしれませんが」

「それじゃ市長はたまったもんじゃないな。このまま泣き寝入りかよ」

佐脇は市長に同情した。

「標的とされた場合、政治家たるもの、困難な局面をどう切り抜けるか。それが危機管理というものでしょう」

入江は仰せごもっともなことしか言わない。

「けどよ、政敵と地元の警察検察がグルだったらどうする？　望月みたいなバカの言い分に待ってましたと飛びついて、簡単に逮捕に持ち込むんだぜ。どう切り抜けるっていうんだ?」

「立候補する、まずその前に考えておくべきでしょうね。この土地がどういう風土か、についてのリサーチ不足だった、と言えるかもしれません」

「あんた、一体どっちの味方なんだ?」

さっき言われたことを今度は佐脇が入江に言い返した。

「いや、私は、友沢さんの立場になってあれこれ考えているのです。こういう場合、どうすれば良かったのかって」

「出よう」

佐脇は入江とともに会見場から出た。

「市長の言うことはまあ、当たり前のことばかりだ。会見を聞いてても面白くない。そろそろDNA鑑定の結果も出るんじゃないか? 動こうぜ」

二人は、その足で眞神署に戻り、柚木に面会を求めた。

「やあ柚木さん。いろいろと大変そうですな」

空いている会議室にやって来た柚木に、佐脇はからかい半分、ねぎらい半分の声をかけた。

「まったく上の方針がコロコロ変わるから。下のおれたちは大変だよ……もう、訳が判らない」

柚木は心底うんざりした、という表情だ。すかさず佐脇が突っ込む。

「というと？　市長の逮捕は、やっぱり上の方からの？」

「いやいや、今のは聞かなかったことにしてくれ。ところで参事官どの」

柚木は入江に向き合うと背筋を伸ばした。

「例の白骨死体のＤＮＡ鑑定の結果が出ました。佐脇さんが参考にと持ち込んだ毛髪、および現場で人骨とともに見つかった装身具に付着していた皮膚《ひふ》は同一人物のものです」

ここで入江は不審そうな表情で佐脇を見た。

「説明、続けますか？　装身具というのはつまり女性の耳飾り、ピアスのことですが」

柚木は怪訝《けげん》な顔になった。

「あ、失礼。続けてください」

「……毛髪およびピアスに付着していた皮膚の断片から採取したＤＮＡが一致しました。骨自体の鑑定には今少し時間がかかりますが、遺留品、および生前の毛髪からのＤＮＡで、この白骨遺体の身元を確認しました。遺体の主は、飯田いづ美。一九九三年八月二〇日生まれ。本籍は眞神市丈六町二の八」

「なるほど。判りました。早急な対応に感謝します」

柚木に礼を言った入江は、佐脇に「ちょっと」と会議室を出るように促した。

「アレはどういうことです？　現場で見つかったピアスとは何の事ですか？　私が見た時には、白骨のそばにはピアスなんてモノはありませんでしたよ」

「ああ、その事か」

佐脇は涼しい顔をしている。

「その事です。説明して貰いましょう」

「簡単だ。話しただろ？　この町にいるわけありらしい女。その女から預かったピアスを、それとなく置いてみたんだよ。骨のそばに」

「なんてことをしたんですか！　それはあなた……現場の捏造」

非難しようとする入江を、佐脇は封じた。

「結果は同じだろ？　イズミこと飯田いづ美の毛髪と、ピアスから出たＤＮＡは一致した。おそらく飯田いづ美は殺されてる。そして飯田いづ美は望月が執着してた女で、この町で失踪している」

「同じではありません。人骨ＤＮＡの鑑定結果が別人だったらどうするつもりですか？　しかも佐脇さん。あなたは昨日、現場写真を持って望月を訪ねて、追及したんですよね？　それは……」

「ちょっと入江さんよ」

佐脇は入江の両肩をポンポンと叩いた。

「落ち着けや。おれが望月の野郎にかけたプレッシャーが図星だったからこそ、ヤツが焦って、贈賄は根も葉もなかったとゲロッたんだぜ。それは間違いない。ヤツは昨日、慌てて誰かに電話してた。『あれがバレたのならもう協力する意味がない』とか言ってな」

その結果、市長が釈放され、贈収賄事件も有耶無耶になろうとしている。

「これで映画も無事完成するだろ。バンバンザイじゃないか」

「いやいや、佐脇さん、あなたはいろんな事を混同している！　どんな目的のためであれ、警察官としてやってはいけないことをした、という自覚はあるんですか？」

「あるけど？　おれの算段が間違っていたら、おれが責任を取るまでのこと。まあ、おれを動かしているあんたにも責任はかかってくるか……それをアンタは恐れてるんだろ？」

「それもあるが……私は警察官としての倫理観について」

「なあ入江さんよ。おれに捜査権はないんだぜ。そんなおれがあれこれやるについては、いろんな手を使わなきゃ仕方ないだろ？　そこんとこ考えてくれよ。いいんだぜ、ここで手を引いても。でも、ここまで来たら困るんだろ？　いろいろ荒らしてヤバい事も掘り返しちまった以上、ケジメを付けるところまでやらなきゃマズいよな？　あんた一人でそれが出来るか？　出来るなら、やればいい」

そう言われた入江は、苦虫を嚙み潰す表情になった。

「……いいでしょう。仕方がない」

入江はそう言って佐脇にすっと手を差し出した。和解の握手という意味だろう。

「まあ、拗《す》ねてて可愛いのは若い女だけだからな」

佐脇もそれに応じた。

「で、どうします？」

「市長が釈放された、白骨の身元がイズミである可能性が高くなった。この材料を、望月に突き付けよう」

骨自体の鑑定結果が出て、万が一、別人であることが判明すると、今持っている有利なカードが消える。その前に決定的な言質《げんち》を取っておきたい。

二人は、その足で望月の会社に出向いた。

が、望月は不在だった。

「どこに行ったんです？　おれたちに会いたくないから居留守《いるす》使ってるんじゃないんですか？」

佐脇は昨夜も居た手下に訊いた。

「いや、それはない。ワタシも社長に連絡が取りたいのに、携帯にも出ないし、立ち寄りそうなところにも居なくて、困ってるんだから」

「それなら仕方がないですな」

この状況で粘《ねば》っても仕方がない。

佐脇と入江は「眞神環境開発」を出るしかなかった。

「メシでも食いますか」


二人がときわ食堂に顔を出して、興奮冷めやらぬオヤジの武勇伝（主として、いかに無遠慮非常識なマスコミ連中から市長を守ったか）をサカナに遅い朝食兼昼食を食べていると、昼時のワイドショーを流していた店内のテレビから『友沢市長は、記者会見のあと、復帰後最初の仕事として、映画のロケーション現場に向かいました』というトピックが聞こえてきた。

『釈放後の記者会見でも友沢市長は、自分の逮捕勾留がこの映画製作に遅延をもたらしたことを謝罪していましたが、会見後、市庁舎を出たその足で、市長は撮影現場に向かい、映画のスタッフや出演している大多喜奈央さん、結城ほのかさん、そのほかの俳優陣を激励する予定、とのことです』

それを聞いたオヤジは、コンロの火を消して店仕舞いをはじめた。

「おいおい、どうしたんだよ。こっちはまだ食ってるのに」

「ロケ現場におれたちも行かなきゃ！　今日で眞神の撮影は終わりだし、市長も行ってるんだから」

「え？　どう関係があるの？」

オヤジの言うことを佐脇は理解が出来ない。

「だっておれたちは市長の応援団だよ。映画だって差し入れ隊をずっとやって来たんだぞ」

こうなったら仕方がない。

佐脇と入江も、オヤジと一緒に行動することにした。

第六章　「あたしだけは忘れないでおこうと思った」

「た、助けて……」

神社の境内に逃げ込んできた女に、背後からいきなりあらわれた男が、猿のような邪悪な身のこなしで飛びついた。

「泣け、叫べ、わめけ。こんな山奥、誰もいないし声だって聞こえない。お前はこうやって、じわじわと死んでいくんだ……」

男が後ろから女の顎を掴んで、もう片方の手に持ったサバイバルナイフを、女の喉元に押しつける。

「ゆっくり、切ってやるよ」

しかし女は必死に男の腕を振り払い、突き飛ばした。

ひいっ、と声にならない悲鳴を上げながら、ふたたび女は逃げ惑う。

男はもう一度背後から女に飛びかかると、そのまま腕を首に回して引きずり倒した。

雑草だらけの地面に押しつけられる、女。

女の背中にまたがった男は、女の長い髪を左手でつかみ、しっかり手に巻きつけた。身体を起こし、摑んだ髪をぐい、とうしろに引く。女の首が、うしろに折れそうなほどにそり返る。

「いや……いや、いや。殺さないで……」

女の唇から、かすれた悲鳴のような囁きが洩れる。

だが、男は冷酷な笑みを浮かべると、女の喉にサバイバルナイフを宛てがった。

「やめて……なんでもするから……なんでも言うことを聞くから……」

女の目から涙がこぼれ落ちたが、男の邪悪な笑みは大きくなった。

男は無情に、喉に宛てがったナイフを引いた。


「カット！」

場の、緊張した空気が、一気に緩んだ。

国松峠から谷をはさんだ廃村の、うち捨てられた神社の境内で、撮影隊は結城ほのかが殺人鬼に惨殺される場面を撮っている。

このショットで、ほのかが殺される寸前まで、撮り進んだ。

カメラは手持ちで、荒れ果てた神社の境内に押し倒され、組み敷かれたほのかにティルト・ダウンして、カットになった。

カメラの後ろには、撮影の邪魔にならないように、佐脇や入江の他、差し入れ隊のときわ食堂のオヤジに工藤、そして釈放されたばかりの市長もいて、撮影を見守っている。

市長は撮影が順調に進んでいるのを確認してうれしそうだが、工藤は惨殺シーンの撮影見学に、魅入《みい》られたように夢中になっている。

「道太のワンカットが入って……同ポジ！　ほのかの気持ちが抜けないうちにすぐ撮ろう！　特殊メイクさん！」

地面に組み伏せられているのは、結城ほのか。特殊メイクの担当者がやってきたので、彼女の背中に跨《また》がっていた殺人鬼役の木暮道太は場所を譲《ゆず》った。

ほのかの喉に人工皮膚が貼り付けられる。少し出っ張るが、すぐナイフで切り開かれるので判らない。皮膚の中には血糊《ちのり》の仕掛けがしてある。

「これ、喉が裂けて血が噴き出すんでしょ？」

異様なほど目を輝かせ、興味津々な表情で工藤が質問した。

「CGを使うのかと思ってました」

「現場で処理出来ることは現場でやりたい。それが僕の方針であり、主義です」

岡崎監督が工藤に説明した。

「CGを否定する気はないですが、何でもかんでも頼りにするのは違うと思ってるんです。現場でどうにもならないことをCGで補完するのが、映画のあるべき姿じゃないかって」

「私もそう思いますね」

と、中津が監督に同意した。

「じゃないと、現場のチカラがどんどん失われていく……それに、CGには金もかかる。ハイテクとローテクを巧く組み合わせるのが利口なやり方だと思いますよ」

中津のその言葉に、工藤は感心した、という表情で頷いている。

「怖かった……」

そばで見ていた奈央が、引き攣った顔で感想を漏らした。

「本気で殺すのかと思っちゃった……」

そう言われた木暮道太は、芝居の感覚を抜かないように、硬い表情のまま俯《うつむ》いている。

地面に座ったまま特殊メイクを施されている、ほのかの顔も強ばったままだ。

監督たちスタッフは、私語も交わさずに準備が終わるのを押し黙って待っている。

「準備、出来ました」

特殊メイクのスタッフが言って、ほのかから離れた。

「中津さん。喉に寄ってください」

監督が中津に指示を出した。

「こんな感じ?」

中津がズーム棒を動かして画面を少しアップにした。

「ポジをちょっと変えた方がいいですね」

頷いた中津は、カメラの位置を変えてサイズを調整した。セカンド助手がスケールを延ばして距離を確認し、フォーカスを合わせた。

チーフ助手が露出を確認して、小声で中津に「どうぞ」と言った。

元の位置に木暮道太が戻り、サバイバルナイフをほのかの喉に宛てがった。

緊張で、現場はピリピリしている。スタッフ全員の顔が強ばって、息を殺している。怖いくらいに空気がピンと張り詰めている。

ほのかの首の下を通して、細い管が延びている。その先には圧縮ボンベが繋がっている。

「じゃ……いきます。ヨーイ……はい」

道太の手がスッと横に動き、ほのかの喉をナイフが切り裂いた。

ドロドロに赤い切開面が見えた、と思った瞬間、大量の血糊が噴き出した。

ほのかは、まぶたが裂けるか、と思うほどに目を見開き、断末魔の魚のように激しく唇を開閉させている。だが、激しい出血とともに動きが弱くなり……全身をヒクヒクと痙攣させ……やがて電源が切れたかのように力が抜け、ぴくり、とも動かなくなった。

その様子を、カメラはしばらく撮り続けた。

「……カット。よかったよ！」

監督の岡崎が叫んだ。

その声をキッカケに、現場には「うおー」という叫びのような歓声が上がった。

特殊メイクによる殺人シーンの強烈な迫力に、さっき質問をした工藤は目を見開き、ほぼ恍惚《こうこつ》の表情で、激しい興奮を隠せない。普段物静かな男だけに、佐脇には気になった。

この男が感情らしきものを露わにしたのは、前回の差し入れの時に、結城ほのかに挑発的なことを言われた時だけではないか。

『やっぱり猟なんかして、平気で動物を殺せる人は違うんですかね？』とほのかが言い放ち、その瞬間、工藤はひどく陰惨な表情を見せたのだ。

まあ、この男も人の子で、結城ほのかにご執心なのだろう、と佐脇は思うことにした。好きな女の子ほどいじめたくなるという、小学生のようなアレだ。

「結城さん、自分であの衣装を指定したんですよ」

奈央が感心した様子で佐脇に囁いた。

「この映画を見てくれる人たちのためにサービスですって、タンクトップの片方の紐を千切ったんです」

奈央の言うとおり、結城ほのかの上半身は、見事な巨乳の片方が剝き出しだ。まあそれも、今や人工の血糊で真っ赤なわけだが。

同じ反り返ってバストを見せつけるのなら、おれはやっぱりＡＶで、ほのかがバックから犯されているシーンのほうがいいな、と佐脇は思ったが、そんな本音はもちろん奈央には言えない。監督の声がかかった。

「待って！　気を抜くな！　このまま道太の切り返しを撮ろう！　カメラ、下から仰角で」

名演を見せたほのかは退き、そこにカメラが入って道太の顔を下から煽りで捉える。カメラと道太の距離を取るために、箱馬と称する、何にでも使える便利なリンゴ箱状のものが重ねられ、そこに道太が腹這いになった。

その顔に血糊のチューブが向けられた。

照明部が、道太から抜けて背後に見える森の茂みにレフ板を向け、撮影助手は準備を済ませた。

モニターで画角を確認する。

道太の顔のアップだ。すでに正常な感覚を失った狂気の表情になっている。普通の青年が殺人鬼に変貌したらこんなに怖い、という生き証人というのはおかしいが、まさにそんな感じの、鬼気迫る顔になっている。

「あ……バックの木の枝、あれ邪魔！」

中津が叫んだ。

モニターを覗き込んだ助監督の西部がノコギリを手に飛んでいって、「これですか?」と背後の枝を確認した。

「バカそれじゃない!」

本番前になると興奮するタチの中津は怒鳴った。焦った西部は脚立に昇って「これですか?」と再度訊いた。

「違う! バカ野郎! そんなことも判らねえのか!」

怒鳴りつけられてパニックになった西部は、ますます訳が判らなくなっている。

「もうすぐ雲に入ります。しばらく晴れません」

と天空を見ていた撮影部チーフが無情に告げた。

「早くしろ! バカっ!」

西部に加勢したセカンドの田中も、枝がありすぎてどれなのか判らない。

「ああ……もしかして、これかな?」

すっとカメラ前に出て行ったのは、友沢市長だった。

ポケットから出した小さなナイフに付属するハサミで、摑んだ枝をパキンと切り落とした。

「そう! それです! 市長ナイス!」

中津は一転して上機嫌になり、自然とスタッフから拍手が沸いた。素人である市長がナイスプレーを決めたのだから当然だろう。佐脇もみんなと一緒に拍手した。

市長は照れながら一礼した。

そんな和やかな光景を、工藤だけは憎々しげに、睨み付けるような目つきで眺めていた。

「本番行きましょう！」

市長と、そしてスタッフたちもカメラ前から捌《は》けた。

「はい。では行きます。よーい……ハイ」

怖ろしい形相の道太の顔面に、勢いよく血糊が噴射された。

顔が、真っ赤な血で染まった。しかし、その目はクワッと開かれている。

異常な衝動に突き動かされた、異常者の顔。

どんな人間でも、人を殺す時には異様な顔になる。目の血管が充血して、人間のものとは思えないほど赤い目の、とても怖ろしい形相になる。

木暮道太には、実際に殺人の経験は無いだろうに、そんな殺人犯の、いや、それ以上といえるほどの怖ろしい形相になっている。その顔を容赦《ようしゃ》なく血糊が洗っていく。

「はい……カット！」

今度は、爆笑が起きた。満場がどっと沸き返るほどの、大爆笑。

緊張が解けて、ホッとしたのだ。

「ミチタ！　凄いぞ！」

木暮道太は、出番はないのにそばで見守っていた、ベテラン俳優の川柳一太郎に褒められて、いきなり恐縮した。

「いえ自分なんかまだまだで……でも、有り難うございます！」

「その顔で礼を言われると、また怖いな」

川柳一太郎はタオルを差し出した。

奈央は、ほのかに張りついて、一ラウンドが終わった時のセコンドがボクサーにするように、タオルでほのかを拭き、コップの麦茶でうがいさせたりと、かいがいしく世話している。

「結城さん、凄かったです……本当に……本当に死んじゃったみたいで……」

そう言った奈央は、感極まって泣き出した。

「ちょっとちょっと……映画の撮影なんだからね。あたし生きてるし」

スタッフがわっと出て、道太の血糊を拭き取ったり、次の撮影のために現場の模様替えをしたり、それぞれが自分の仕事を始めた。

「いやあ、素晴らしい！　みなさん、ご苦労様です！」

市長がみんなに声をかけた。

その声の主が市長だと判ると、スタッフは手を止めて、市長に向かって改めて拍手した。

「おめでとうございます！　それに、さっきのナイス働さ！」

「いえいえ、この度は、映画の皆さんにご迷惑をおかけしてしまって……申し訳なかったです」

「そんなことないですよ！　ここでロケすることが出来たのは、大正解です。今は、この映画はここでしか撮ることが出来なかった、と思っています」

岡崎監督が市長の労を労《ねぎら》うように言った。

「この廃村は携帯の電波が入らなくて……そこはシンディですけどね」

「さっきはどうもありがとうございました」

と、助監督の西部と田中も、市長に礼を述べに来た。

「モニターで確認したんですけど、どの枝か判らなくなってしまって……」

「いやいや、私は中津さんの傍でずっと見てたんで、位置関係がね、たまたまよく判っただけだから」

市長は手にした赤いスイスアーミーナイフをいじりながら、照れた。

「これ、便利ですよ。ナイフもハサミもついてるから」

市長は自分の持ち物を少し自慢した。

「ええ。助監督必需品で自分も持ってるんですけど、すぐに出て来なくて」

と、西部が情けなさそうに謝っていると、中津たちがまあまあと言いながら寄ってきて、市長と歓談しはじめた。入江もそっちの方に混じって、いろいろ話をしはじめた。

そこで佐脇は、何者かの視線を感じて振り返った。工藤が、こちらをじっと見ている。だが見ている相手は佐脇ではない。入江や中津と歓談しながらナイフをもてあそんでいる、友沢市長の手元を、工藤は凝視していた。

そこに聞き覚えのある、華やかな声が耳に飛び込んできた。

「アタシのスケジュールなんだけど、このロケの出番はこれで終わりよね?」

結城ほのかだ。楽屋というか控え室代わりのテントに向かいながら、チーフ助監督の山田に確認している。

「あと東京でちょっと撮ってアフレコをしたら、あたしは終わりということでいいのかな?」

その通りですね、と山田は答えている。今日が最後で、もう彼女には会えないのか……そう思ったら自然に足が動き、佐脇は結城ほのかの傍に近づいていた。

「いやしかし、凄い迫力だったね!」

驚いた! と佐脇はほのかに話しかけた。

「あ。見てたんだ。なんか恥ずかしいなあ」

ほのかは照れ笑いをした。

「舞台と違って映画って、限られたスタッフしか現場に居ないから、思い切ったことが出来るんだけど……」

彼女は、市長と監督が、この場所が素晴らしいと喋っているのを聞いて、ニッコリした。

「この映画をここで撮ろうと監督に提案したのはアタシなの。あ、よかったら入りますか？」

ほのかは自分のテントを開けて佐脇を案内した。

中は年代モノの二面鏡と座布団があるだけだ。

「ここメイク・ルームなので」

ほのかは用意されているポットからお茶を淹れて佐脇に差し出した。

「ここをロケ地に強く推したのはアンタだって話は聞いてるが、だけど、どうして？　ここに縁でもあるのか？　生まれも育ちもこの眞神だとか、恋人がここ出身で、何度も遊びに来てたとか」

その問いに、ほのかは「どうしようかな」と呟いた。

「もちろん、ここは何度か来て知ってたって事もあるんだけど……一番の理由は、ここでロケすれば、私もしばらくここに居られるからってことね。撮影は二十四時間、ぶっ続けって事はないいんだから」

え？　と佐脇は訊き返した。

「じゃあれか？　この撮影を利用して、なにか……」

「うん。友達を捜しに。あたしの友達がいなくなって、彼女があたしにメッセージを送ってきた、最後の場所が、ここだったから」

ほのかは、佐脇に打ち明けた。

「薫子ちゃんとはメールをやりとりする仲だったのね。ファンサービスの撮影会で知り合って、その時に携帯番号とメールアドレスを交換して。ＡＶの仕事をしている者同士って、意外だと思うけど、普段あんまり仲良くなる機会はないのよ。だけど、その時しつこいファンの人に絡まれてたのに、あたしが助け船を出したのがキッカケで仲良くなって」

ランジェリーで大股開きなどの過激なポーズで撮影するのを恥ずかしがっていた一条薫子に代わって、もっと過激なことをほのかがやったらしい。

「撮影だったらすっぽんぽんになるけど、ファンが集まる撮影会だし、あんまり凄いことやったら警察に捕まるのはアタシたちだし。実際、シースルーのランジェリーだったから、大股開きしたら中身が見えちゃったのよ。まあアタシは、イイヤッ！　ってやっちゃったんだけど。薫子ちゃんは出来なくて。ほかにも、着衣のままで、振りだけだけどバックからヤラれるポーズとかもあって。でもあの娘、すごくシャイだから」

武勇伝を語るほのかは嬉々としている。

「そのファン、ヤなやつでね。恥ずかしがってポーズが取れない薫子ちゃんに、『全然気分出てないよ。プロだろ！』とか罵声を浴びせてて……アタシ、そういうの放っておけないから、いいわ、あたしがやる、って。そいつがうしろからピッタリくっついてきた途端わざとハデに身体をくねらせて『ああ〜ん、ほのかオマンコ凄くイイッ』とか放送禁止用語を大声で叫んでやったの」

ほのかはくつくつと思い出し笑いをしながら、肩を上下させた。

「そしたら、あたしのアソコにうしろから押し付けられてたそいつのアレが、みるみる萎《しぼ》んでいっちゃうの。あれは愉快だったなあ」

それで清純派？AV女優だった一条薫子は、ほのかに非常に感謝して、時々長電話したり、一緒に食事や買い物をするようになったのだという。ほのかも友人が少なかったので、すぐに親友と言える関係になったのだと言った。

そんな彼女がこの町で消息を絶ったんだよね？　と佐脇は話を進めたくなったが、ここはほのかの話を聞くべきだと思って自重した。自分語りを始めたほのかの話を、ここはじっくりと聞いてやるべきなのだ。

「彼女とあたしは境遇が似てたのね。家族もいないしカレシも恋人もいない。そのうちに彼女、あんまりAVの仕事もしなくなって、とうとう連絡が取れなくなっちゃった。なのに誰も気にとめないのにあたし、だんだん腹が立ってきて……彼女のことを必死で捜して

ているというのに。

るのは借金取りだけだなんて、ひどいでしょ！」

ＡＶ女優がひとり居なくなっても、誰一人気にかけない。人がひとり、行方不明になっているというのに。

「男と逃げたんだろ、とか、仕事が嫌になって名前も変えて別人になってどこかで暮らしてるんだろう、触らない方が本人のためだ、とか……だけど、彼女のこと親身に考えていれば心配するんじゃないんですか？　元気してるんだろうかとか、妙な男にひっかかっていなければいいがとか……彼女、それなりに売れてて仕事もあったし、みんなチヤホヤしてたのに、この手のひら返しって冷たすぎる。人として寂しいし、腹も立ってきて」

ほのかは、自分の湯のみにお茶をなみなみと注いで、親父が酒を呷るように、一気に飲み干した。

「その時思ったんです。みんなが彼女のことを忘れちゃっても、あたしだけは絶対に忘れないでおこうって。誰も探さなくても、あたしだけは探してやるって。警察に行っても全然、相手にされなかったけど」

成人の失踪は本人の意志と見なされる。そもそも、親族でもない結城ほのかが「家出人捜索願」を出しても受理されないのだ。

「本当に『本人の意志』だったのかって疑問もあるのね。薫子ちゃんが居なくなる数日前に、あたしに電話が来たの。凄く参ってる感じだった。彼女、愛人をやってたんだけど、そのパトロンにひどいことをされたって」

つきあい始めた当初は「一生面倒を見る」「お前との子供が欲しい」などと美味しいことを言っていたのに、「そんな口約束を本気にするなんてどうかしている。山ほどの男とセックスして、それを人前で見せる女となんか、最初から遊びに決まっているだろ！」と言われたのだ、と。

「ひどいことを言われて呆然としている薫子ちゃんを置いて、高級シティホテルのスイートからその男が出ていくと、入れ替わりに知らない男が二人、入ってきたんだって。そいつらにレイプされて、それだけじゃなくてその一部始終を撮影されたって、彼女泣いてた。あたし、すぐ診断書取りなよ、警察に行って被害届を出しなよって強く勧めたんだけど、あの子、『でも……どうしようかな』って迷ってて。そんなことになったのに何を迷ってるんだろうってあたしは思ったんだけど、あの子、『やっぱり、あの人に訊いてみる。あんなひどいことになったのは何かの間違いかもしれないから』って。そんなの、その男が別れたいから仕組んだに決まってるじゃんねえ？　だからあたしは、『まず警察でしょ！　示談にするにしても被害届が先でしょ！』って物凄く強く言ったんだけど、あの子、気力が無くなったような感じで電話を切ってしまって」

ほのかは、苦渋に満ちた表情になった。

「電話で彼女と話したのはそれが最後。でもそのあとメッセージが来て」

それは、「今ここにいます」という位置情報だけを知らせるものだった。

「それが眞神市の、地図で見ると、わりと山の中だったから、あたし、ずっと気になっていたんです」

そのあと、たまたま結城ほのかがレギュラーだったテレビ番組に、眞神市の友沢市長が出演することになった。地元にフィルム・コミッションを作ったという市長と岡崎監督を引き合わせようと、その時に思いついたのだ、と言った。

「ギャラは安くてもいいからこの映画に出ます。ただし条件は眞神市でロケをすることって」

佐脇は、入江から聞いた、ある大物政治家をめぐる噂、そしてオフィス媒光庵で、そして東京拘置所で半グレ集団・元『銀狼』の天野哲男から聞いた話をほのかに話した。

一条薫子が莫大《ばくだい》な借金を背負って失踪したこと。半グレ集団が弁護士を立てて調査した結果、薫子の足取りがこの眞神市の山林で途絶えていること。その近辺を調べていると、不気味な男が現れ、事情を問いただされたこと。その後、女優がつくった借金の全額にほぼ見合う額の金が銀狼の事務所に届けられ、彼らは手を引いたこと。彼女の失踪には、かなりの大物が絡んでいる可能性があること。

結城ほのかは身を乗り出した。

「薫子ちゃんのパトロンは、その大物で間違いないと思います」

そして呟いた。

「あの娘、殺されたんだ……パトロンだったヤツの邪魔になったから、さらわれて、消されちゃったんだ。たぶん……いえ、間違いなく」

それから佐脇をまっすぐ見た。

「ねえ、佐脇さん。今、言いましたよね？　その元『銀狼』とかのメンバーの人が、眞神市の山林に借金を背負わされた薫子ちゃんを探しに来たら、猟銃を持った痩せて背の高い、不気味な男が出てきたって」

ほのかの瞳には何かを思い決めたような光があった。

「その人、工藤じゃないかと思うんです」

「いや、それは早計だろう」

佐脇は慌てた。結城ほのかは、女性特有の直感は鋭いが、いかにも思い込みが強そうなタイプだ。このまま突っ走ったら面倒なことになる、何よりも彼女自身にとって、と危惧したのだ。

「そもそも何の証拠もない。この町には猟友会もあるし、猟銃を持った痩せて背の高い男だって何人いるか判らないんだ。それに、銀狼のテツヲにしても、その男にたまたま出くわしたというだけで、ただ不気味だった、という理由で、あんたの友達の失踪に絡んでいると決めつけることはできないだろう？」

「でも、工藤って……工藤さんって、不気味じゃないですか。ハッキリ言って」

「いや、それもあんたの主観だ。工藤はこの町のほとんどの人達、それにロケ隊の面々からも『いい人』だと思われている」

佐脇個人としては必ずしも……いや、全然「いい人」だとは思っていないのだが、ここでほのかを煽るようなことは言えない。

「とにかく好き嫌いだけで人を判断するのはよくない。あんたの友達の行方については、おれも調べる。現在のおれの上司……警察庁のエリートなんだが、そいつに頼んで、必ず調べさせるから」

結城ほのかは不満そうだ。警察があたしたちのことなんかに本気出すわけないじゃん、と小さく呟いた。

「いや、そう思うのは仕方ない。あんたが相談に行った所轄の対応にも問題はあっただろう。だがおれは違う。だから、約束してくれないかな」

一人では動かないことを、と佐脇はほのかに頼んだ。しぶしぶ、と言った感じでほのかはうなずいた。

「ところで……わたべさよこっていう名前に心当たりはないかな?」

佐脇はほのかに訊いた。話題を変えるつもりだった。

「名前は聞いたことがある。同業者でしょう?」

「そう、元ＡＶ女優なんだが……その女も同じ人物らしいヤツに拉致されて、ひどい目に遭わされている。今、この町にいるんだが」

「だったらそのヒト、あたしの友達のことを知ってるかもしれない。会いに行ってもいいかな？　話を聞きたい」

いいとも、と佐脇はサヨコのいる店の名前をほのかに教えた。

「だけど、行く時は、おれが一緒について行く」

その時、外が騒がしくなった。

「あれ？　ないんだけど……どこかに落としたかな……」

市長の声がしたので、佐脇はテントの外に出てみた。

すると、スタッフと歓談していた市長が自分の服のポケットを裏返したり、あたりの地面を捜したりしている。一緒にいた入江や監督、中津たちも捜しているが、見つかる気配はない。

「どうしたんです？」

成り行き上、佐脇が訊ねると、市長は「失くしものをした」と答えた。

「スイスアーミーナイフ……いわゆる十徳ナイフです。さっき使ったんだけど……」

コートのポケットに入れておいたんだけど……と市長は諦めきれない様子だ。

「高いモノじゃないんですけどね……あるべきモノが無くなるのってイヤじゃないです

か」

　そうは言っても、みんなが捜しても見つからないので、市長は諦めた。

「ええ、では、このカットをもちまして眞神市でのロケーションはすべて終了しました！」

　チーフ助監督・山田の発表に、拍手が湧いた。

「長い間、眞神市の皆さんには本当にお世話になりました、有り難うございました！　で、あの、申し訳ありません。スケジュールが押しておりまして、これから至急、撤収の作業を始めたいと思います。お世話になったお礼などについては、作品完成後、改めてその場を設《もう》けて、みなさんにはお礼をしたいと」

「そんなの、いいよ！　忙しいんだろ！　カネもないんだろ！」

　と、ときわ食堂のオヤジが混ぜっ返した。

「それじゃあみんなで、ロケ隊の撤収を手伝おうや！」

　ということで、市長を含む差し入れ隊の面々も一緒になって、撤収作業を手伝うことになった。このロケ現場である廃村からは、これまでロケ隊が合宿所がわりにしていた古民家が、はるか下に見おろせることに佐脇は気がついた。その庭に四輪駆動車が一台とまっているのも見える。あれは工藤が乗っている四駆だ。さっきから姿が見えないと思っていたら、工藤は一足先に山を下りて、自分の持ち物である古民家に移動していたのか。

「佐脇さん、すみません。手が空いていたらこれ、あそこのトラックに運んでもらっていいですか？」

美術部の助手に声をかけられ、佐脇は、はいよ、と言ってプラスチックのコンテナを受け取った。

撤収作業は非常に手際が良く、引っ越し屋もビックリするほど短時間ですべての荷物がトラックに積み込まれた。

「イヤこれが普通ですよ。ロケは移動が常だから。慣れですね、慣れ」

ベテランの中津はそう言いながら、自分の私物をすぐにまとめてしまった。撮影部の機材は助手たちがあっという間に機材車に運び込んだ。

入江はプロデューサーの細井や市長と話し込んで上手に肉体労働を逃れたが、佐脇は愚《ぐ》直《ちょく》に体を動かして撤収作業を手伝った。

一番時間がかかったのは美術部だが、それも手が空いた他のスタッフが手助けして、見る見るウチにトラックに運び込んでしまった。

「全員、私物の忘れ物はないですね？」

チーフ助監督の山田と製作担当の宝田が異口同音に確認した。

本日を以て眞神市での撮影が終了するため、合宿所にしていた古民家からはすでに、最小限の荷物を残してロケ隊は撤収している。

中津も大声でロケ隊の全員に声をかけた。

「全員、合宿所にも忘れ物はないよな？　今、工藤さんが一人で点検に行ってる。きちんと掃除をして片付けたから大丈夫だと思うが、置いてきてしまったもののあるやつは、取りに行くなら今のうちだぞ」

そのやり取りを聞いていた結城ほのかは、「もう出ていいですか？」と宝田に訊いた。

「私、自分の車でここに来てるんで……少し早いけど今から東京に帰ります。みなさんお疲れ様でした」

大物俳優の川柳一太郎はマネージャーが運転する乗用車で帰るが、他のスタッフとキャストはバスに乗って帰京する。

「帰京そうそう悪いけど、ほのかさん、明日、調布《ちょうふ》の日活《にっかつ》でセット撮影があるから。午後一時開始でお願いしますね」

チーフ助監督の山田のスケジュール確認に、彼女は笑顔でハイと返事をして、黄色のワーゲン・ビートルに乗り込むと、窓越しに市長に向かって「今度、東京でご飯でも食べましょうねえ」などと声をかけ、クルマを出した。

その後、しばらくして市長は市差し回しのハイヤーで、オヤジたち差し入れ隊はめいめいの車で山を下りていった。

助監督のくせに手間どっている西部を製作部と一緒に残していくことにして、やがて、ロケバスも発車した。佐脇と入江は眞神市の町中まで乗せて貰うことにした。

つづら折りの山道を降りていく途中、合宿所の前を通った時、佐脇は古民家の裏手にちらりと鮮やかな黄色い何かが見えたような気がしたが、すぐに森に遮《さえぎ》られて見えなくなった。


「この町の人にとっては、嵐が去ったような気分でしょうな」

佐脇は、入江とひとまず「お疲れ」をしようと、初めて入る店で食事をして、飲み屋で酒を飲んだ。ときわ食堂に行かなかったのは、興奮してテンションの高いオヤジの話に付き合いたくなかったからだ。

「市長は釈放された。奈央くんが出た映画の製作も順調だし、ひとまずこれでメデタシメデタシなんじゃないか?」

佐脇は入江にビールを注いでやりながら今後のことを話そうとした。

「このまま電車に乗れば、東京に帰れるな」

「……佐脇さんは急ぎの用でもありますか?」

自分の方が早く東京に帰りたいはずの入江が、そんなことを言った。

「せっかく有休を取ったんです。どうせなら、もう一泊して帰りましょう。今夜はあの狭っ苦しいビジネスホテルではなく、ちょっと離れたところに温泉旅館があったでしょう？」

「入江サンの奢《おご》りなら、それでいいけど？」

そう言いながら、佐脇は、上司の顔に浮かんでいる「何か」に感づいていた。

「なあ入江さん、一体、何が気になってる？」

「……佐脇さん。あなた、面倒くさくなってませんか？」

だってそうでしょう、と入江は言い始めた。

「コトは全然まったく何も解決してませんよ。むしろすべてが宙ぶらりんのまんまです。一晩ゆっくりして、明日、もう一度眞神署に行きましょう。モロモロ事実関係を確認し、S県警の事案ではありますが行きがかり上、不適切な捜査や処理があれば物申さねばならないでしょう。スジとしてはS県警を通すべきでしょうが、ルートを通すと濾過《ろか》されてしまって、通り一遍の『注意喚起』で終わってしまうのでね。それじゃあ意味も効果もありません」

入江はあくまで警察庁幹部として、今回の「市長逮捕」から釈放に至る、その経緯を問題視していることをハッキリさせた。

「けど、おれはもうお役御免だろ？　奈央くんのお目付役だってもういいよな？」

「あれほどノリノリで現場で動いていた佐脇さんなのに、どうしたんですか？　私がいいと言えば、あのまま撮影隊の方に混じりたかったんじゃないですか？」

映画だってまだ完成していない、市長への疑いが完全に晴れ、無事公開にこぎつけるまでは安心できないのだ、と入江は主張した。

「そう言われればそうかもな。ま、おれとしては、給料の出所《でどこ》の意見に従いますよ。オトナとして無碍《むげ》にできない、渡世の義理ってやつだ」

「では、この件について、もう少し付き合ってください……その前に、今夜の宿を押さえてください」

ようやく佐脇を部下扱いできた入江は宿の手配を命じた。

第七章　悪の狙撃手《スナイパー》

翌朝。

温泉に浸かってサッパリした佐脇が部屋に戻ると、備え付けのテレビがアナウンサーの切迫した声を流していた。

『繰り返します。たった今入ったニュースです。贈賄の容疑で逮捕され、四日前に釈放されていた眞神市の建設会社経営・望月保さん三十四歳が、経営する会社の事務所で、死亡しているのが発見されました。望月さんの遺体が発見された現場は……』

「どういうことなんだ？」

「私も今初めて知ったんです」

入江は画面を食い入るように見ながら答えた。

「行こうぜ！」

佐脇は浴衣《ゆかた》を脱ぎ捨てた。

「どこへ？」

「決まってるだろ！　ホトケの発見現場だよ！」

望月保の遺体が発見されたのは、「眞神環境開発」の事務所だった。朝、出勤してきた従業員が、床に倒れている望月を見つけたらしい。

佐脇と入江が駆けつけると、事務所の前には黄色い規制線テープが張られていたが、「警察庁の者だ」と身分証を出すと、現場の制服警官が最敬礼して入れてくれた。

「なんだか警視総監にでもなった気分ですな」

と、佐脇はつい余計なことを口にした。

事務所の床には、一面に血が広がっていた。死体は既に搬出されていて、清掃が始まろうとしているところだった。

現場には、柚木が居た。

「おや入江さんに佐脇さんでしたっけ。まだいらしたんですか？」

二人を見つけた柚木は笑いを噛み殺している様子がアリアリと窺《うかが》えた。

「あんた、殺人事件があったのに嬉しそうだな。二係ってコロシは専門外だろ？」

思わず突っかかると、柚木は「人手が足りなくてね」としらばっくれたが、その表情がニヤついているのでいっそう腹が立った。

「いやね、死体のそばに有力な証拠が転がってましてね」

柚木は、ジップロック状のビニール袋を見せた。その中には、見覚えのある赤いモノが入っている。

「いわゆる十徳ナイフです。指紋がハッキリ付いているし、望月のものらしい血液もついているので、鑑識に回します」

「死体の状況は？」

昔、現場に出ていた勘が戻ったのか、入江が捜査官のような口調で訊いた。

「直接の死因は、鋭利な刃物で喉元を大きく切開された事による、出血多量と窒息《ちっそく》です。頸動脈《けいどうみゃく》が切断されていました」

「そいつが凶器だとして」

入江は顎でビニール袋に入っているスイスアーミーナイフを示した。

「そんなチャチなナイフで犯行が可能ですか？」

「充分可能です。刃渡り三センチもあれば喉は切り裂けます。しかし……小さなナイフだとガイシャを押さえ込んで時間を掛けて喉を切り裂く必要がありますから……仕上げにはもっと大きな、サバイバルナイフのようなモノを使って、一気にばっさり殺ったと思われます」

柚木はそう言うと、スイスアーミーナイフに目を遣った。

「これね、ある人物が愛用してるのを見た事がありましてね。私が学生の頃、ごく一部で流行ったことがあって、ヒトより多くの機能がついたのを競って買ってた時期があるんですよ」

「ほう？」

入江には、柚木が何を言いたいのか察しがついたようだ。

「そう仰るのなら当然、並行して、その人物のアリバイを取ってるんでしょうな？」

「ええ、もちろん」

「仕上げに使ったと思われるサバイバルナイフは見つかった？」

「それはまだですけどね。でもサバイバルナイフの件は私見というか仮説ですからね。逮捕状を取ったり送検するのに不可欠と言うことではありません」

柚木は我慢できなくなって、モロに笑みを浮かべた。

「これで、ウチとしても、誤認逮捕という汚名を返上できそうです」

柚木はそう言って、佐脇を睨み付けた。

「証拠が揃えば、問題ないだろ？」

「オタクの鑑識がマトモな仕事をすれば、だけどな」

「サッチョウだからって、偉そうにするなよ、あ？」

そうは言っても柚木は余裕の表情を崩さない。

「ま、検視も鑑識も、遅くとも今日の夜には結果が出るんだからね」

その後、柚木とともに、二人は現場を観察した。

ガイシャが特に抵抗した形跡はない。死体にも防御創はなかったらしい。

「と言う事は、望月は油断しているところを一気に殺害された、と」

「油断も何も、まったく警戒していなかったところをいきなり襲われたんじゃないですかね?」

入江と佐脇は、ある特定の人物を頭に浮かべざるを得ない。もちろんそれは、事件への関与を二人が最も否定したい人物ではある。

検分はすでに終わっているし、いつまでも現場に残っていても仕方がない。

二人は柚木に同行して眞神署に行き、検視官立ち会いの下で望月の遺体を見せて貰った。

先ほどの柚木の話の通り、望月は喉元を鋭利な有刃器で切り裂かれている。創縁は正鋭で直線状を呈し、創角は尖鋭。

「切創は左右の頸動脈を切断しているので、ほぼ即死と見ていいでしょう。死亡推定時刻は……今朝方。午前一時から三時の間。この後の司法解剖でもっと正確な時刻が出るでしょう」

検視官はキビキビと説明した。

「直接の死因は、小型ナイフで頸動脈を切られたこと、でいいんでしょうか?」

「そうですね。現場から押収された、ビクトリノックス社製の小型ナイフの刃の形状と切創は一致します」

「柚木さんはもっと刃渡りの長いナイフも使われたのではないかと言ってたが」

「まず、小型ナイフで襲って致命傷を与え、その後、大型ナイフで喉の切創を広げたように観察されます」

その言葉に、佐脇は入江と顔を見合わせた。

「どうしてそんな面倒なことを？」

「さあ？　トドメを刺すつもりだったのか、犯人の趣味か……」

安置所を出た二人は、刑事課のある二階廊下を、あてもなく歩いた。

柚木は忙しいので、と言って離れて行った。さらに話を聞こうとしたが、いや、これ以上、外部の方にお話しすることはありません、とにべもない。

徹底して二人を相手にする気はないようだ。

しかし、刑事課の外で耳を澄ませていると、いろんな情報の断片が聞こえてくる。

「市長の足取りを……」

「市長の行動確認が」

「秘書課長もプライベートは把握していないと……」

と、市長絡みの言葉が飛び交っているのが嫌でも耳に入ってくる。

「あの赤いスイスアーミーナイフ、市長が持っていたものと同じですね」

入江と同じく、佐脇も最悪のことを考えていた。

ロケ現場で、助監督がマゴマゴして邪魔になる枝を切り損ねた時、市長がさっと赤い小型ナイフを取りだしてカットしていたのだ。

「しかしその後、無くなったと言って、捜してたような記憶が……」

「たしかに捜していました。愛用品だと言って」

ロケ現場で誰かに盗まれ犯行に使われたという可能性が高い。

それを眞神署の連中に教えておかねば、と佐脇が刑事課に入ろうとした時、ドアが開いて刑事が出てきた。

「あ、お二人さん。凶器から市長の指紋が出ましたよ！」

柚木に感化されているのか、これでキマリだという表情に溢れている。

「だけどあの小さいナイフ、市長がロケ現場で無くしたんだぜ？　おれはその場にいたから知ってる。そのへん、きっちり調べてるのか？」

佐脇に水を差された刑事は、ムッとして言い返そうとしたが、佐脇はそれを聞かずに続けた。

「市長から事情は聞いたのか？　ロケ現場に居た全員が、市長がアレを無くしたと言ってたことを知ってる。みんなで捜したんだからな」

「だから、無くしたというのが嘘で、本当は無くしてなかったんじゃないですか？　その時、既に市長は望月さんを殺そうと思っていたから」

「お前バカか！」

佐脇は呆れた。そして入江に言った。

「アンタ警察庁のエライ人なんだろ？　だったら地方警察のこんなクソバカ役立たず、とっとと警察から叩き出せよ。税金のムダだ」

「なんだその言いぐさは！」

クソバカ役立たずと言われた眞神署の刑事は激怒した。

「だってそうだろクソバカ。凶器に使う気だったら、どうしてみんなの記憶に残るような事をする？　赤いスイスアーミーナイフが凶器だということになれば、まず疑われるのは市長だろ？　そりゃ愛用品だから指紋はべったりついてるだろうよ。真犯人が手袋をしていれば指紋は残らないってのはそのへんの小学生でも判る理屈だ。だからお前はクソバカだって言うんだよ！」

その時、窓外から街宣車のけたたましい罵声が響きわたった。

「エロ市長はやっぱり悪党だった！　エロ市長は殺人鬼だ！　エロ市長は鬼畜だ！」

どういうことだ、と佐脇は眞神署の刑事に訊いた。

「だれがあの連中に教えた？　警察の誰かが教えないかぎり、凶器のことも、持ち主のことも、あの連中は知らないよな？　誰がツルんでるんだ？　お前らみんな、あの連中とナアナアなのか？」

「いや……」

　相手の刑事の顔色が悪くなってきた。

「そうかそうか。どうせなら、あの連中に、市長は犯人じゃ無いかも、って教えてやれ。ついでに、名誉毀損で訴えられるぞ、ともな」

「しかし……市長にはアリバイが無いんですよ」

　昨日ロケ現場から戻り、公務をこなしたあとの市長の行動はまだ把握できていない、と刑事は言った。

「だけどお前ら、市長に直接訊いてないんだろ？　勝手に盛り上がって、また見込み捜査に無理やり当てはめようってのか？　決め打ちはその後にしろ！　バカかお前ら！」

「いやしかし……今の段階で市長に事情聴取すると、これまでの経緯もあって、いろいろとマズいことに……」

「どこか場所を押さえて非公式に会うのもダメなのか？」

　佐脇は呆れた顔で入江を見た。

「ほら。こんなの飼ってるのは国家的損失ですぜ！」

「横から口を出して申し訳ないのですが」

入江は下手に出た。

「市長の電話の通話記録は調べたんですか？」

「ええ。市長公邸の通話記録と、市長個人の携帯電話のものを。公邸の電話は使われておらず、個人の携帯電話には、女優の結城ほのかからの着信がありました。それが、午前二時少し前です」

刑事は書類を確認しながら答えた。

「公邸の門番は、市長の出入りをチェックしてない？」

「来客のチェックはしますが……正門を開けない通用口からの出入りについては……深夜になると全員が帰宅しますので」

「警察は要人警護はしないの？」

「市長に対しては、二十四時間の警護はしていません」

判りました、と入江は引いて、佐脇に耳打ちした。

「このままだと、またこの人たちはバカなことをして、いきなり市長を逮捕しかねません。そして二度目の逮捕をしたら、意地でも送検して起訴させようとするでしょうな」

「マズいな。市長がまた逮捕されたら、今度こそ映画がヤバくなる。完成してもマスコミが悪く書き立てたらアウトだ」

「そんなことは、佐脇さんに言われなくても判っています」

そう言いながら入江は先に立って歩き始めた。

「ん？　どこに行くんです？」

「決まってるでしょう！　友沢市長のところです！」


市役所の市長執務室で、友沢市長は困惑の表情を浮かべた。

「そうですか……また私が疑われるんですね」

「スイスアーミーナイフは、市長が使っていたのを大勢が見てます。しかしその後、なくしたことも大勢が知っていますから……」

入江は励ますように言ったが、佐脇はそれにあえて水を差した。

「今日未明の午前二時ですが、市長は何をしていましたか？」

「え？　午前二時？」

友沢市長は、ちょっと驚いたような顔になった。

「結城ほのかから呼び出しがあった。そうでしょう？」

佐脇は迫った。

「眞神署が、またしても市長を逮捕しようとしています。電話の通話記録は調べられています。市長、あなたにはアリバイが無い状態なんですよ。望月保が殺害された、まさにその時刻の」

市長はしばらく押し黙った。言ってしまおうかどうしようか、迷っている時の典型的な反応だ。

「みんな、薄々と判ってます。と言うより、あなたと結城ほのかが親密であることは、右翼が騒いでネタにしてるんだから、みんな知ってると言ってもいい。午前二時に呼び出されて、ハッキリ言えば、いい感じになるかもっていう下心がありましたよね？」

「……ありました。ありましたよ。しかし、何もなかったんだ。電話は貰ったが、声はくぐもっていて、声が遠ざかったり近くなったり……なにか安定しない感じで。しかし、その声はたしかに結城さんのものでした。そうじゃなければ、いくら私だって悪戯かもしれないと疑いますよ。彼女本人の携帯からかかってきた電話だとは言え」

市長は、ほのかの番号を登録してあるほど、彼女と連絡を取っていたのか。

「寝酒を飲んでいたので、公邸にタクシーを呼びました。この辺では午前二時に、流しのタクシーは走ってませんからね」

「タクシー会社の記録でウラが取れますね」

入江が冷静に言った。

「呼び出された場所はどこです？」

「国道沿いの……バイパスの交差点近くの」

「おれたちは地元に詳しくないんで、その近くに何があるか教えてもらえますか？」

「ハッキリ言って、ラブホテルがあります。彼女は車で来てるんだろう、と思いました」

「それは地図で言うと、どの辺です？」

市長執務室の壁に貼ってある眞神市全図で、市長は待ち合わせの場所を指さした。

「ええと、ここは……もしかして、望月の会社があるところじゃないですか？」

「……そうですね。ええ。交差点を挟んでラブホテルと『眞神環境開発』は、斜向かいの位置関係ですね」

「それを先に言ってくださいよ！」

佐脇は声を荒らげた。

「もしかして市長、ご自分が非常にマズい状況に居ると判っていない？」

「判ってますよ。時間と場所を考えると」

市長は呆然とした表情で言った。

「で？　結城ほのかと、よろしくやったんですか？」

「彼女は、来ませんでした。しばらく待ったんですが……交差点でね。しかし来なかった。こちらからかけても応答が無いし、留守電に吹き込むのはマズいかも、と思ったので、そのまま切って、仕方がないのでタクシーを呼びましたよ」

「それも、タクシー会社で確認出来ますね」

入江が冷静に言った。

「佐脇さん。これは実に単純な構図でしょう？　市長を犯行現場の近くに呼び出して、事実上アリバイがない状態にしておく。市長が望月の会社のそばにいたのはタクシー会社が証明してくれる。しかも犯行現場には市長愛用のスイスアーミーナイフが残されていて、明らかに犯行に使われており、市長の指紋もある」

「そうですな。市長は罠にマンマとかかりましたな」

市長は、佐脇と入江を交互に見て、腕を組んだ。

「この前の贈収賄は証拠がなかったので釈放されましたが、今回は……簡単にいきそうもないですね」

「いえ、大丈夫です。我々がついていますから」

佐脇が決然と言った。ここは自分たちが何とかしなくてはならない。

「この入江さんは絶大なる政治力をお持ちだから。というのは冗談ですが、凶器とされる市長の小型ナイフがロケ現場で紛失したところに、我々は立ち会ってますからね」

「しかし眞神署の連中は、ない頭を絞って市長を逮捕しようとしています。別件でもなんでも、さほど時間を置かずに強引に逮捕しに来ると思いますよ」

入江の言葉に、市長の顔色が変わった。

「殺人で立件されたら……今度こそ私の政治生命は終わってしまう……」

「弱気になったらおしまいですよ市長。殺ってないんだったら、堂々としていれば宜しい！」

佐脇はカツを入れるように言った。

「眞神署の柚木、あれはバカです。あんな連中の鼻を明かすのは簡単なことだ」

と佐脇は見得を切ったモノの、どうすればいいか。

市長執務室の中を歩き回って考えているところに、スマホが鳴った。

発信者は「製作部　宝田」と表示されている。

「どうしました、宝田さん？　映画は順調ですか？」

『それが、困ってるんです。そちらに、結城ほのかは居ませんか？』

「え？」

『今日、調布の日活撮影所で撮影があるのは佐脇さんもご承知ですよね？　ですが、結城ほのかが来ないんです。すっぽかしです。今までに一度もなかったことです。マネージャーは彼女にキチンと予定を入れていると。東京の自宅に戻っているはずだと言うんですが、連絡が取れないんです』

それを聞いて、佐脇には引っかかるモノがあった。

『ほのかからは携帯のメッセージで、急用ができた、とだけ、監督に連絡があったそうなんです。で、製作進行に彼女のマンションに行かせたんですが、駐車場に彼女の黄色いワーゲンは無いいし、部屋の中にも、誰も居ないようだと言うんです』

佐脇は市長のデスクの上のメモパッドに、「結城ほのかが行方不明」と殴り書きして入江に見せた。宝田は回線の向こうで困惑しきっている。

『こちらのニュースでも、眞神市の殺人は報道されています。そちらの市長さんが関わっているのではないか、という疑惑も。ですので、ほのかのことを何か知っているのではないかと思いまして』

「ほのかが最後に目撃されたのはいつだ？」

『昨日ですよ。彼女が一足先に東京に帰るって言って、自分の車に乗って出ていったのをみんなで見送ったじゃないですか』

その時、佐脇はほのかと話したことを思い出した。彼女に、サヨコのことを教えたのだ。

『だったらそのヒト、あたしの友達のことを知ってるかもしれない。会いに行ってもいいかな？　話を聞きたい』

一人では行かない、とほのかには約束させたのだが、もしかすると……。

「ちょっと心当たりがある。こちらから電話し直す」

電話を切った佐脇は、部屋から出て行こうとした。

「佐脇さん！　独断専行は止めてください。どこに行くんです？」

入江が止めたので、佐脇は説明した。

「ちょっと確認しておきたい事がある。入江さん、あんたはここで眞神署のバカどもから市長を守ってください。アンタなら田舎のバカ刑事くらい、簡単に論破できるでしょ？判ったことがあったら電話しますから」

そう言い捨てると、佐脇は眞神駅裏の売春街に向かった。


「サロンあげは」のドアは閉まっていた。今日は休業か、と思いながらドアを開けると、カウンターの中のマスターが身構えた。

その顔には大きな痣《あざ》がある。

「どうしたんだ、その顔は」

「いや……男が……サヨコを」

中年のマスターは、赤い照明に照らされていても真っ青なのが判る。

「サヨコを連れて行ってしまった」

「なんだって!?」

佐脇は奥の部屋に突進して確認すると、ドアが蹴破られていて鍵が壊れていた。もちろん、室内にサヨコはいない。

カウンターに戻ると、マスターは多少落ち着きを取り戻していた。

「いつのことだ？」

「昨夜のことだ。見た事のある男が、デカいナイフを持ってやって来た。サヨコを連れて行く、ここは地元のヤクザがうるさいんで手をつけなかったが、それも今日までだ、と言って」

おれは女を守れなかった、とマスターは両手で顔を覆った。

「こういう商売をする女はみんなワケアリなんだけど……サヨコは特にワケアリで……」

マスターはぽつりぽつりと話し始めた。

「おれは渓流釣りが好きで、店が終わった早朝によく行くんだけど……その日もまだ、朝日が昇るか昇らないかって時刻だった……足に怪我をしたあの娘が沢をフラフラ歩いてて……何も着てなくて全身傷だらけで……すぐ助けて、病院行こうって言ったら、それはいい、匿《かくま》ってくれって言われて……それからはとにかく外に出るのを怖がって」

「その渓流って、どこのことだ？」

マスターは「国松峠の下の沢」と地名を言ったが、佐脇にはピンと来ない。しかし、国松峠から、川に向かってずっと降りたところ、という説明を聞くと、映画のロケに使ったあの廃村からも下って行った、あの崖の下らしいと見当がついた。

「この前、白骨死体が見つかったところだな！」

その件をマスターは知らなかった。普段テレビも新聞も見ないのだろう。

「ここに来てサヨコを掠っていったのは男一人なんだな？　一緒に女は居なかったか？」

佐脇の問いに、マスターは首を横に振った。

「一人だった。おれをナイフで脅して、無理やりサヨコの部屋に押し入って。サヨコは真っ青で、口もきけないほど怯えていて、もう、やつの言いなりだった……」

マスターは顔を両手で覆った。

「あの子が……最後におれを見た、あのすがるような目を思い出すと、おれは……おれは」

「判った。おれが連れ戻す。そいつが誰か、サヨコをどこに連れて行ったか、心あたりがある」

店を出て行こうとした佐脇を、マスターは呼び止めた。

「あんた……これを持って行くといい。もし使わなかったら、返してくれればいいから」

カウンターの引き出しから取りだしたのは、リボルバーの拳銃だった。かなり大ぶりで銃身が長い。

「S&W、M29、44マグナム。出所とか何も聞かないでくれ。こういう商売をしてると、こういうモノも必要なんだ」

佐脇は、警察で支給される銃しか使ったことがないから、ダーティ・ハリーが使う、こんなデカいモノを撃ったことがない。

「助かるぜ。だけど……弾はあるんだろうな?」

マスターは頷くと金庫を開けて、重そうな箱を取りだした。その箱の中には、銃弾がギッシリと詰まっていた。

「すまん。本当はおれが行くべきなんだが、怖いんだよ。あの男の、あの目を思い出すと」


サヨコが連れていかれた所に、おそらく結城ほのかもいる。そして工藤も。

佐脇はそれを確信していた。合宿所の古民家。昨日、そこの裏手に一瞬見えた黄色い色。今思えばあれは結城ほのかのワーゲンの色だった。

『全員、合宿所にも忘れ物はないよな？　今、工藤さんが一人で点検に行ってる』

ロケ現場で中津が言った言葉を、ほのかは聞いていた。

『置いてきてしまったもののあるやつは、取りに行くなら今のうちだぞ』

中津がそう言ったすぐそのあとだった。ほのかが『もう出ていいですか？』と宝田に訊いたのは。

『私、自分の車でここに来てるんで……少し早いけど今から東京に帰ります。みなさんお疲れ様でした』

佐脇との会話で、ますます工藤が怪しいと確信したほのかは、二人きりになれるチャンスがあると知って、工藤を問い詰めに行ったのだろう。失踪した友達の行方について。

駅前で安いレンタカーを借りた佐脇は、合宿所だった古民家に向かった。

眞神署に助けを求めようとは思わなかった。自分で動いたほうが早い。地元の警察は、この件ではおそらく当てにならないし、今の佐脇は銃刀法にも違反している。


最後に残った製作部も昨日のうちに後始末を終えて、ロケ隊は完全に撤収していた。

昨日までの活気が嘘のように消え、山間部に一軒だけ孤立した合宿所は、手入れは良いが住む人のいない、寂しい古民家に戻っていた。

レンタカーで乗り付けた佐脇は、中庭に車を止めて、表戸を開けようとしたが、施錠《せじょう》されているのか引き戸は動かない。

佐脇は、躊躇無く、足で蹴破った。

木でできた引き戸は、全体がばたんと内側に倒れ込んだ。

佐脇は、「劣化版渡哲也」こと三田村から聞いた『座敷牢』の話を思い出して、確認するつもりだった。ほのかがここに来て、工藤と何かのトラブルがあったのなら、その座敷牢に監禁されているかもしれない。

『かび臭くてじめっとして、木の格子に土壁の座敷牢が、あそこの地下にはあるんだ』

三田村はそう言った。

しかし、どこの地下にあるのか？

もっと詳しい話を聞きだしておけばよかった、と後悔しつつ、佐脇は全部の座敷を回って、足で床をどんどんと踏みしめてみた。

すべての部屋を確認したし、土間も見た。しかし、地下に続く階段も何も、見つけられない。

これは……畳のある部屋はすべての畳を剝ぎ、板の間もすべての板を剝がさないと見つからないのか？

そう思いつつ、もう一度各部屋を回ってみた。今度は、床の間の「床」を調べ、思いついて押し入れも開けてみた。幕末の志士が匿われていた地方の豪農の屋敷には、押し入れの中に、地下に逃れる秘密の通路がある、という話を思い出したのだ。

奈央が使っていたという仏間の押し入れを開け、その床を踏んでみると、明らかに音が違った。下が空洞になっているかのような、ポンポンという軽い音がする。

その押し入れの床を探っているうちに、板がずれる手応えがあった。

板が動く方向に押してみると、果たして、地下に続く木の階段が現れた。

「ビンゴ！」

佐脇は一人快哉《かいさい》を叫んだ。

スマホの画面を懐中電灯モードにして押し入れの床に空けられた穴に入る。

恐る恐る階段を下りていくと、壁にスイッチがあった。

電気が来ているのか、と怪しみつつスイッチを倒してみると、裸電球が点灯した。

ホラー映画なら、ここで目の前にいきなり死体か骸骨《がいこつ》が出現するところだが……幸い、そんなことはなかった。

しかし、そこには、文字通りの「座敷牢」があった。三田村が言った通り、「血なまぐさいような変な臭い」がして、「壁や天井に鉄の環が取り付けられて」いるし、あちこちに得体の知れない染みもある。

佐脇は注意深く足を進めて、あたりの様子を探った。

黒くて大きな染みが、床にあった。サビのような鉄分の臭いもする……これは、血溜まりの痕《あと》ではないのか？

佐脇は屈《かが》み込み、染みを仔細に点検した。裸電球は暗くて、地下室のすみずみまでは光が届いていない。佐脇が移動すると、きらり、と目を射る小さな光があった。染みの端、光と影の境目の、少し向こうあたりだ。

拾い上げてよく見ると、それは緑色の石が嵌まったピアスだった。佐脇がわたべさよこから預かったものに酷似《こくじ》している。いや、その片割れとしか思えない。

ここで工藤が……望月が執着していたスナックホステスを殺したのか？

いや、それだけではなく失踪したというＡＶ女優も……そして結城ほのかも、すでに手にかけられているかもしれない。

その瞬間、スマホがいきなり鳴り出したので、佐脇は飛び上がって驚いた。入江がかけてきたのなら、脅かすな、と怒鳴り散らしてやろうと思ったが、相手は知らない番号だった。

「誰だ？」

佐脇は電話のヌシに誰何《すいか》した。

『工藤です』

聞き覚えのある声がした。

『今、あなたが合宿所にいることは判っています。ホンダのシビックで来ているでしょう？　ここから見えるのでね』

すると工藤は、この古民家を見下ろす場所にいるのか。

『あなたに用がある。すぐに来てください。断ると、女二人が惨殺死体で見つかることになるでしょう』

「行くよ。どこに行けばいいんだ？」

『昨日まで映画のロケで使っていた、上の廃村です。五分以内です。この通話は切らないように。他への連絡は無用。車でどこかに行こうとしてた、ここから見えるのですぐに判ります。二人の命がかかっていますからね。くれぐれも言うとおりにしてください』

奈央が殺人鬼から逃げ惑うシーンを撮った、あの廃屋が建ち並ぶ、廃村。

「判った。しかしおれが車で来るとどうして判った？」

『そんなこと知りませんよ。佐脇さんがバカみたいにタクシーを使ったのなら、女の死体が明日見つかるだけのことです』

佐脇は言われたとおり、スマホは切らずに木の階段を駆け上り、車に飛び乗った。

＊

その前日。黄色いワーゲン・ビートルでロケ現場を出た結城ほのかは、廃村から山道を下り、合宿所の前まで来たところでハンドルを切った。古民家の裏手にワーゲンをとめ、屋内に入る。

「工藤さん。いるんですか？　少し訊きたいことがあるんです」

工藤は奥から出てきた。ほのかを見て驚いたような顔をしている。

相変わらずムカつく男だ、とほのかは思った。気弱げで、それでいて頑なな、ひどくプライドが高そうなところがアリアリと判るところが、どうにも腹立たしい。

もちろんそれは個人的な好き嫌いだということは彼女にも判っている。だから嫌悪感はぐっと押し隠して、笑顔をつくってみせた。

「警察庁から来た佐脇さんから聞いたんですけど、工藤さん、一条薫子って女優に会ったことありますよね？」

　あたしと同じ仕事をしていて、友達なんです。ちょうどこのあたりで行方が判らなくなったことは、佐脇さんも摑んでいるんです……そう言いながら、ほのかは工藤の表情を観察した。乱暴なやり方だが、ほのかは気短《きみじか》な性格だ。工藤に少しでも動揺が見えれば、すかさず問い詰め、本当のことを言わせるつもりだった。

　こんな気の弱そうな男、と、どこかで工藤を見くびる気持ちもあった。

　ところが工藤は予想に反して、薄笑いを浮かべるばかりだ。馬鹿にしたようなその目つきにほのかはカッとなった。

「ねえ、あたしのこと、どうせＡＶ女優あがりってバカにしてるでしょう？　でもね、あたしにだっていろいろバックがあるの。あなたが隠していることなんて調べれば全部、判るんだから」

「申し訳ないが、あなたが一体何を言っているのか、全然、判りませんね」

「じゃあ、わたべさよこって女優は？　知ってるでしょう？」

　そこで少し、工藤の表情が変わったような気がした。だが薄ら笑いは相変わらずだ。

「そんな女優、名前を聞いたこともないですよ。あなたの脳内にしかいないヒトの名前を妄想で語られてもねえ」

「違う！　あたしの頭がおかしいとでも？　佐脇さんも知ってる。彼女は、今もこの町にいるわよ」

駅裏のあげは、っていう店に、と言いかけたところで、工藤の携帯に着信があった。失礼、と工藤はほのかに断って、くるりと背を向け、縁側のほうに移動した。

ほのかは聞き耳を立てた。

「……だからもうちょっと待て。昨日から何度も言ってるが、そんなに早く鑑定ができるわけがない。あの刑事は、お前にブラフをかけているだけだ」

何やら揉めているらしい。工藤の声が大きくなり、別人のように凶悪な響きを帯びた。

「だから、あの女を好きにしたいと言ったのは元々お前じゃないか。おれは協力しただけだ。自首する？　今更そんなことはさせない。おれを巻き込むな」

電話の相手もヒートアップしている。男のものらしい声が一瞬、はっきり耳を打った。

『一条薫子』。明らかにそう言ったように聞こえた。ほのかの友達の芸名だ。

「それはもう済んだ話だ。どうせAV女優だ。誰も捜さない」

危険だ、とここでようやくほのかは悟った。一人でここに来るべきではなかった。工藤は自分が思っていたより、ずっと危険な男だ。工藤が何をしたにせよ、どうせ下っ端だろうと見くびっていたのは、大きな間違いだった……。

ほのかはそろそろと後ずさりして、古民家の出口に向かった。工藤は相変わらず携帯で話している。

土間に下り、靴を履くのももどかしく、ビートルめがけて駆け出そうとしたその時。

ぐい、と手首をつかまれ、首筋に冷たい金属が押し当てられた。

スタンガンだ、と思った時は遅かった。熱い衝撃があり、ほのかは意識を失った。


意識が戻ったのは、暗くて窓のない、湿気が籠ってジメジメする、異様な臭いのする部屋だった。服は全部、剝がされている。

天井からは薄暗い裸電球がぶら下がっているだけだ。

やがて、自分の隣に別の女が縛られて転がされていることが判った。自分と同じ全裸で、身動きひとつしないので、生きているかさえも判らない。手を伸ばそうとしたほのかは、自分も手足を縛られているのに気づいた。

「ねえ？　ねえ、大丈夫？」

声をかけてみた。

何度か呼びかけていると、「ううう」と呻き声がして、反応するようになった。

よかった。死んではいなかった。

その女は、ゆっくりと目を開けた。

「え……」

ほのかをボンヤリ見ていた彼女は、やがて、どうしてこうなったのか、ようやく記憶が繋がったらしい。

「いやーっ！」

いきなり錯乱して叫んだ。

「いやいやいや！　殺される！」

「ねえ落ち着いて。ちょっと、落ち着いて！」

「ここで、ここで酷い目に遭わされるのよ！　せっかく逃げてきたのに！　ここから逃げたのに！」

ほのかは声を荒らげた。

「落ち着きなさい！　何がどうなったのか、ちょっと説明して」

ほのかのしっかりした口調に、相手の女はなんとか落ち着こうとし始めた。

「あの……あなたは……」

「私、結城ほのか。あの、あなたは、わたべさよこさん？」

相手の女は小さく頷いた。

「今は、ただのサヨコだけど……あの時はどうしても無理だったけど、今思えば勇気を出して、さっさとこの町から逃げ出せば良かった……あの時は、東京の住所も知られてるし、駅も張られていて、もうどうしようもないと思いこんでしまって……」

サヨコは、言葉巧みにこの町に誘われて、地獄に来てしまった、と言った。

「一緒にいたヒトが、殺されるのを見せられたのよ……それも、ひどい殺され方で……」

「もしかして、それは、私たちと同じ、ＡＶの仕事をしていた人？」

「違うと思う。知らない人だったから。彼女は喋れなくて。舌を抜かれていたの。死ぬ前に私にペリドットのピアスをくれて」

サヨコが言いかけたところで、木がこすれるギシギシという音が響いた。ここは地下で、階段を誰かが降りてきたらしい。

「いやーっ！」

サヨコは絶叫すると、自由の利かない躰で、懸命に逃げようとした。

階段を下りてきたのは、工藤だった。

「目が覚めたか、なかなか起きないから、死んだのかと思った」

サヨコは、ネコのように躰を丸めて部屋の隅で小さくなった。

「ここは合宿所の地下だ。この上でみんな暮らしていたわけだ。映画屋ってのは案外、迂《う》闊《かつ》なんだな。地下にこんなモノがあるとは誰も気づいていなかったろ？」

工藤は繊細《せんさい》で整った顔に意地の悪い笑みを浮かべていた。

「ここは、この女が言った通り、拷問の部屋だ」

そう言った工藤は、女二人に恐怖が染みこむのを面白そうに眺めた。

「残っていた製作部もとっくに帰った。もう、ここには誰もいない」

「……どうする気なの？」

ほのかの問いには答えず、工藤は震えているサヨコを顎でしゃくった。

「そこにいる女はな、おれのところから逃げた女なんだ。生きて逃げ出した、唯一のな」

湧き上がる恐怖を抑えつけ、ほのかはつとめて冷静に話そうとした。

「あんたがやったことはだいたい判った……。こうなった以上はね。あたしは、仲良かった友達を捜していたんだけど、その子だけじゃないでしょう？　このあいだロケ現場から遺骨が出たホステスの人も……ねえ教えて。あたしの友達をどうしたの？　彼女のことを教えてくれたら、そしてあたしたちを無事に帰してくれたら、あたしが調べたことも、ここで見たことも、何もかも全部、誰にも言わないから」

「なあ」

工藤は邪悪な笑みを浮かべていた。

「こういうことになって、お前が『何も喋らないから助けて』とか言って、おれが信じるとでも思うか？」

「じゃあ、何が望みなの？　あたしを抱きたい？　いいのよ。凄くいい気持ちにさせてあげるわ」

「だからお前ら女はバカだというんだ。股さえ開けば何でも思い通りになる？　甘いな。おれはお前らに突っ込むことに興味はない。世の中には、もっと楽しいことがあるんだ」

工藤はそう言いながら取り出した携帯電話を操作した。ほのか自身の携帯だ。

「やっぱりな。携帯電話は情報の宝庫ってのはその通りだ。市長の番号が登録されてる。お前ら、どこまでの関係なんだよ？」

「そんなこと、あんたに関係ないでしょうが！」

ほのかはムキになって叫んだ。

「否定しないって事は、否定できないって事なんだよな」

そういうことなんだろ、と工藤はせせら嗤い、腕時計を見た。

「もう二時、か」

午前なのか午後なのか判らない。しかし工藤はほのかに携帯電話を突き付けた。

「いいか。お前、市長に電話して、今から来いと言え」

「なんのために呼び出すの？　どうせ、悪い事に巻き込むんでしょう？」

「お前には関係ない」

工藤はにやついて答えた。

「お前がノーコメントと言ったのと同じだ。だが、お前は、イヤとは言えないはずだがな」

工藤は、サヨコを顎で示した。

「お前がイヤというなら、今すぐ、サヨコを処理するしかない」

処理、と言う言葉が途方もなく冷たく響いた。

「いいか？　お前がイヤだと言えば、サヨコは死ぬ。お前が殺すようなものだ。しかし、呼び出しに応じてノコノコ出てきても、市長が死ぬわけじゃない。どうする？　お前はこの女を殺すか殺さないか？　どっちだ？」

工藤は、床に置いてあった紙袋を取り上げて、中から大きなナイフを取りだした。

その刃は、黒ずんだ血で汚れていた。

「すでに一件、処理を済ませてきた」

ほのかとサヨコは、そのナイフを見て真っ青になった。

「誰を……？」

「お前らみたいに、絶対、誰にも言わないと誓《ちか》ったヤツだ。おれと一緒にやることやって、言うことを聞かない女を思い通りにしてさんざん楽しんだくせに、急にビビッて自首する、死刑だけは嫌だ、と言い出したバカがいてな。サヨコ、お前知ってるだろ？」

工藤に話を振られたサヨコは、目を見開いた。

「え……あの男を？」

「そうさ。おれと一緒に、お前らと遊んでやった、あの男だよ。おれは、いざとなったら躊躇しないしこういう事に慣れてるんだ……と言うより、何より好き、と言うべきかな」

工藤は血まみれのナイフを見せつけながら、サヨコに近づいた。

「いやーっ！」

サヨコは絶叫して、全身を痙攣させるように、激しく震えだした。アンモニアの臭いがほのかの鼻をつく。サヨコは恐怖のあまり失禁していた。

「……判った。どう言えばいいの？」

「色仕掛けで誘い出せ。いつも言ってるんだろ？　あの市長に。今から抱いて欲しいとか、気分を出せよ。国道沿いのバイパスの交差点近くのラブホの前で待ってるから一緒に入りましょうと、そう言え」

工藤がかけた電話には、市長が出た。『もしもし？　結城さん？』と言っている携帯電話を、工藤はほのかの耳に押し当てた。

「あ……友沢さん？　あたしだけど……こんな深夜にごめんなさい……」

携帯電話をほのかに突きつけている工藤の、もう片方の手には大きなナイフがあり、それはサヨコの喉元に押し当てられている。

「あの……今から会えない？」

『え？　良く聞こえないんだけど……』

姿勢に無理があるので、工藤の手にある携帯電話は、時々ほのかの口元からずれる。

そのたびに工藤は携帯電話をほのかに押しつけ直した。その顔は、「言ったとおりにしないとサヨコを今すぐ殺す！」と言っている。

「あの……バイパスの、交差点近くの、そう、ホテルがあるでしょう？　その前で……じゃ……待ってるから」

言い終わった、とほのかは無言で頷くと、工藤が通話を切った。

「さあて。これで市長が勝手に罠にかかる。だがしかし、おれの邪魔をするヤツが、もう一人いる。コイツを処理しておかないと計画が狂うな……」

「それって……佐脇さんの事？」

「ああ、そうだ。鳴神署の連中には鼻薬は利いてるが、余所者のアイツには嗅がせるチャンスがなかったしな」

工藤はほのかとサヨコの縛《いまし》めを足だけほどき、リードのついた首輪を二人にはめた。

「さあ立て！　おれの計画の最終仕上げだ。ゲームのフィールドに移動する。夜が明けたら楽しい狩りが待ってるぞ！」

工藤は二人の女を立たせ、首輪につないだリードを手に摑んだまま、うしろから小突いて無理やり階段を上がらせた。

＊

時刻は、午後四時を回ろうとしていた。

山間部は山陰に陽が落ちると一気に暗くなる。

佐脇は、乗ってきたレンタカーを廃村の外れに止めて、ゆっくりと降りた。

あたりを窺う。

日中とはいえ、暗い感じのする場所だ。すでに壁が剝がれ落ち、木の板があばらのように露出して、真っ黒な内部を覗かせている家。瓦が落ち、屋根にまで草の生えている家。

一方、明らかな廃屋とは違って、アルミサッシの玄関も窓ガラスもそっくりそのまま、固く閉ざされている以外は、見捨てられたとは一見わからない住宅もかなりある。

この廃村は合宿所から急な斜面をヘアピンカーブが連続する道路で、かなり登ったところに位置している。うち捨てられた村落の端は崖になっており、すとん、と下の渓谷めがけて落ち込んでいる。不思議な犬がロケ隊を案内するように、白骨死体のところに導いたのもこの下の谷だ。地元では「国松峠の下の沢」と呼ばれているらしい。

その崖まで出れば、沢のさらに下に合宿所も見える。足場を選べばなんとか下りられる雑木林の斜面の中に、岩肌が露出した急峻な断崖が混ざっている。

だが、今佐脇がいる廃村の入り口からは、その崖は見えない。廃屋が点在する村落の中心部と崖とのあいだは、壁のように植林された杉木立によって隔てられているからだ。

工藤は、女二人を人質に取っている。これまで何人を殺したのか判らないが、自首するつもりはさらさら無いようだ。となれば……。

佐脇は足音を消して移動しようとしたが、枯れ木や枯れ葉が一面に散り敷いており、足音を立てずに移動することなど出来ない。これも、工藤の計算のうちか。

その時。

少し離れたところで、ぱーんという乾いた銃声がした。

あの音は……警官が使う短銃ではなく、猟銃か。

次いで、なにかが倒れるドサッという音もした。

狩りをしているのか？　いや、そもそも今は狩猟のシーズンか？

いや……もしかして、狩っているのは猪や鹿ではなく……？

自分も撃たれるかもしれない。と言うよりも、撃っているのが工藤なら、間違いなく、自分は標的だ。

佐脇は、立ち並ぶ廃屋を縫《ぬ》って物陰から物陰に飛び移るようにして移動した。こんな事が役に立つのかどうか判らないが、この状況で大手を振って歩くのはバカだ。『荒野の用心棒』みたいに服の下に鉄板でも入れているなら話は別だが、それでも、頭を狙われたらアウトだ。

目を凝《こ》らすと、廃村の建物や、雑木林を縫うようにして、誰かがこちらに移動してくるのが見えた。手には長い……猟銃のようなモノがある。

工藤か。撃った「獲物」を見に来たのか？

もし、撃たれたのが人間……サヨコかほのかだったら……あるいは他の人物でも同じだが、助けて救護しなければならない。しかし、何処《どこ》に倒れているのかが判らない。

工藤を狙うにしても少し距離がありすぎる。しかも開けた場所には決して出て来ない。とりあえず物陰に隠れて、工藤らしい人物の動きを佐脇は監視した。

やはり猟銃を持った人物は、工藤だった。ポケットが多くついた、狩猟の時に着用するベストを着て、猟銃に弾を込めながらこちらに歩いてくる。

廃村だから、雑草は茂《しげ》り放題に茂っている。地表近くは見えない部分が多い。移動するなら匍匐《ほふく》前進か。

警察は自衛隊とは違うから、そんな訓練はやったことがない。しかも音を立てずに、そんなことが自分に出来るだろうか？

佐脇が自問自答するうちに、工藤はこちらに近づいてきた。ある地点で立ち止まり、何かを足でひっくり返すような仕草をした。佐脇はあげはのマスターから預かったM29を構えた。だが、やはり木立が邪魔だ。

工藤の足元のあたりから、呻き声が漏れた。

「まだ死んでないか」

工藤が言った。

「今度も足を掠ったただけだ。まだ逃げられるぜ。ほら、逃げろよ。前に逃げたみたいに。

まだチャンスはあるぜ。ほら立て!」

そう言いながら、激しく蹴りつけた。

茂みの中から、裸体の女がよろよろと立ち上がった。

サヨコだった。

これまでにさんざん追われた末に撃たれたのだろう、全身に傷を負っている。太腿からも血が流れている。

……このままだと傷口から菌が入るかもしれないし、出血が止まらなければ、危険だ。かと言って、ここで自分が出ていっては、工藤の思う壺《つぼ》だろう……。

佐脇は考えた。手元にはM29がある。これは本来、狩猟用の銃だ。大型動物を撃つためのものだ。だが、工藤は猟銃の他にサバイバルナイフも持っているだろう。殺戮《さつりく》するための武器を幾つも携行しているはずだ。

工藤はサバイバルゲームをやっている。それも、自分に圧倒的に有利なルールで。

立ち上がり、のろのろと移動を始めたサヨコが驚いたように動きをとめた。佐脇の姿に気がついたようだ。ここは工藤からは見えないが、サヨコからは見える位置だったのだ。

工藤もそれを察知した。

「そこにいるのか。佐脇、お前もゲームに参加しろ。オッサンを殺しても全然、面白くないけどな」

そう言って、工藤はこちらにじりじりと接近を開始した。
佐脇はＭ29を構えなおした。汗でグリップが滑りそうだ。
ここで、撃つか。それとも……。
佐脇は、咄嗟に、近くの石を掴んで遠くに投げ捨てた。
かなり離れたところに石が落ちて、がさっという音を立てた。
工藤は、反射的にそちらを振り返った。
すかさずＭ29の安全装置を外し、シングルアクションで撃った。
国体で優勝したこともある射撃の腕だが……ここしばらくは練習していなかった。
弾は工藤を外れて木の幹に当たった。
その瞬間、工藤の姿が消えた。反射的に地面に伏せたのだ。
それを見たサヨコが、「いやぁぁぁーっ!」と絶叫しつつ走り出した。
格好の標的を撃つのか。しかし至近距離にいる佐脇にも隙を見せられない。
一瞬、逡巡《しゅんじゅん》したようだが、自らのどす黒い欲望に、工藤は勝てない。
凶悪なスナイパーは、全裸の女の背中を狙った。
再び、乾いた発射音が山全体に響き渡り、谺《こだま》した。
銃弾はサヨコの脇腹を掠り少し削って肉片を飛ばしたが、この状況においては軽傷だ。
迷うのは今度は佐脇の番になった。

この機に乗じて工藤の背後に回り込むか。それとも、今、このチャンスに工藤を狙撃するか。

佐脇は、立ち上がるなり工藤を狙って連射しながら、後ろに回り込もうとした。

二発目は後頭部を外《そ》れた。

工藤の身体が反転し、銃口が佐脇に向いた。

佐脇も発砲する。三発目は、工藤の左腕に当たった。びしっという肉が裂ける音がして、工藤の動きが止まった。

ほぼ同時に工藤の猟銃も火を噴いたが、的は激しく外れて、佐脇の後方、かなり離れた山肌に食い込んだ。

少し離れたところに、小さな廃社があった。鳥居と本殿はあるにはあるが、詣《もう》でる人も絶えた、完全に朽《く》ち果てた神社だ。

とりあえず、あそこに行って態勢を立て直そうか。佐脇の現在位置と廃社の間には左手に杉木立が続いている。なるべく被弾せずに移動するのに最適のルートが確保されている。

佐脇の正面には廃社、杉木立を左に抜けた反対側は合宿所を見下ろす崖になっている。

工藤はそこから佐脇に電話をかけてきたのだろう。

M29のシリンダーの弾も込めたい。すでに最大装填数の三分の二を切っている。

そう思いつつ四発目を撃ったが、これは威嚇で工藤の足元を狙う。

撃った瞬間、杉木立をジグザグに縫い、必死に走った。工藤は背後から撃ってきたが、単発銃なので連射はできないのが助かった。

その時。朽ち果てた拝殿の扉がガタガタと動き、こちらに開いた。

扉にすがりつくようにして外を見ているのは、結城ほのかだった。

「バカ！　開けるんじゃない！」

後方から発射音がして、佐脇の頭上を弾が掠めた。

杉木立を離れ、全力でダッシュした。拝殿の扉が迫ってくる。

そこに飛び込もうとした時。

足に激痛が走った。

右足に、ギザギザの金属が食い込んでいた。罠として使う「とらばさみ」だ。鉄製の鋭い歯を持つ、マンガなどで「罠」といえば必ず登場する、入れ歯のオバケのようなアレだ。その歯が佐脇の足にしっかりと噛みついていた。

「クソっ！」

佐脇は両手でその罠を抉《こ》じ開けようとしたが、バネが強力で、到底開くものではない。

とらばさみにはチェーンがついていて、移動すらできなくなってしまった。

「なんでお前さんがここにいるんだ？」

仕方なくその場に伏せながら、拝殿の扉の隙間からこちらを見ているほのかに訊いた。

「知らないわよ！　どうせ順番に殺そうって算段なんでしょ！　それより」

ほのかは叫んだ。

「あの男が、望月を殺したのよ！　ほかのヒトも、全部、あの男が！」

「とにかく、助けを呼ばねえと！」

「無理よ！」

「おれはスマホを持ってる！　ここまで取りに来い！」

「だから無理だって！　あたしは縛られてるの！」

「おれだって罠にかかった」

工藤がニヤニヤしながら迫ってきて距離を置いたところで腹這いになった。猟銃を構えている。

「おい工藤！」

佐脇は怒鳴った。

「おれが降参したら、どうなる？」

「降参してもしなくても、撃ち殺す。男には興味がないから、頭を吹っ飛ばして簡単に処理してやる」

「そうか。しかし、望月は喉をかっ切ったんだろ。矛盾するじゃねえか！」

「お前はそんなに喉をかき切って欲しいのか？　痛いし息が出来なくなるし、苦しいぞ」

工藤は猟銃の照準を佐脇に合わせると、撃ってきた。

ぱす、と乾いた音がして、弾丸が佐脇の左腕を貫通した。

「散弾だと即死して、すぐにゲームが終わるからな。じっくり楽しみたい」

佐脇はＭ29を構えたが、片手では照準が合わせられない。

工藤を狙うのは諦めて、イチかバチか、罠を撃った。とらばさみに跳ね返ったら自分を撃つことになってしまうが、この際、躊躇してはいられない。

五発目を撃つと、ラッキーなことに罠のバネを吹き飛ばすことに成功した。

六発目を工藤に向けて撃った佐脇は、右足を引きずりながら拝殿の階段をジャンプして昇り、中に転がり込んだ。

ほのかは両手を縛られている。縄の端は拝殿の柱に結びつけられていた。ここまで移動させられたためか、足は縛られていない。

「工藤は、全部の罪を市長に被せる気よ！　自分は罪を逃れて、同時に市長を抹殺《まっさつ》できる。最高の完全犯罪だって」

佐脇はＭ29に弾を込めた。拝殿の扉の格子の間から銃身を突き出し、一発撃った。工藤を阻《はば》むための制圧射撃だが、それも長くは保《も》つまい。

「助けが要る」

「それは判るけど……ここ、携帯の電波が来ないのよ！」

それは撮影中、映画のスタッフも言っていた。

「サヨコは大丈夫？　撃たれたんでしょ？」

ほのかはサヨコの心配をしている。

「大丈夫だと思う。すぐには死なない」

しかし……どうするか。

佐脇には名案はない。

万事休《きゅう》す。

このままでは工藤がやって来て、自分は撃ち殺される。その次はほのかだ。

あのナイフで射殺どころではない、残酷な目に遭わされて殺害される……。

そこで思い出した。

「あるぞ！　電波の入るところが、少なくとも一箇所だけ」

「どこなの？」

佐脇は答えながらもう一発撃った。工藤には当たらないが、動きを封じておかねばならない。

「右手の杉木立の向こうの、合宿所を見下ろす崖のところだ。あそこなら電波が届く」

「わかった。あたし走る。スマホを貸して」

佐脇はポケットからスマホを出すと110番をプッシュして、ほのかの手に握らせた。彼女は後ろ手に縛られているが、指先の自由は利く。

「このロープを安全に切る刃物がない。なにかでゴリゴリ切っている時間もない。このままスマホを持って、合宿所が見えるところまで走って、ここだと思ったら、今、親指が当たっているところを」

佐脇は、ほのかの指を押さえた。

「ほんの少しこっちに動かすと発信ボタンだから。そこに指を当ててれば110番に発信する。スピーカーホン状態にしてあるから、先方の応答はスピーカーから聞こえるから、大きな声で助けを求めろ。場所もしっかり言うんだ！　判ったな！」

そう言って、ほのかを縛っている縄の、その端が結ばれている柱を撃った。

とりあえずほのかに、ここから出ていけるだけの自由は戻った。

「けどあたし、ハダカなのよね……」

ここで躊躇を見せたほのかを、佐脇は怒鳴りつけた。

「いいじゃねえか！　この際、助けに来たオマワリに見せてやれ！」

そう言って、佐脇は拝殿の扉を開けた。

すかさず、工藤が撃ってきた。

「さあ、いまだ、行け！　援護してやる」

佐脇はほのかを蹴り出すようにして拝殿から追い出すと、工藤に向けてもう一発撃った。

こういう時は、何発撃ったかきちんとカウントしておかねばならない。

ほのかが拝殿から飛び出したので、工藤は反射的に立ち上がって彼女を狙った。

それを佐脇は撃つ。

M29は重く、反動も強いから、片手で撃つのは危険だし、的が定まらない。

すぐに六発全部撃ってしまった。

抑止効果はあって、工藤はふたたび姿勢を低くし、その間にほのかは境内《けいだい》の右手の、杉木立の中に消えた。

佐脇は再びシリンダーに銃弾を装填して、外を見た。

と……。

近くの茂みに身を伏せていたはずの、工藤の姿が消えていた。

どこに行った?

佐脇はゆっくりと一歩踏み出して、あたり三百六十度をぐるりと見た。振り返るとヤツが立っている、と言うことになるのは悪夢だ。

工藤の姿はなかった。

弾を込める時に、視線は外した。しかしそれはほんの一瞬だ。そんな一瞬で瞬間移動みたいに場所を移れるか？

佐脇は、用心深く、ゆっくりと、もう一歩外に出た。

やはり……工藤の姿はない。

このまま消えてくれたのなら、それはそれでいい。

さらに一歩、踏み出した。

その時。

いきなり背後から首を締められた。腕が首にがっしりと巻き付き、容赦なく締めてくる。

「馬鹿め。お前が気を逸《そ》らした時、拝殿のうしろに入ったんだ。それからゆっくりと音を立てないように、床下を進んできたのさ」

工藤の声は勝ち誇っている。

佐脇の首を締める腕の先には、サバイバルナイフが握られている。

「お前は……男を殺すのは趣味じゃないんじゃなかったのか？」

「基本的にはな。しかしお前みたいに面倒で小賢しいヤツが、苦しみながら死ぬのを眺めるのは、悪くない」

「……そうやって望月も殺ったのか？　あいつは仲間だったんだろ？」

「裏切った瞬間に、仲間じゃなくなるだろ」

工藤はそう言って、ナイフの刃を佐脇の首筋に押し当てた。このまま刃が引かれれば、頸動脈がぱっくり割れて、数秒後には絶命する。

さすがの佐脇も、観念して目を瞑《つむ》った。

その時。

何もかもがあっという間で、佐脇には何が起こったのか判らなかった。

なにかが突進してきて、一陣の風が舞った。

次の瞬間、工藤の手からサバイバルナイフが消えていた。

もの凄い悲鳴が耳元で聞こえ、佐脇の首を圧迫していた腕が離れた。

よろよろと後ずさりし、倒れた佐脇の目に入った光景は……喉元を押さえ、必死にもがく工藤の姿だった。踊っているような工藤の首筋には、銀灰色の毛皮がまとわりついている。いや、毛皮ではない。獣だ。犬が工藤にじゃれついている。

撮影の時の小暮道太と同じだ。あの時の犬だ、と佐脇には判った。

がるるるる、という、地を揺るがすような深く重い唸り声が静かな廃村に響く。いつの間にか鳥の声さえ聞こえなくなっている。

耳元まで大きく裂けた口と、鋭い牙が目に入った。

その牙は工藤の首筋にしっかりと食い込み、どれだけ振り回されても離れようとしない。

じゃれているのではない、と佐脇もようやく気づいた。

その獣は、本気で工藤を襲っていた。痛みに絶叫《ぜっきょう》する工藤。

撮影の時とは違う……。

「うわあああああ！　やめろっ！　離せこのクソ犬が！　ぶち殺すぞッ」

工藤は必死になって犬を振りほどこうとして激しく暴れるが、犬の強い顎はますます締まって……ついに工藤の首から肉を食いちぎった。血しぶきが霧のように飛散する。

「ぐああああっ！」

激しい痛みに、工藤は拝殿から数段の階段を転がり落ちた。すると無数の犬が、まるで杉木立から湧いてきたように群れになって走ってくると、そのまま工藤に飛びかかった。

腕も、足も、胴体も顔も、何十頭もの犬に噛みつかれている。

「ぎゃああああ！」

犬に目を塞がれて何も見えないまま、工藤は襲いかかり噛みついてくる犬を振りほどこうと暴れながら前に進んだ。

よろよろと、犬まみれになりながら、工藤は杉木立の中に進んでゆく。

しかし……この朽ち果てた廃社は、崖の際に建っている。杉木立の中を少し行くと、崖があって、その下には深い峡谷が口を開けているのだ。

以前、逃げ惑ったサヨコが転がり落ちて九死に一生を得、そして白骨死体も見つかった、下の沢と呼ばれるその峡谷だ。

「あっ」

犬に塞がれて目が見えない工藤は、崖に追い込まれて、足を踏み外した。

だがそこは、クッションになる茂みも何もない、岩肌が露出するだけの崖だった。

「あーっ!」

長い悲鳴が続いたあと、工藤の声は止んだ。

と、その時。

一匹の犬が遠吠えをはじめた。銀灰色の毛皮をまとい、ふさふさとした尻尾を垂らした犬だ。

それは、勝利の凱歌《がいか》のような、誇らしげな声だった。

その遠吠えは山深く谺《こだま》した。

すると、それに呼応するように、境内にいた犬はもちろん、ここにはいない遠くから、山々や谷のあちこち、そして遠く離れた下界の集落からも、次々に犬たちの遠吠えが湧き起こった。

それを司《つかさど》っているようにしか見えないのは、境内で一番最初に吠えた犬だった。

それは……キャンプファイアの時に姿を現し、映画の撮影時に名演技を披露した、犬好きの俳優・木暮道太に「イギー」と名付けられた、やはりあの犬に間違いなかった。

喉をそらし、高い山々の頂《いただき》をめがけて歌うように吠える、イギー。

それに応えるように遠く、また近くで唱和する犬たちの吠え声。

高く澄んだ声が谷に谺し、空間を一杯に満たした。

山々に反響し、風に乗って世界の隅々にまで響いていくような鳴き声を聞きながら、佐脇は柄にもなく、畏敬の念のようなものに打たれていた。

ほんの一瞬だが、今までやってきた数々の悪いことを心から悔いる気持ちになった。

もう二度といたしません……。

などと思ってしまったのが、自分でも不思議だった。

やがて……。

犬の声が一つ減り二つ減り、ゆっくりと収まっていくと、イギーの姿は消え、他の犬の姿も、すべて消えていた。

呆然とした佐脇は、やっと我に返って、走り出した。

この先で倒れているサヨコの安否を確認しなければ。

「もう大丈夫だ！　助かったぞ！」

茂みから肌色のものが動いているのが見えた。

サヨコだった。

脚から血が流れているが、深手ではない。

佐脇は、ポケットからハンカチを出して引き裂いた。

「すまんな。一週間洗ってないハンカチで」

薄汚れたハンカチを引き裂いて足に巻いて止血するうちに、下の方からパトカーのサイレンが聞こえてきた。

「な。あんたはまた、助かったんだよ……」

廃社の側の、杉木立のなかからは、縛られたままのほのかが、ゆっくりと戻ってきた。

「あいつ……崖から落ちてった。落ちた瞬間に犬が何匹も、ぱっと離れてどこかに走っていった。何なのあれ？」

パトカーは次々に何台も到着し、柚木たちが降り立った、その中には、俳優の木暮道太もいた。

「佐脇さん！」

刑事に介抱されている佐脇に駆け寄った道太は、興奮の面持ちで叫んだ。

「さっきの、あれ、聞きましたか？」

「聞いたも何も、おれの目の前で、お前のイギーが」

「麓《ふもと》でも聞こえたんです。あんな凄い犬の遠吠え、おれも生まれて初めて聞いたんで、走って行こうとするパトカーを呼び止めて無理やり乗せて貰ったんです……」

イギーは？　何処にいるんですか？　と聞かれたが、佐脇にも判らない。

あれほどたくさん居た犬たちなのに、もはやその気配すらないのだ。

「嗚呼《ああ》、おれは、イギーの凄いところに立ち会えなかったんだな……」

「凄いところってお前……その時、おれは殺されかけたんだぞ」

しかし道太の耳には、佐脇の言葉は入ってこなかった。

「イギーはね、ただの犬じゃなかったんですよ。この土地を守る神様……大口眞神だったんですよ……」

感動のあまりか、道太は涙を流していた。

エピローグ

数ヵ月後。

映画『眞神狼伝説』（内容が変更されたので『呪われた橋』から改題された）は無事完成し、公開日も決まり、宣伝キャンペーンが始まった。

主演の奈央がスキャンダラスな事件の関係者だったことにプラスして、撮影中にも凄惨な殺人事件が起こり、その犯人はどうやら連続猟奇殺人犯だったらしいことが判ってきたり、さらに重要な脇役の結城ほのかが犯人に捕らえられて、あわや惨殺寸前という、まさに「スキャンダルてんこ盛り」状態で、事件と映画は大きな話題になっている。

プロデューサーの細井は「これでヒット間違いなし！」とホクホク顔だ。嬉々としてキャンペーンに飛び回り、事件と映画について話をかなり盛って喋りまくっている。

東京での完成披露試写に先だって、眞神市で完成御礼試写会が開かれることになった。なんと言っても眞神市はロケ場所でもあり、眞神市が全面的にバックアップして製作が可能になった映画だけに、製作会社と配給会社は眞神市に最大の敬意を払ったのだ。

大多喜奈央に結城ほのか、木暮道太たち主な出演者はもちろん、岡崎監督にカメラマンの中津などメインのスタッフが、久しぶりに眞神市にやってきた。

東京からバスを仕立てて、試写会場の市民文化センターにやってきた一行を、佐脇と入江が出迎えた。

「あれ？　佐脇さん、ここに住み着いたの？」

駐車場から関係者用の楽屋に移動する間に、ほのかが驚いたように訊いた。

「いやいや……例の事件の後始末で。被疑者死亡の事件は、いろいろと後が面倒なんだ。おれは被害者でもあり証人でもあり、調書を取られるのが目下の仕事みたいなもんだ」

それに、と佐脇は入江と顔を見合わせた。

「市長追い落としの一件も絡んでるんで、所轄の眞神署も粛清《しゆくせい》の真っ最中でね。この入江さんが豪腕をふるってるんだ」

いやいや豪腕なんてとんでもない、と入江は高級官僚らしく謙虚さを装った。

「しかし……奈央くん。痩せたのではありませんか？」

入江が言う通り、奈央は撮影中よりかなり痩せて見えた。

「もうね、大変なんだから！　プロデューサーが派手にあることないことぶち上げてるから。奈央ちゃんもあたしも、プロモーションのスケジュールがぎっしり！」

結城ほのかが怒ったような顔で、しかし嬉しそうに言った。

「本物の地獄から生還した逆境アイドル初主演！　とかね」

岡崎監督がからかうように言った。

「まあ、しかし、それは本当のことだからなあ」

洒落にならないよな、と佐脇が横目で入江を見ると、警察庁の幹部は目を伏せて、奈央に「すまない」と小さく呟いた。

「ま、あたしも、『殺人鬼に本当に殺されかけて死の淵から生還したお色気女優！』として、追いかけ回されてるんだけどさ」

そう言って笑うほのかに、佐脇はサヨコのことを訊いた。

「ああ、サヨちゃんは、怪我の治療であのまま眞神市の市民病院に入院したでしょ？で、あの店のマスターがすまながって、隣町で普通の仕事を世話したとか……釣具店ですって」

一同を楽屋に案内して、佐脇と入江は一般客用のロビーに移動した。

「おう！」

試写に招待された客の中には、ときわ食堂のオヤジもいた。

「しかしまあ、いろいろあったけど、映画が無事に出来上がって良かったよ！」

オヤジも、我が事のように喜んでいる。

「眞神署でも粛清だって？　どんどんやってくれよ！　不良在庫の一掃だ」

「粛清というと聞こえは悪いですが」

入江が釈明した。

「眞神署の幹部は、望月のような昔ながらの地元の有力者と、いわばズブズブの関係で甘い汁を吸っていたわけです。それが判った以上、監督官庁としては追及せざるを得ません。警察庁が問題にしたので、県警も処分しないわけにはいかなくなり、結局、署長と捜査関係者……柚木警部たちをゴッソリ戒告《かいこく》降格処分にしようとしたところ、全員が自己都合で退職しました」

「つまり、クビにする前に辞めちまったんで、なんの処分も出来なかった……というか、そういうカタチにしたんだろ？」

佐脇は軽蔑《けいべつ》したように言い放った。

「ひどい話だね。市長はもちろん、そんなことじゃ収まらないから、名誉毀損で刑事告訴する準備をしてるようだけどね」

オヤジは怒っている。

「あの工藤の野郎は『市長支持派』を装っていたけどそれは真っ赤ないつわりで、本当は筋金入りの『反市長派』だったんだ。裏では反対派の糸を引いていたんだから、市長としてはショックだろうね。その上、工藤は望月の弱味を握って偽証させるわ、自分の犯罪を市長になすりつけるわで、全力で市長を陥れようとしていた。あんな悪い野郎はいないね。……しかしま、これで、昔からの既得権益でヌクヌクしてたヤツらは当分、大人しくしてるしかないでしょうがね」

「そうだといいんだけどね」

と、佐脇は懐疑的に言った。

「欲の皮が突っ張った連中は、そう簡単には引き下がらないと思うけどなあ。とは言っても工藤は相当数の殺人と死体遺棄をやらかしてたようだから、その仲間と思われるのは、さすがに連中もイヤだろう。しばらくはナリを潜めるかもな」

佐脇は全面禁煙なのを承知の上で、タバコに火をつけて美味そうに吸った。

「工藤の犯罪の全貌については……解明しきれないかもしれない。なんせ殺った本人が死んじまったんで」

佐脇はいまいましそうに言った。

「しかし、あの工藤ってヤツは、どうしてあそこまで友沢市長を憎んでたんですかね？　私には理解出来ないんだが……」

ボヤくように言うオヤジに、佐脇は苦笑しながら言った。

「まあこれはおれの考えでしかないんだが……どこまで行ってもネクラでリーダーシップも取れず、地元の有力者の息子なのにパッとしなかった工藤は、明るくてスター性があって、人を惹きつけて若くして市長にまでなった友沢さんに嫉妬したんじゃないのかな。男の嫉妬ってのはかなりヤバいんでね」

なるほどね、とオヤジは頷いた。

「佐脇さん。アナタも相当、工藤を嫌ってますな。だから工藤を……？」

入江が皮肉交じりな口調で訊いた。

「いやいや、工藤を殺したのはおれじゃない。犬というか狼というか、御眷属様というか……これ、説明しても、誰も信じてくれないんだけどね」

「いや、おれは信じますよ」

関係者用の控室からやってきた木暮道太が、そこに立っていた。

「狼が悪事を暴くという伝説、狼は正しい人間の味方をしてくれるという言い伝えを、おれは信じますよ」

やがて、スタッフおよびキャストがロビーに勢揃いした。これから入場してくる招待客を出迎えるためだ。

スタッフの中には、友沢市長もいて、結城ほのかの隣に立った。

二人は、うわべは知らん顔をしていたが、やがて、笑いを堪えきれなくなったのか、市長が笑顔でほのかの肩を抱き、彼女は市長に笑みで応えた。

入口が開いて、客が入ってきた。その中には、元気そうな笑顔のサヨコもいたし、何食わぬ顔をして一般客に混ざっている二田村もいた。

そんな様子を、佐脇と入江は、少し離れたところから眺めていた。

「……今回はいつもの逆で、アンタをコキ使ってやったと思って、清々してたんだが……」

佐脇は入江に言った。

「結局は、何のことはない、アンタにテイ良くコキ使われたのはおれだったんだよな」

入江は佐脇を横目で見たが、何も言わずに黙っている。

「アンタは最初から全部、お見通しだったんじゃないのか？」

やがて、開演を知らせるブザーが鳴った。

「そろそろ、始まりますよ。我々も入って、鑑賞するとしましょう。奈央くんたちの、血と汗の結晶を」

入江に促されて、佐脇は客席に向かうドアを押した。

この作品はフィクションであり、登場する人物および団体は、すべて実在するものと一切関係ありません。

一〇〇字書評

切り取り線

購買動機（新聞、雑誌名を記入するか、あるいは○をつけてください）

□（　　　　　　）の広告を見て	
□（　　　　　　）の書評を見て	
□ 知人のすすめで	□ タイトルに惹かれて
□ カバーが良かったから	□ 内容が面白そうだから
□ 好きな作家だから	□ 好きな分野の本だから

・最近、最も感銘を受けた作品名をお書き下さい

・あなたのお好きな作家名をお書き下さい

・その他、ご要望がありましたらお書き下さい

住所	〒				
氏名		職業		年齢	
Eメール	※携帯には配信できません	新刊情報等のメール配信を 希望する・しない			

この本の感想を、編集部までお寄せいただけたらありがたく存じます。今後の企画の参考にさせていただきます。Eメールでも結構です。

いただいた「一〇〇字書評」は、新聞・雑誌等に紹介させていただくことがあります。その場合はお礼として特製図書カードを差し上げます。

前ページの原稿用紙に書評をお書きの上、切り取り、左記までお送り下さい。宛先の住所は不要です。

なお、ご記入いただいたお名前、ご住所等は、書評紹介の事前了解、謝礼のお届けのためだけに利用し、そのほかの目的のために利用することはありません。

〒一〇一‐八七〇一
祥伝社文庫編集長 坂口芳和
電話 〇三（三二六五）二〇八〇

祥伝社ホームページの「ブックレビュー」からも、書き込めます。

http://www.shodensha.co.jp/bookreview/

祥伝社文庫

闇《やみ》の狙撃手《そげきしゅ》 悪漢刑事《わるデカ》

平成27年4月20日 初版第1刷発行

著 者 安達《あだち》 瑶《よう》
発行者 竹内和芳
発行所 祥伝社《しょうでんしゃ》
東京都千代田区神田神保町3-3
〒101-8701
電話 03（3265）2081（販売部）
電話 03（3265）2080（編集部）
電話 03（3265）3622（業務部）
http://www.shodensha.co.jp/

印刷所 萩原印刷
製本所 ナショナル製本
カバーフォーマットデザイン 芥 陽子

Printed in Japan ©2015, Yo Adachi ISBN978-4-396-34107-7 C0193

祥伝社文庫の好評既刊

安達瑶

悪漢刑事《わるデカ》

「お前、それでもデカか？　ヤクザ以下の人間のクズじゃねえか！」罠と罠の掛け合い、エロチック警察小説の傑作！

安達瑶

悪漢刑事《わるデカ》、再び

女教師の淫行事件を再捜査する佐脇《さわき》。だが署では彼の放逐が画策されて……。最強最悪の刑事に危機迫る！

安達瑶

警官《サツ》狩り　悪漢刑事《わるデカ》

鳴海署の悪漢刑事・佐脇は連続警官殺しの担当を命じられる。が、当の佐脇にも「死刑宣告」が届く！

安達瑶

禁断の報酬　悪漢刑事《わるデカ》

ヤクザとの癒着は必要悪であると嘯《うそぶ》く佐脇。マスコミの悪質警官追放キャンペーンの矢面に立たされて……。

安達瑶

美女消失　悪漢刑事《わるデカ》

美しすぎる漁師・律子《りつこ》を偶然救った佐脇。しかし彼女は事故で行方不明に。背後に何が？　そして律子はどこに？

安達瑶

消された過去　悪漢刑事《わるデカ》

過去に接点が？　人気絶頂の若きカリスマ代議士・細島《ほそじま》vs佐脇の仁義なき戦いが始まった！

祥伝社文庫の好評既刊

安達 瑤
隠蔽の代償 悪漢刑事《わるデカ》
地元大企業の元社長秘書室長が殺された。そこから暴かれる偽装工作、恫喝、責任転嫁……。小賢しい悪に鉄槌を！

安達 瑤
黒い天使 悪漢刑事《わるデカ》
病院で連続殺人事件!? その裏に潜む闇とは……。医療の盲点に巣食う〝悪〟を〝悪漢刑事〟が暴く！

安達 瑤
闇の流儀 悪漢刑事《わるデカ》
狙われた黒い絆――。盟友のヤクザと共に窮地に陥った佐脇。警察と暴力団、相容れてはならない二人の行方は!?

安達 瑤
正義死すべし 悪漢刑事《わるデカ》
現職刑事が逮捕された!? 県警幹部、元判事が必死に隠す司法の〝闇〟とは? 別件逮捕された佐脇が立ち向かう！

安達 瑤
殺しの口づけ 悪漢刑事《わるデカ》
不審な焼死、自殺、交通事故死……。不可解な事件の陰には謎の美女が。ワルデカ佐脇の封印された過去とは!?

安達 瑤
生贄の羊 悪漢刑事《わるデカ》
佐脇に警察庁への出向命令が。半グレ集団の暗躍、警察庁の覇権争い、踏み躙《にじ》られた少女たちの夢――佐脇、怒りの暴走！

祥伝社文庫の好評既刊

阿木慎太郎

闇の警視 報復編

拉致《らち》された美人検事補を救い出せ！ 非合法に暴力組織の壊滅を謀《はか》る闇の警視・岡崎の怒りが爆発した。

阿木慎太郎

闇の警視 被弾

敵は最強の暴力組織！ 伝説の元公安捜査官が、全国制覇を企む暴力組織に、いかに戦いを挑むのか!?

阿木慎太郎

闇の警視 照準

ここまでリアルに〝裏社会〟を描いた犯罪小説はあったか!? 暴力団壊滅を図る非合法チームの活躍を描く！

阿木慎太郎

闇の警視 弾痕

内部抗争に揺れる巨大暴力組織に元公安警察官はどう立ち向かうのか!? 凄絶な極道を描く衝撃サスペンス。

阿木慎太郎

闇の警視 乱射

東京駅で乱射事件が発生。それを端に発した関東最大の暴力団の内部抗争。伝説の「極道狩り」チームが動き出す！

阿木慎太郎

悪《ワル》狩り

米国で図らずも空手家として一家をなした三《み》上《かみ》彰《しょう》一《いち》。二十年ぶりの故郷でその目に余る無法に三上は拳を固める！